中國古典文學基本叢書

查慎行詩文集

第一册

〔清〕查慎行 著
范道濟 輯校

中華書局

圖書在版編目(CIP)數據

查慎行詩文集/(清)查慎行著;范道濟輯校. —北京:中華書局,2024.11.—(中國古典文學基本叢書).—ISBN 978-7-101-16773-3

Ⅰ.I214.92

中國國家版本館 CIP 數據核字第 2024141YS2 號

責任編輯:郭睿康
封面設計:毛　淳
責任印製:陳麗娜

中國古典文學基本叢書
查慎行詩文集
(全八册)
〔清〕查慎行 著
范道濟 輯校

*

中 華 書 局 出 版 發 行
(北京市豐臺區太平橋西里 38 號　100073)
http://www.zhbc.com.cn
E-mail:zhbc@zhbc.com.cn
大廠回族自治縣彩虹印刷有限公司印刷

*

850×1168 毫米 1/32 · 83⅝印張 · 20 插頁 · 1500 千字
2024 年 11 月第 1 版　2024 年 11 月第 1 次印刷
印數:1-1500 册　定價:388.00 元

ISBN 978-7-101-16773-3

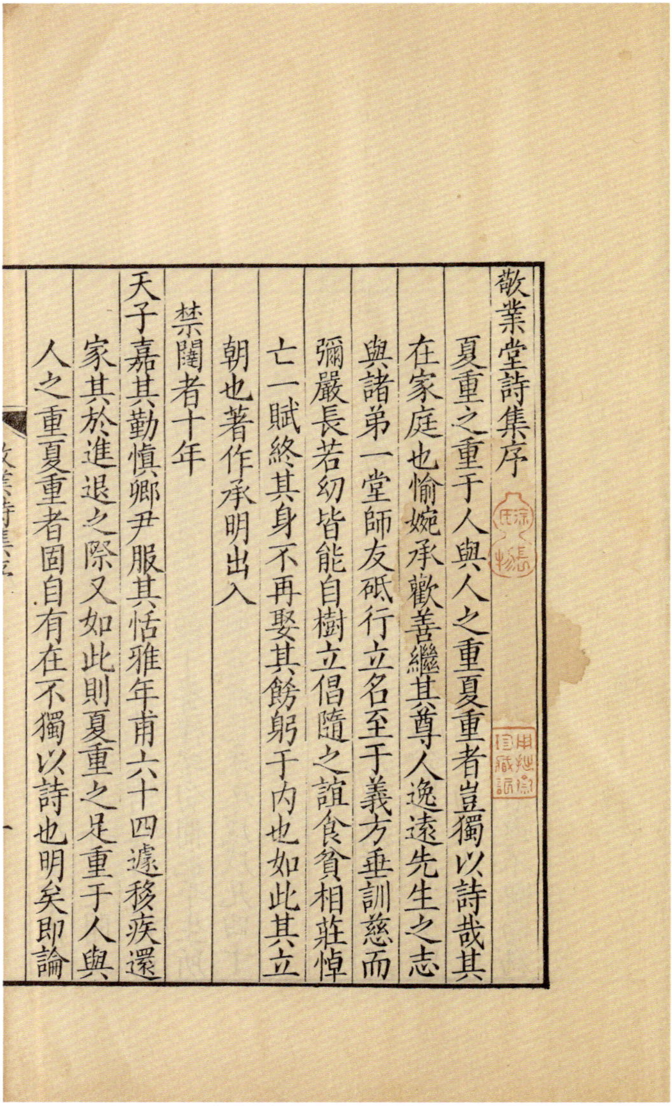

敬業堂詩集序

夏重之重于人與人之重夏重者豈獨以詩哉其在家庭也愉婉承歡善繼其尊人逸遠先生之志與諸弟一堂師友砥行立名至于義方垂訓慈而彌嚴長若幼皆能自樹立倡隨之誼食貧相莊悼亡一賦終其身不再娶其飭躬于内也如此其立朝也著作承明出入

禁闥者十年

天子嘉其勤慎卿尹服其恬雅年甫六十四遽移疾還家其於進退之際又如此則夏重之足重于人與人之重夏重者固自有在不獨以詩也明矣即論

康熙五十八年刻四十八卷本《敬業堂詩集》許汝霖序（海寧圖書館藏）

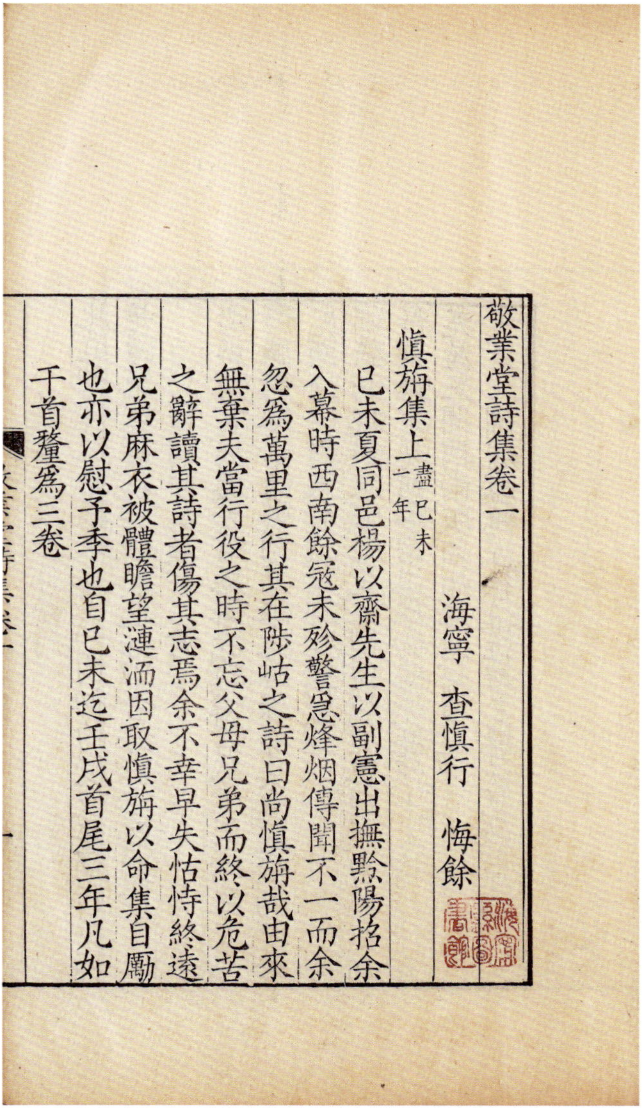
敬業堂詩集卷一

海寧　查慎行　悔餘

慎旃集上　盡己未一年

己未夏同邑楊以齋先生以副憲出撫黔陽招余入幕時西南餘寇未殄警急烽烟傳聞不一而余忽爲萬里之行其在陟岵之詩曰尚慎旃哉由來無棄夫當行役之時不忘父母兄弟而終以危苦之辭讀其詩者傷其志焉余不幸早失怙恃終遠兄弟麻衣被體瞻望漣洏因取慎旃以命集自勵也亦以慰予季也自己未迄壬戌首尾三年凡如干首釐爲三卷

康熙五十八年刻四十八卷本《敬業堂詩集》（海寧圖書館藏）

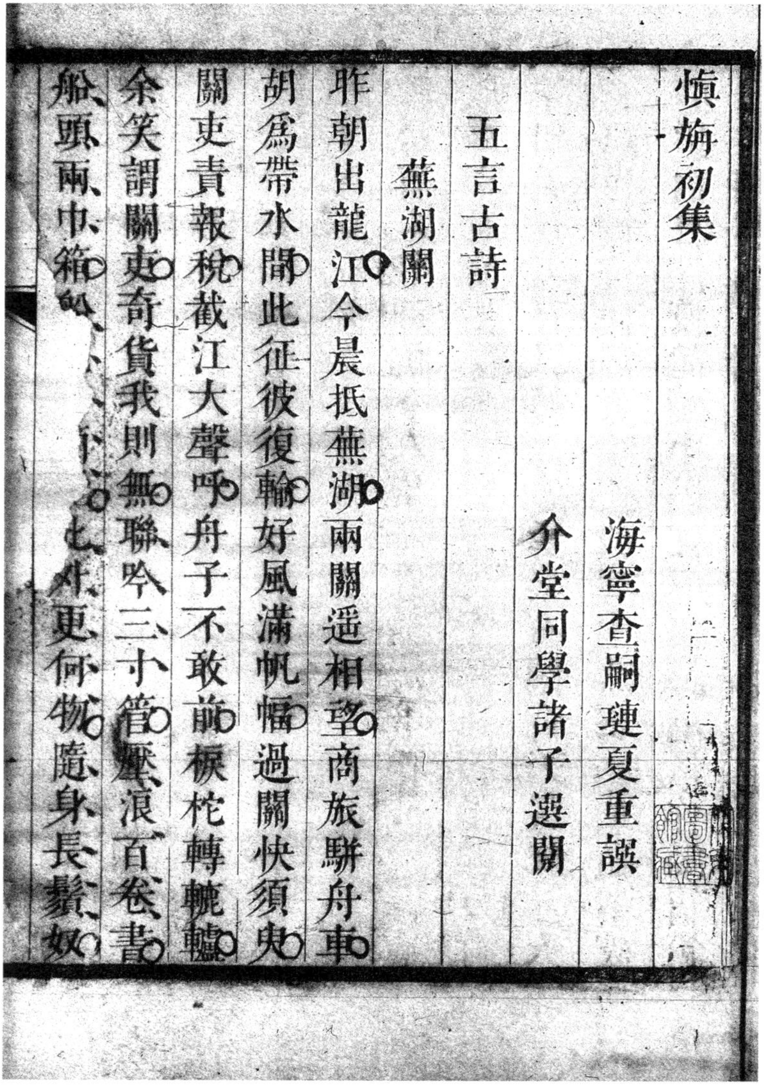
慎旃初集
海寧查嗣璉夏重譔
介堂同學諸子選閱
五言古詩
蕪湖關
昨朝出龍江今晨抵蕪湖兩關遥相望商旅駢舟車胡爲帶水閒此征彼復輸好風滿帆幅過關快須臾關吏責報稅截江大聲呼舟子不敢前棙柁轉轆轤余笑謂關吏奇貨我則無聯吟三寸管歷浪百卷書船頭兩巾箱[illegible]外更何物隨身長鬚奴

康熙刻本《慎旃初集》（國家圖書館藏）

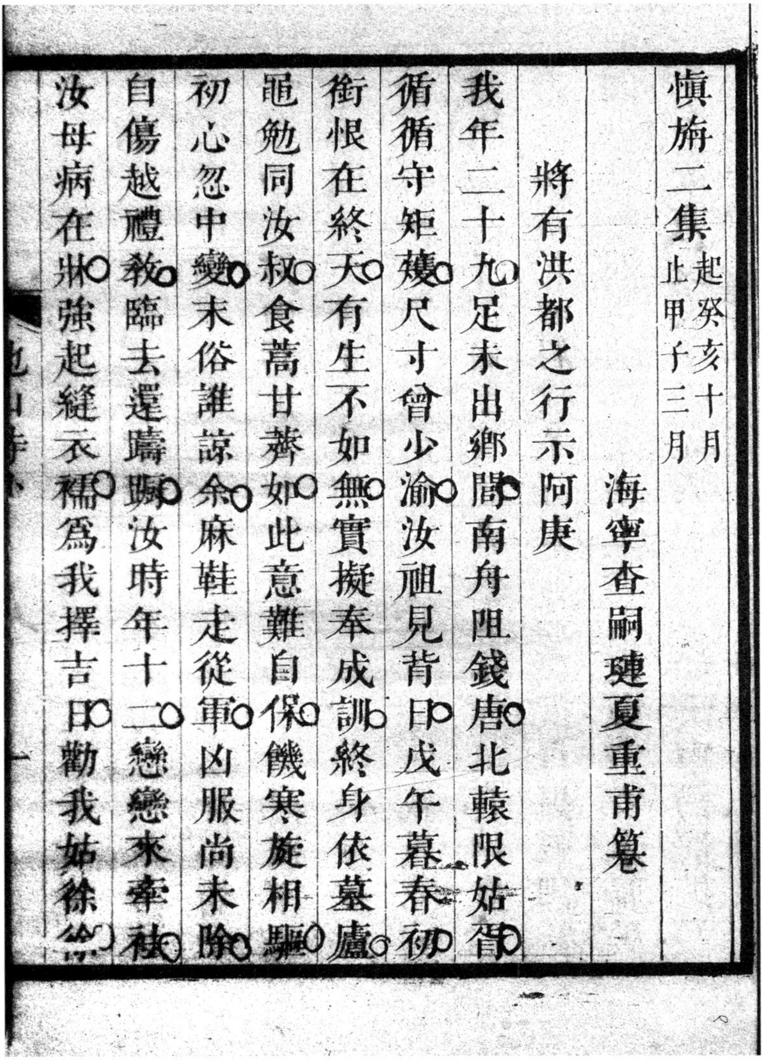

慎旃二集 起癸亥十月 止甲子三月

海寧查嗣瑮夏重甫纂

將有洪都之行示阿庚

我年二十九。足未出鄉閭。南舟阻錢唐。北轅限姑胥。循循守矩矱。尺寸曾少渝。汝祖見背日。戊午暮春初。銜恨在終天。有生不如無。實擬奉成訓。終身依墓廬。黽勉同汝叔。食蒿甘薺如。此意難自保。饑寒旋相驅。初心忽中變。末俗誰諒余。麻鞋走從軍。凶服尚未除。自傷越禮教。臨去還躊躕。汝時年十二。戀戀來牽袪。汝母病在牀。強起縫衣襦。爲我擇吉日。勸我姑徐徐。

康熙刻本《慎旃二集》（國家圖書館藏）

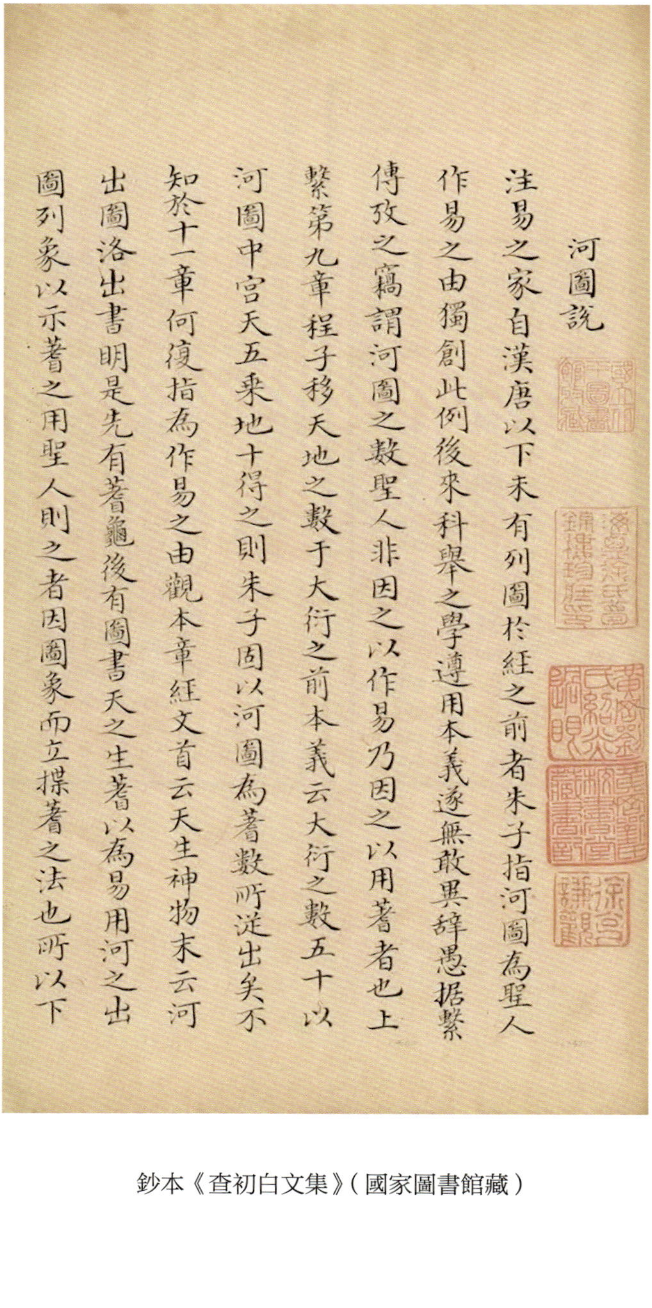
河圖說

注易之家自漢唐以下未有列圖於經之前者朱子指河圖爲聖人作易之由獨創此例後來科舉之學遵用本義遂無敢異辭愚據繫傳攷之竊謂河圖之數聖人非因之以作易乃因之以用著者也上繫第九章程子移天地之數于大衍之前本義云大衍之數五十以河圖中宫天五乘地十得之則朱子固以河圖爲著數所從出矣不知於十一章何復指爲作易之由觀本章經文首云天生神物末云河出圖洛出書明是先有著龜後有圖書天之生著以爲易用河之出圖列象以示著之用聖人則之者因圖象而立揲著之法也所以下

鈔本《查初白文集》（國家圖書館藏）

總目

前言

查慎行，字悔餘，浙江海寧人。初名嗣璉，字夏重，後更今名，號他山，又號查田，晚年取蘇軾「僧卧一庵初白頭」詩意，自號初白老人。生於清順治七年庚寅（一六五〇），卒於雍正五年丁未（一七二七）。查氏爲海寧望族，然至查慎行父祖輩，「三世皆負才，未顯於時」（沈廷芳《翰林院編修查先生行狀》）。入清後，門庭漸顯。嘗自云「前輩則黄門勉齋伯，同輩則翰林荆州兄，後輩則少詹聲山姪，皆以名進士通籍，門風稍稍復振」（《族姪言思孝廉哀辭并序》）。自康熙丁丑（一六九七）其子克建捷南宫，成進士後，查慎行及其弟嗣瑮、嗣庭亦先後成進士，聯鑣翰苑，稱一時門第之盛。

查慎行秉性穎異，「早稟庭誥，不習舉業」（《先室陸孺人行略》），「故得肆力於經史百家」（《翰林院編修查先生行狀》），然所長尤在詩。黄宗羲《查逸遠墓誌銘》云：「嗣璉、嗣瑮從余游，皆有俊才。逸遠不令爲科舉干禄之學，而讀書爲詩古文，士林望風推服。」康熙十八年己未（一六七九）夏，同邑楊雍建以副憲出撫黔陽，招查慎行入幕。「虎頭分少封侯骨，投筆聊從萬里軍」（《留別仲弟德尹二首》）。「時吴三桂餘孽未殄，警急烽煙，聞者心悸。先生浩然長往，絶無難色，同人莫不壯其行」（陳敬璋《查他山先生年譜》）。黔楚三年，「兵戈殺戮之慘，民苗流離之狀，皆所目擊」（趙翼《甌北詩話》）。二十三年甲子（一六八四）夏北上京師，游太學。查慎行早年從黄宗羲學〔一〕，又得陸嘉淑、黄宗炎、朱彝尊、王士禛、楊雍建等推引，詩名大振，「之京師，公卿大夫咸以國士禮之」（沈廷芳《翰林編修查先生行狀》），武英殿大學士吏部尚書明珠「延置門館，令子若孫受業」（《敬業堂詩集·人海集序》）。其後八次入京，屢落第，至三十二年癸酉（一六九三）四十四歲始舉順天鄉試。查慎行曾自述科考經歷：「余於甲子赴京兆，秋賦屢被斥，至癸酉始充鄉貢，亦四進而後獲。」（《得樹樓雜鈔·柳子厚始貢京師》）其間還牽連入《長生殿》事件，被革去國學生籍〔二〕，遂改今名。

〔一〕查慎行從師黄宗羲的準確時間當爲康熙十五年丙辰春，《查他山先生年譜》誤稱康熙二十一年壬午，詳黄宗羲《南雷詩曆》卷三《九日同仇滄柱陳子棨子文查夏重范文園出北門沿惜字菴至范文清東籬》、查慎行《敬業堂詩集》卷四《宿梨洲夫子武林寓舍即次先生丙辰九日同游舊韻二首》及黄百家《學箕初稿》卷二有《送查夏重游燕京序》。

〔二〕查慎行未曾進學，康熙十年二十二歲始應童子試，然未終試而母疾篤，遂罷，後亦不復應童子試。「三藩之亂」起，朝廷開捐，查慎行既在軍中，得以捐監得國學生籍，時間當在康熙二十年冬以前。（參本書《文集》卷五《書啓尺牘·尺牘二通》之一。）至康熙二十三年甲子始至京入國學，康熙二十八年因《長生殿》事件被黜學籍。康熙三十二年，查慎行以國學生資格舉順天府鄉試，但究竟如何以今名取得國學生籍，文獻無徵，已不得其詳矣。

康熙四十一年壬午（一七〇二），長子克建以進士謁選，得東鹿令，查慎行就養署中。十月十七日直隸巡撫李光地傳旨，召「趨赴行在」（《赴召紀恩詩序》），二十八日，召試南書房，自此奉旨每日入值「進南書房辦事」（《查他山先生年譜》）。次年春舉禮闈，會試第五十八名貢士，殿試以二甲第二名成進士〔一〕，改翰林院庶吉士，授編修，開始了長達十年的翰林生涯。其間三次扈駕出古北口。「七年供奉入乾清，三載編摩在武英。兩臂病風雙眼暗，枉將實事換虚名」（《自題癸未以後詩藁四首》其二）。五十二年秋七月，查慎行因病乞休歸里。「憑誰留玉帶，幸自脱朝衣。爲報江神道，無田我亦歸」（《丁亥春隨駕遊金山寺爾時便作休官之想……》）。自此，除因衣食而三次短暫入幕外（五十四年游閩訪同年福建巡撫滿保，鉛山縣令施淳如邀查慎行修《鵝湖書院志》；五十六年入同年廣東巡撫佟法海幕；五十八年入江西巡撫白潢幕纂修《江西通志》），多居里中，杜門著述，在江南山川風物之陶醉中，度過了還算愜意的十五年。然晚年却慘遭横禍，以老病之身鋃鐺入獄。雍正四年丙午（一七二六），「以其弟禮部侍郎嗣庭獲罪，牽連被逮」（《翰林編修查先生行狀》），十一月初八日「率子姓輩少長九人，同赴詔獄」（《十一月十九日雪

〔一〕文獻中有誤稱查慎行爲「特賜進士」者，如全祖望《翰林院編修初白查先生墓表》、《國朝耆獻類徵》所輯之「國史館本傳」及《清史列傳》等。

後舟發北關》)。「平生内省能無疚，此禍相連亦有因」(《丁未立春》)[一]。最終嗣庭父子瘐歿獄中，仲弟嗣瑮則謫戍關西，查慎行「蒙格外殊恩，放歸田里」(《五月初十日出獄後感恩恭紀》)。七月抵家即病，逾月病漸劇，「卒之日，椸無新衣，囊無餘儲，惟手勘書萬卷而已」(《翰林院編修查先生行狀》)，終年七十八歲。

查慎行生來羸弱，若不勝衣，屢經坎坷，却難得年登耆壽。其游蹤之廣，爲歷代詩人所罕有。早年策馬從軍，經蘇、皖、贛、鄂、湘，達荒僻之黔南，出入牂牁、夜郎之境；中年往返京師，遍歷齊、魯、燕、趙、梁、宋之區，又隨康熙出狩古北；晚年遠走閩、粤。誠如其摯友唐孫華所言：「涉大都之河，窮甌脱之境，荒遐幽岨，從來詩人之所未到，題詠之所不及。」(《敬業堂詩集序》)

一

查慎行平生著述傳世極多，然「性之所好，尤在吟詠」(《仲弟德尹詩序》)，傾畢生精力於

[一] 關於查嗣庭獲罪之因，蓋由其在江西鄉試所出題目語涉譏諷，引發世宗震怒而遽興大獄。詳參《清實録·世宗憲皇帝實録》卷四十八。

詩，「平生所作，不下萬首」（許汝霖《敬業堂詩集序》），有《敬業堂詩集》五十卷（其中《餘波詞》兩卷），《續集》六卷，存詩五千餘首。查慎行編集時將「己未以前詩古文稿悉燬去，不欲以少作傳世」（《查他山先生年譜》），而己未以後詩則逐年編排，適時記録自己的行止，無一年間斷，卷各成集，集各命名，集前綴以小序，這種年譜式編排體例，清晰地反映其人生軌迹和心路歷程。其詩内容十分豐富，舉凡亂離兵革，饑荒焚掠，行旅舟次，山川紀游，邊風異俗，民情風物，手足親情，悼亡傷逝，弔古懷人，感時諷世，托物言懷，宴集唱和，題圖詠畫，應制奉和，頌聖紀恩，長吟低歎，無不入詩。在所存五千餘首詩中，以紀行詩、仕宦詩與酬唱詩分量最重、成就最高、影響最大而最具詩史意義。

紀行詩成之於行旅宦游之中，查慎行早年行役遠走西南，中年求仕困頓場屋，至晚年奔走衣食而出幕，加之「愛山愛水成吾癖」（《緑波亭》）的個性，一生多在路上，足迹半天下。在長途跋涉中觀異地風俗，賞奇山勝水，所見所聞、所思所感無不紀之以詩，所謂「郵亭驛壁，題詠殆徧」（唐孫華《敬業堂詩集序》），留下極富特色的紀行詩。滇黔的奇山異洞，閩粵的麗水秀峰，江南的菰葉菱花，湘楚的煙波暮靄，中州的名都勝迹，燕趙的雨雪冰霜，塞外的曠野蒼林，無不繪形繪色，呈山水之美於筆端。因其所游歷乃古詩人所罕至，故其詩境多前人所未達，其詩思亦前人所未至。

在繪形繪色地描摹奇山異水的同時，紀行詩或記録國亂民艱，或摹繪土風民俗，或慨歎羈旅宦情，或抒發失志歸思，寄感時傷世之憂，發歷史公案之覆，每多悲天憫人之情懷。如《初冬登南郡城樓》、《白楊堤晚泊》、《北溶驛》等寫「三藩亂」後慘象，《初入黔境土人皆居懸崖峭壁間緣梯上下與猿猱無異睹之心惻而作是詩》寫黔民依巖穴而居及詩人的悲憫之情，《麻陽運船行》寫役夫運輸軍輜糧草的艱險及亂兵酷吏對百姓的蹂躪，《入大名界紀冰雹之異》寫大名府冰災，《蕪湖關》寫關吏的横徵暴斂，《憫農詩和朱恒齋比部》寫水旱賦税下農民的困苦，《飛蝗行和少司馬楊公》寫夏蝗繼春旱疊相爲禍，《自盱眙北界沿洪澤湖西北行晚至高家堰》寫黄河決口泗州被災，《賑饑謡》寫吏胥對農户的盤剥，《夷門行》指斥信陵君竊符救趙有負大義；《入𥕛》、《連下銅鼓魚梁龍門諸灘》、《惶恐灘》、《小料灘》、《小壺灘》均寓理於景，意藴深長。

總之，查慎行紀行詩融紀事、紀游、詠懷、抒情爲一體，模山範水，紀異紀聞，多思多感，既直觀山水，又敏悟傳神。既有優游閑賞之樂，又多臨景憂嗟之歎；既有感時傷民之慨，亦不乏澄懷悟理之思。

仕宦詩在全部查詩中最富特色。查慎行八次入京，科場屢敗，求仕不得，自然是牢騷滿腹：「時清壯士才難盡，俗薄貧交望苦深。」（《除夕與潤木分韻二首》其二）入仕初受康熙寵信，入值南書房，捷南宫，舉進士，授編修，又扈駕巡邊，留下「煙波釣徒查翰林」之玉堂佳話。不可謂風光占盡，榮寵有加。寫有大量「紀恩」、「謝賜」、「恭紀」、「恭和」、「奉和」之作，不無得意之色與感戴之情，亦爲後人所詬病。但查慎行絶非弄臣，而南書房亦不平静，在這裏，「以附樞要爲窟穴，以深交中貴人探索消息爲聲氣，以忮忌互相排擠爲幹力」（全祖望《翰林院編修查慎行查先生墓表》），無論怎樣謹言慎行，其「久抱違時性，兼無媚俗姿」（《將出都門感懷述事一百韻》）的秉性是無法改變的。與日俱增的不適冷却了入仕初的熱情，而漸生厭倦並懊悔見事太遲：「偶向清池閒照影，被人猜有羨魚心」（《池上雙鶴》），「家貧未免思游宦，及至成名累有官」（《除夕與德尹信庵守歲二首》其二），「人言宦海藏身易，自笑生涯見事遲」（《殘冬展假病榻消寒》其一）。當初「只道煙霄是坦途」，現在才醒悟「長眉難畫入時圖」（同上，其三）。從「不戀江湖濶，仍爲北嚮鴻。羽毛知自愛，一一待春風」（《奉和聖製咏雁恭次原韻》），到「身作紅雲長傍日，心如白雪漸成灰」（《殘冬展假病榻消寒》其二）。因爲不改初衷，「不畏羣嗤不受憐，孤行一意久彌堅」（同上，其十二），最終選擇歸鄉遠害，「竊喜退飛猶有路，的應決計莫躊躕」（同上，其三），離開這聲名競逐之地。

「橐筆曾經侍兩宫，可憐無過亦無功。未應奢望《儒林傳》，或脱名於黨部中」（《自題癸未以後詩稾四首》其三），不求青史留名，惟求脱名黨部。所謂「脱名」，恰如東漢嚴光「逃名」，那不是「高尚」而是「避辱」（《楨兒作釣臺詩未識嚴先生不受官之故徒以高隱目之作一首以廣其意》），這種深刻體驗絶非時人所能理解。查慎行身居清要之職，周旋於内廷中樞之中，却心處清醒之境，沉潛自持地體味四伏的不測。常伴紅「日」，却心冷如「灰」。全部仕宦詩既是查慎行仕宦生涯的真實記録，更是其心路歷程的藝術表白，而被稱爲「寫心」之作（嚴迪昌《查慎行論》，《文學遺産》一九九六年第五期）。

查慎行「平生出門交，獲覯天下士」（《次韻答吴興沈寅馭見投四章》其一），交往者近千人，留下了數量可觀的應和酬唱之作，他自己曾不無自得地自稱「應酬詩少唱酬多」（《除夕示德尹潤木信菴四首》其二）。這些唱和形式多樣，次韻、叠韻、聯句、集句皆有，不但與時人唱和，亦有次和古人者，其才情之雄沛可見。這些詩廣泛涉及文人間詩酒宴集、登山覓景、賞月觀花、送往迎來等生存交往方式以及藝術風尚的方方面面，承載着豐富的文化信息，表現了詩人與親友之間的深摯情意，多側面、立體化地展示出了查慎行爲人處世的温善態度，真切地折射着其於仕宦途中不樹政敵、息事寧人的性格，以及他與家族兄弟子侄間的親情。

酬唱詩中有兩類較爲特别，一是與季弟嗣庭的唱和中每多告誡，弦外有音：「浮踪到海翻相聚，歸路如天豈易登」（《潤木弟授庶吉士二首》其二），「出處多岐非意料，去留無累稍身輕」（《留别潤木即次弟送行原韵四首》其四）。這些詩將查慎行的敏感轉化爲禍福無常、榮枯難料的隱憂，一再告誡潤木，及早抽身。這在與其他兄弟的唱和詩中極少見到。果然，在告誡胞弟「要津居不易，况乃近鸞扃」（《送潤木假滿還朝四首》其三）的次年，嗣庭即陷入那場「門房十五人，兩世半析筯」（《又五言絶句四十首》之十九）的大獄而瘐歿獄中，查慎行寫下椎心泣血的《哭三弟潤木二首》，其二云：「家難同時聚，多來送汝終。吞聲自兄弟，泣血到孩童。地出陰寒洞，天號慘澹風。莫嗟泉路遠，父子獲相逢。」

一類是長篇贈答詩詳述個人遭際，展示人生經歷和心路歷程，如《將出都門感懷述事上澤州冢宰陳公一百韻》。此詩作於康熙二十九年初，上一年因《長生殿》事件而「與趙秋谷宮坊孰信同被吏議」（《查他山先生年譜》）。詩回顧自己壯年從軍西南的經歷，「橫草名空挂，封侯望本癡」，於是「飄然辭幕府，逖矣走京師」，「姓名埋失路，出處謝端蓍。徒步親頑僕，低顔向細兒」，在豪門「頑僕」「細兒」前受盡屈辱。自己「久抱違時性，兼無媚俗姿」，「幾逢收駿骨，深畏妬蛾眉」。哪曾料「照壁寧防蠍，吹毛竟得疵」，捲入《長生殿》案中而被黜，只得「歸將友澤麋」，深負師長期望，因而「鑄鐵悔今遲」。在離京之際，實感迷茫，「鷗波殊浩蕩，泛泛問何之」。這首回顧性長詩棱芒四出，是查慎行詩中少有的感情激越之作，隱晦地涉及京城的社會環境和官場現實，是研究查慎行不可多得的佳作。

查慎行入室弟子沈椒園對查詩風特徵及在詩壇地位有一個簡短却極爲精確的判

斷：「先生品詣矯然，學問囦灝，文章麗則，而尤工於詩，滙韓、白、蘇、陸之長，以發攄性靈，海内咸宗之。」（《翰林院編修查先生行狀》）所謂「滙韓、白、蘇、陸之長」，是指明查慎行詩學淵源，這個判斷較之時人所論更爲全面且精審。最早將查詩比之白居易者，乃查慎行師輩黄晦木：「尋其佳處，真有步武分司、追蹤劍南之堂奥者」（黄宗炎《敬業堂詩集原序》）。王阮亭則稱其「劍南奇創之才，夏重或遜其雄；夏重綿至之思，劍南亦未之過」，却略過「步武分司」之語。又稱其五七言古體「往往有陳後山、元遺山風」（王士禎《敬業堂詩集原序》）。四庫館臣不同意此説而稍作辨析：「後山古體，悉出苦思，而不以變化爲長；遺山古體，具有健氣，而不以靈敏見巧，與慎行殊不相似」，並確鑿無疑地肯定「核其淵源，大抵得於蘇軾爲多。觀其積一生之力，補注蘇詩，其得力之處，可見矣」（《四庫全書總目・敬業堂詩集提要》）。無論是黄晦木、王阮亭還是四庫館臣，均無視查慎行詩「滙韓」特點。查慎行喜韓詩，其《初白庵詩評》十二種，於唐詩選青蓮、少陵、昌黎、香山四種，每以「奇」譽昌黎詩。其和昌黎韻者亦常見於集中，數量僅次於和東坡詩，詩中亦常用昌黎語。集中五七言古詩亦多有近昌黎詩風者，如《洪武銅砲歌》、《荆州護國寺古鼎歌》、《海螺峰歌》、《同聲山姪過羅飯牛禮洲草堂別後賦寄用昌黎寄盧仝韻》、《送少詹王阮亭先生祭告南海》、《鷹坊歌同實君愷功作》、《講經臺次昌黎游青龍寺韻》、《二虎歌》、《五老峰觀海綿歌》、《宿松朱字緑博學示索余題辭作歌贈之》、《壽山石歌》、《瀚海石歌奉旨作》、《雙塔峰歌》、《十二日駕幸額勒蘇臺大獵召臣等觀圍恭紀七言長歌一首》、《塞外大風二十四韻索同直諸公和》、《齒痛借用昌黎韻》、《十月朔五更鷹窠頂觀日出》、《舶趠風歌》、《謁南海神廟》、《平蠻歌爲靈川令樓敬思作》等，無不汪洋恣肆，雄奡勁峭，得昌黎之奇崛而無昌黎之險怪。

椒園謂查慎行詩「海内咸宗之」，則是對查慎行詩壇盟主地位的真實描述。查慎行康熙二十三年攜黔楚之什入京，立即引起轟動，「公卿大夫咸以國士禮之」。至康熙四十一年後入值南書房，數十年間，廣結天下士，通過與不同詩歌流派、不同地域的創作羣體交流，其詩歌創作博采衆長而自創一格，祧唐祖宋，成爲清代詩壇一大轉關，逐步奠定其繼阮亭之後的詩壇盟主地位。全祖望稱朱彝尊、查慎行與湯右曾爲浙中詩人之三鼎足，而湯右曾則尊查慎行爲「海内稱詩伯」（《次韻查悔餘見貽》）。張宗檽在《初白庵詩評序》中亦説：「獨不聞蒿廬夫子論詩之旨乎？其云：南北兩宗堪並峙，可憐無數野狐禪。蓋明言漁洋先生、查慎行先生爲風雅總持也。」鄭方坤《敬業堂詩鈔小傳》説：「先生繼長水、新城後而稱詩伯，一時壇坫，於斯爲盛。」（《國朝名家詩鈔小傳》，卷三）而趙翼《甌北詩話》則以極大勇氣和膽識將查慎行列入古今十大詩人之一，與李白、杜甫、蘇軾、陸游並列。認爲查慎行「才氣開展，工力純熟」，理所當然可以「繼諸賢之後」，「當其少年，隨黔撫楊雍建南行，其時吴逆方死，餘孽尚存，官軍恢復黔、滇，兵戈殺戮之慘，民苗流離之狀，皆所目擊，故出手即帶慷慨沉雄之氣，不落小家。入京以後，角逐名場，奔走衣食，閲歷益久，鍛煉益深，氣足則調自振，意深則味有餘，得心應手，幾於無一字不穩愜。……其功力之深，則香山、放翁後一人而已」（《甌北詩話》卷十）。四庫館臣評查詩曰：「明人喜稱唐詩，自國朝康熙初年寖曰漸深，往往厭而學宋，而生硬率俚之病生焉。得宋人之長而不染其弊，數十年來，固當爲慎行屈一指也。」

二

查慎行詞作不多，有《餘波詞》二卷二百三十餘闋，編入《敬業堂詩集》之卷四十九和卷五十。《餘波詞序》云：「余少不喜填詞，丁巳秋，朱竹垞表兄寄示《江湖載酒集》，偶效矉焉。已而偕從兄韜荒楚游，舟中多暇，徧閲唐宋諸家集，始知詞出於詩，要歸於雅，遂稍稍究心。自己未迄癸亥，五年中得長短句凡百四十餘闋。」可知受表兄竹垞熏染，其「要歸於雅」之説亦出自竹垞論詞主張，而五年内得詞百四十餘闋，亦粲然可觀。然查慎行在詞作上終未獲較大成就而享有盛名，除了「不喜填詞」外，竹垞對其詞作未予首肯，對查慎行填詞信心或有所動摇。故《餘波詞序》不無遺憾地説：「甲子夏，攜至京師，就正於竹垞，留案頭許加評定。旋失原稿，已四十年矣。曩刻拙集時，頗以爲闕事。」直到雍正癸卯（一七二三），方意外地由彌甥沈椒園兄弟以抄本來歸，查慎行「殊出望外」，喜賦二詩以謝：「故物來歸喜可知，木瓜原是我家私。相投敢謂瓊琚報，兩首詩償兩卷詞」（《舊有餘波詞二卷原稿失去將四十年……》）。正如甌北所稱「深人無淺語」（趙翼《甌北詩話》卷十），查慎行畢竟詩壇巨擘，其詞雖受竹垞熏染，而「偏閱唐宋諸家集」，故其詞既非婉約亦非雄豪，雅致清朗，自成一格，異於浙西詞風。

《餘波詞》内容豐富，舉凡弔古傷今、抒懷言志、紀行記俗、羈旅鄉愁、寫景狀物，無不入詞，且不乏佳構。如以寫景見長的《臨江仙·平望驛》：「兩岸菰蒲聞笑語，人家只隔輕煙。銀魚曉市上來鮮。一湖鶯脰水，雙櫓燕梢船。　屈指郵亭剛第一，眼中長路三千。南風吹夢到江天。故鄉桑苧外，無此好山川」，詞以明快清妍之筆描繪了江南水鄉集鎮的優美風光和時令特色，白描勾勒，景物鮮麗，在讚美如繪如畫的平望驛的同時，寫盡查慎行對家鄉風物的眷戀。較之《臨江仙》的明麗，《水龍吟·登北固山》則因其弔古傷懷而略顯沉鬱。詞上片重在寫景，開篇氣勢闊大，「岷峨雪水消來，洪濤萬里從東注」，登高遠眺，滿眼興亡。下片議論抒情，懷古傷今，「泥馬當年半壁，更誰暇、倉皇北顧。錦袍繡甲，英雄事業，却輸兒女」，結語更餘意悠長：「到而今、贏得登臨悵望，渺平沙樹」。全詞夾叙夾議，無限痛惜南宋苟延殘喘於「半壁」江山，氣健辭雄，語含沉痛，頗近於稼軒之風。《金縷曲·客窗初夏觸景思鄉》作於黔陽。上片緊扣「觸景」二字寫實景，起始「地盡天連蜀」，以異域地理環境爲思鄉蓄勢。「聽啼鵑」以下，寫客鄉所見所聞所思所感，托物言情。下片亦寫景，却是想象之景，亦即「思」中之「鄉」也，較之上片之寫實，更顯摇曳：「露梢添引光如沐。只從他、出堦成筍，出牆成竹。游子新來田園夢，長繞采桑鄰曲。鎮邂逅、村粧不俗。插鬢野芳風吹墮，乍歸來、微雨鳩鳴屋。裙共草，一般緑。」全詞虚實相間，以虚景寫鄉思，筆墨清雅而深婉，雋永明麗。同樣賦歸愁，《賀新涼·壬辰重陽前二日張日容招集城南陶然亭》則色調黯淡，語意蒼涼：「驀過中秋後。響西風、萬梢蘆荻，萬條楊柳。惆悵東籬歸未得，帝里又將重九。且趁伴、來開笑口。檢點尊前人如故，只病夫、廢了持螯手。用其一，且持酒。　敝裘縫裂新寒透。記年時、隨鷹逐兔，射飛烹走。貧到今番無菊看，一醉徑煩良友。算樂事、人生難又。此會明年知誰健，問登高、還在城南否？吾老矣，莽回首。」詞作於康熙壬辰（一七一二）重陽前，查慎行時年六十三歲，請辭待准，即將歸里，十年翰林，一身衰病，閲盡内廷凶險，内心充滿難以名狀的悲哀，而發爲悲歌。

查慎行詠物詞四十餘闋，其中一些如詠霧淞，詠沉香船，詠女兒香，詠煙火，詠閨雜事枕、被、席等，乃游戲之作，但亦不乏窮形盡相、描摹入神且别有寄託者，如《沁園春・薔薇》、《瑞鶴仙・秋柳》、《海天濶處・螢》、《翠樓吟・蟬》、《多麗・咏水面木芙蓉花》、《八歸・送燕》、《南浦・次張玉田春水韵》、《花犯・石榴》、《疏影・賦瓶梅影次張玉田韵》、《綺羅香・紅葉用玉田舊韻》等，如《臺城路・秋聲》：「商飆瑟瑟凉生候，孤燈影摇窗户。有堤柳行疏，井梧葉盡，添灑芭蕉片雨。纔聽又住。正澹月朦朧，微雲來去。簌簌空廊，有人還傍繡簾語。多因枕上無寐，攙二十五更，殘點頻誤。響玉池邊，穿鍼樓畔，一派難分竹樹。零碪斷杵，更空外飛來，攪成凄楚。别樣關心，天涯驚倦旅。」此詞寫於赴黔陽途中，上片寫夜色，由孤燈摇影、堤柳井梧、芭蕉夜雨、澹月微雲、空廊人語等場景，寫秋風起處之蕭瑟凄清。下片着重寫對「秋聲」的感受，寫更聲、竹樹聲、砧杵聲的交替，以「多因」、「頻誤」、「難分」、「凄楚」、「别樣」等頗富感情色彩之詞，表現旅况之孤寂。全詞氣象蕭颯，意境清迥，頗得白石清空之韻。

三

查慎行向以詩名世，文流傳下來的不多，「先生一生精力，注意於詩，而文不多作。大半出自應酬，復不自收拾，所存絶少」（陳敬璋《敬業堂文集跋》）。據四部備要本《敬業堂文集》

序跋，現存《文集》非查慎行手定，亦非原稿，乃其家孫查岐昌搜訪彙録而成，嘉慶初吴騫抄自涉園張氏時，已發現「遺文之放失者多矣」(《敬業堂文集跋》)，並從《王勇濤懷古吟》中輯得序文一篇。後吴本燬，至查慎行外曾孫陳敬璋鈔録於紫溪王氏時，已幾經傳寫，「不類不次，……訛謬實多」，故陳敬璋極爲感歎：「所著半皆散佚，而造物者又若妬之，再亡於火，幸而有存。則是篇也，特全豹之一斑，可不爲之珍惜而善藏之乎？」陳氏校訂時將其釐爲四卷，四部備要本刊印古杭姚氏景瀛鈔本《敬業堂文集》，殆非陳氏校訂本歟？

查慎行之文，雖「大半出自應酬」，然亦非虚與委蛇之作。這些殘存的百餘篇文章，其内容一是應制之作，二是序跋，三是雜記，四是墓誌祭贊，五是尺牘書啓。另有一組《易》學專論，十一篇。

序跋與墓誌兩類占了《文集》半數以上篇幅。序跋多爲晚年所作，其《卓蕉村詩序》稱：「余衰病杜門，學殖荒落，特未廢詩。姻親朋好，有不鄙而枉教者，往往飫予之欲，摩挲老眼，必終卷而後已。」這些序跋，或委婉叙述其與作者之經歷交誼，或真切評騭其所作之得失優劣，或直言自己的詩學理論見解和創作主張，均平實温雅，理徹辭賅，實爲了解與研究查慎行生平經歷與詩學思想的重要資料。如《王方若詩集序》評析姜宸英與王式丹詩風之别，從姜王二人「唱予和汝，胥引余爲同調」看，查慎行論詩並不軒唐輊宋。《仲弟德尹詩序》將人生悲歡、一世風雨散逸在簡約平易的叙述之中，儼然一篇自叙傳。《曝書亭集序》全面評價表兄朱彝尊才情、學識及其詩歌創作、學術研究和考古收藏多方面成就，是研究二人關係的重要史料。該文縱論古今，鞭辟入裏，其「余獨謂立言垂世，先生自有其不朽者在，史局不與焉」，可謂不刊之論。《沈房仲詩序》論詩强調氣、韻、才、學兼具：「雄厚者其氣，雋永者其韻，超邁者其才，沉摯者其學。」《沈磵房詩集序》則認爲「才足以導其情，學足以昌其氣，夫豈拘拘焉摩揣一家而爲之者」。《趙功千漉舫小稾序》談學貴有本，「才由乎天，學由乎人。人者，日進日榮，則天者與之俱。……抱才而績學，益培其根，益浚其源，所詣殆未易限斷，他日業成名立」。《鳳晨堂詩集序》則論詩與品之關係：「詩以品重，顧品必自重，然後人重之。」《紫幢詩鈔序》從人品談詩格：「顧格以詩言，而品則當以人言。世固有能詩，而品未必高者矣。亦有品高，而未必能詩者矣。要未有高品之詩，而格不與俱高者也。」《王勇濤懷古吟序》談詩非格律音韻，而得之天成，學藏於胸，最終才「觸事成詩」，並感歎「作者難，讀者豈易哉」！《自吟亭詩稿序》則是一篇奇文，本是爲同僚父親遺稿作序，却借題發揮，大談詩集流傳的「難」與「易」：

傳家易，而問世難；問世易，而傳世難也。夫子孫之於父祖，苟無墜其業，則必思永其傳，以爲吾先人手澤存焉耳。乃其足不逾户庭，名不出鄉曲，雖窮年矻矻，著書滿家，而世不及知。且世又多貴遠而忽近者，自王、楊、盧、駱、李、杜、韓、孟諸公，輕薄謗傷，同時且不免，故曰「問世難」。其或喜交游，鶩聲譽，上之官資、氣力，足以奔走一世，遂羣然推目曰：「此著作手也。」次則借資於當路，流傳唱和，互相標榜，亦可要名於一時。迨没身而後，交游盡而聲譽銷，向所撰述，如熒光爝火，隱見叢殘。蠹蝕之餘，幾何其不湮滅也？故曰「傳世難」。

當是有感而發。此類序文還有《沈一齋集序》，亦借題而大發議論，嘲諷世間作者以傳人自詡，但傳世又何其難也，其實，大多不過自欺欺人欺世：「世之操觚家，孰不以傳人自命哉？顧其人本無可傳之實，不過剽剿陳言，博一時虚譽。迨身没而名隨湮，固無足道。或人與文可並傳矣，而後人不克荷家聲，承先業，視祖父手澤，漠然如雲煙過眼，任其散軼而不知裒輯，以永其傳，徒使有識者，緬想流風，付之太息，良可傷已！」

跋文不多，多爲讀書雜記，往往縷析學術淵源，考訂史實真僞，其學術價值大於文學價值。如《跋唐明皇孝經注石刻》，簡述經學史上古、今文《孝經》的紛争及唐明皇合諸家之説而注今文《孝經》的經過，以寓目之《孝經》石刻拓本與《危素集》對此記載對勘，比較異同，並稱「天寶以來，千有餘年，碑石之在長安者，未必完好，而今拓本無纖毫殘損，其爲數百年前舊榻無疑」，可補學術史之闕。

墓誌多爲寫人記事之作，雖不乏難辭托請的應酬之作，但並非虛應故事，敷衍塞責，均能平實有内容，祭文則力求典雅而温厚。而那些爲親友所作的哀挽憑弔文字，則質樸而情深，《亡壻李暘谷墓誌銘》哀悼英年早逝的愛婿李暄，述其居家孝悌，御下惠慈，誼篤姻親，信乎朋友，勤學問，礪廉隅，不沾沾自足，而以遠大爲期，然而却於旬日之間，遭父子相繼殞歿之大不幸。其中寫外孫女求其爲先父撰寫墓誌一段，沉痛至極：「外孫女以書告哀曰：『先父一生品行，著在家庭内外。煢煢母女，無力表章。欲求外祖，賜墓誌一篇，但恐老人臨文又增傷悼，奈何？』余覽之，不禁老淚重揮，一再執筆，不忍爲又不忍不爲也。」極爲沉痛。《族姪言思孝廉哀辭》哀悼從兄嗣韓長子言思（克忠），記叙與其父子交往之往事及言思孝親撫弟，不拘於章句，留心經濟，不惑異教，不邇聲色的德才，將對彼蒼失公的哀歎深寓於婉曲的叙述之中。《先室陸孺人行略》哀悼亡妻，以委婉深情、悲愴凄惻的筆調，概述了亡妻陸氏一生經歷，通過日常具體的事例和細節，寫陸氏克勤克儉、辛苦持家，尊老愛幼，深明大義，克盡婦道的品德與風範，讀來感人至深：「計其生平，九齡爲無母之女，二十二爲無姑之婦，爲黔婁妻三十有三年，曾未獲享一日之安。中間營兩喪，娶兩媳，支持門户，整理田廬，畢耗其心神而繼之以死。此五十老鰥所爲憑棺摧痛，百端交集，不知涕泗之横流也」，椎心泣血之文字，令人不忍卒讀。

《白公神道碑》、《曾公墓誌銘》、《徐公墓表》、《郭公神道碑銘》、《顧公墓誌銘》等，則是另一種風格，多爲詳叙墓主生平功績，或造福地方，或立功疆塞，或革除弊政，或振起士風，均可謂功業彪炳、勤政廉潔愛民的循吏。其叙事平易質樸，紓徐婉備，非一般諛墓之文可比。《晚研楊先生墓誌》一篇更有特色，專叙楊中訥在經學上「蘊蓄包涵，宏深粹密」的造詣，其主要篇幅爲介紹其學術成就，大段轉述其《易》學與《春秋》學的基本思想。查慎行對《易》有精深研究，有《周易玩辭集解》傳世，其《易》學思想，無疑與楊晚研相關，以致查慎行稱晚研學説，「至今罔斁」。

雜記類文章不多，或寫景，或狀物，或議論，均能别開生面，不乏精品。《自怡園記》雖爲「承命」之作，然寫一代名園景色，文字洗練峻潔，歷歷如繪。《吏部廳藤花賦》寫紫藤雖緣木善附，但「其爲木，則非叢非苞，非灌非喬」，「其爲色，則在皓非白，在朱非赤」，實無大用，故「薪樵不加采，斧斤不能傷」，僅得「邀歡於顧惜」。而松柏、若木、孤桐，雖有斧斤之厄，却能得「致用」之「成功」。文章别出機杼，借題發揮，以賦體慣用寫法，細緻生動地鋪排紫藤的環境、時令、氣候、形狀、特徵，結尾陡然轉寫松柏，揭示主旨，意味深長。《種草花説》作於辭官之後，借花草表達自己的人生態度，所謂「客徒知嘉樹之蔭吾身，而不知小草之悦吾魂也；徒知甘果之可吾口，而不知繁卉之飫吾目也」！《瓻軒記》借解釋「瓻軒」

之義，從物性談到人性，隱約可見查慎行衰年老病之況。

《文集》中有一組《易》學專論，查慎行對《周易》有精深研究，集畢生精力，成《周易玩辭集解》一書，這組專論即是該書的卷首文字。撮其大要，第一，「河圖爲作《易》之由」辨，朱熹稱河圖爲「聖人作《易》之由」，查慎行力駁其非，認爲《河圖》乃出於讖緯，《河圖》之數非聖人因之以作《易》，乃因之以用蓍，且自漢唐以來未有列圖於《經》前者。第二，説横圖、圓圖、方圖，析六十四卦次序，論其順逆加增、奇偶相錯之理。第三，「卦變説」析，漢唐而下，爲卦變説者衆，朱子尤爲突出。查慎行以爲「卦變之説，存而勿論可也」，而此卦變乃朱子之《易》，而非孔子之《易》也。第四，考諸家天根月窟之説，以爲老氏性命雙修之學而無關乎《易》學。第五，辨析八卦相錯之説，謂相錯只是對待，而非流行，且只八卦相錯而非六十四卦相錯。其他如論辟卦，論十二月自然之序，謂陰陽升降不外《乾》《坤》；析中爻之義，以孔穎達「二五」之説者爲是，而正體則二五居中，互體則三四居中，三四之中，由變而成；論説卦取象不盡可解，當闕所疑，等等，均爲平實公允之論，故四庫館臣稱「其言皆明白篤實，足破外學附會之疑」（《四庫全書總目·周易玩辭集解提要》）。

陳敬璋《敬業堂文集跋》曰：「縱横排奡，發揚蹈厲者，才人之文也；俯仰揖讓，舂容大雅者，儒者之文也。公原本經術，發爲文章，主於理明詞暢，深得歐曾法度，與其雕琢曼詞以炫世者，相距遠甚矣。」姚景瀛《敬業堂文集跋》則曰：「應制之文，鏘金戛玉，上媲《雅》《頌》；而碑版序傳記事之作，亦銜華佩實，雅近道園，工力足以相副。」評價均不低，但因其詩名過高，其文之光彩爲其詩所掩，亦可歎也！

四

許汝霖《敬業堂詩集序》稱《敬業堂詩集》係查慎行「手自删定，起己未迄戊戌，凡四十八卷。取隨駕駕山莊時御書賜額，名曰『敬業堂集』」。據《敬業堂詩續集》卷一《酬徐茶坪兼題其詩集次竹垞贈徐舊韻》自注：「書來索余集，時剞劂初竣，方在校勘訛字。」《仲弟德尹詩序》稱：「戊戌秋，余徇好友之意，先刻拙集問世」，而許汝霖序作於康熙五十八年己亥秋，可知《敬業堂詩集》始刻於康熙五十七年戊戌，刻成於康熙五十八年己亥。今天津圖書館藏康熙五十八年本即四十八卷，而無兩卷《餘波詞》。此本卷首僅許汝霖序，而無唐孫華序及王士禛、楊雍建、黄宗炎、陸嘉淑、鄭梁等各家「原序」。而雲南圖書館藏五十卷本中《餘波詞》小序中云「失原稿已四十年矣」，以致「曩刻拙集時，頗以爲闕事」，直到「雍正癸卯正月，忽從沈子房仲、楚望、椒園兄弟獲此抄本，故物復歸，殊出望外」。「癸卯」爲雍正元年，可知後來重印時始補入兩卷《餘波詞》成五十卷。又，天津圖書館四十八卷本《敬業堂詩集》、《四部叢刊》本《敬業堂詩集》卷四十四、卷四十七兩次提到「楨兒」（《敬業堂詩原稿》亦稱「楨兒」），不避世宗諱。而雲南圖書館五十卷本、上海古籍出版社《清代詩文集彙編・敬業堂詩集》五十卷本均改作「念兒」，可知五十卷本均爲雍正以後之刻本，而非康熙刻本。又，《四部叢刊》本五十卷本疑爲初刻本四十八卷與後印本後二卷拼配而成。

《敬業堂詩續集》六卷亦查慎行手定，然生前未能刻印，乃由其姪查學查開於乾隆年間刊行，後亦有重印者。

除《敬業堂詩集》外，查慎行尚存稿本《側翅集》（藏上海圖書館）、《慎旃初集》與《慎旃二集》（藏國家圖書館，約刻於康熙二十四年）、稿本《敬業堂詩原稿》（原爲拜經樓吴騫所藏，後歸於合衆圖書館，現藏於上海圖書館）。

查慎行現存詩，《敬業堂詩集》四十八卷四千三百五十四首，《餘波詞》二卷二百三十三闋，《敬業堂續集》六卷詩七百二十六首。光緒三十一年乙巳（一九〇五），張元濟曾補遺詩六十一首，詞五闋。本書分别從《側翅集》中輯入詩九十八首，從《慎旃初集》中輯入八十首，從《慎旃二集》中輯入十九首，從稿本《壬申紀游》（藏於浙江省圖書館）中輯入五十七首，從稿本《南齋日記》（藏於上海圖書館）中輯入二十三首，從《敬業堂詩原稿》中輯入四百三十六首，共輯補佚詩七百十三首（《輯補》詩分七卷編於《補遺》之後），總計收詩五千八百五十四首，詞二百三十八闋。

本書《敬業堂詩集》四十八卷以天津圖書館藏康熙五十八年本爲底本，《餘波詞》二卷以雲南圖書館藏本爲底本，《敬業堂詩續集》六卷以天津圖書館藏乾隆刻本爲底本，《敬業堂集補遺》一卷以《涵芬樓秘笈》本爲底本。以《四部叢刊》本《敬業堂詩續集》、上海圖書館藏稿本《側翅集》、國家圖書館藏《愼旃初集》、《愼旃二集》、上海圖書館藏《敬業堂詩原稿》爲參校本。

《敬業堂詩原稿》存在大量修改，其修改均在朱彝尊、唐孫華、姜宸英等人評點之後，而與《愼旃初集》較，改動前之文字均與《愼旃初集》同，由此可知，這些修改當在詩集刻印之時。本次整理，前四卷改動前與《愼旃初集》、《愼旃二集》相同者均出校，其他處改動一般不出校，少量或關本事、或詩句删改較多、或與今詩整體相異者酌情出校。

本書《敬業堂文集》以國家圖書館藏鈔本《查初白文集》爲底本，據首頁藏書印，此本自黄岡劉氏校書堂流出，後被海鹽徐氏夢錦樓收藏，同治年間，海寧徐洪鼇得之於湖州書肆，後歸於北平圖書館（今國家圖書館）。底本收文九十篇，本書又從《北京大學圖書館藏稿本叢書》之《查悔餘文集》與《四部備要》本《敬業堂文集》、《敬業堂别集》中輯入三十三篇，從各種文獻中又輯入佚文七十二篇，共收文一百七十七題一百九十五篇（尺牘按抄本分四組，一組一題）。

鈔本與《四部備要》本編排順序不同，均雜亂無序，本次整理大致以類别分卷編排，共分六卷，各卷篇數多寡不一：卷一制頌表疏，卷二序跋，卷三雜記，卷四墓誌祭贊，卷五書啓尺牘，卷六《易》説。各卷大致按内容及寫作時間順序編排，「序」前「跋」後，「壽序」排於「序」後。時間無考者，則從鈔本，鈔本所無則從《四部備要》本。

《易》説乃《周易玩辭集解》卷首之專論，世楷堂藏版《昭代叢書》將其列入己集刊行，鈔本與《四部備要》本均收入集中，但編排順序有别，本書按《周易玩辭集解》順序編排。

《文集》題名與文中提及之題名有異者，如題爲《自吟亭詩藁》，文中少一「詩」字，《紫幢詩鈔》文中則多「軒」字，《瓣香詩鈔》文中作《瓣香詩集》等等，此類文與題不一致者，乃因行文時較爲隨意所致，不一一出校。

文集分卷或失斟酌，編排或欠考證，句讀或有錯訛，至於魯魚陶陰亦恐難免，敬祈方家教正。

范道濟

甲辰春改定於嘉興大學

本册目録

敬業堂詩集卷四

遄歸集

西江集

敬業堂詩集卷五

踰淮集

敬業堂詩集卷一

慎旃集上盡己未一年

己未夏，同邑楊以齋先生以副憲出撫黔陽，招余入幕。時西南餘寇未殄，警急烽烟，傳聞不一，而余忽爲萬里之行。其在《陟岵》之詩曰：「尚慎旃哉！由來無棄。」夫當行役之時，不忘父母兄弟，而終以危苦之辭，讀其詩者，傷其志焉。余不幸早失怙恃，終遠兄弟，麻衣被體，瞻望漣洏，因取「慎旃」以命集，自勵也，亦以慰予季也。自己未迄壬戌，首尾三年，凡如干首，釐爲三卷。

遊燕不果乃作楚行

北道初停轍，南轅未息戈〔一〕。一門初約變，岐路獨行多。不是彈箏客〔二〕，誰爲擊楫歌〔三〕。也知田舍好〔四〕，壯志恐蹉跎〔五〕。

〔一〕「北道初停轍，南轅未息戈」二句，國家圖書館藏康熙刻本海寧查嗣璉夏重譔介堂同學諸子選閲《慎旃初集》、上海圖書館藏查慎行手稿《敬業堂詩原稿》（以下簡稱「《原稿》」）俱作「南北杳無定，茲游意若何」，《原稿》後改作「北道初回轍，南轅未息戈」。

〔二〕「不是彈箏客」，《慎旃初集》、《原稿》俱作「易作揮盃別」，《原稿》後改作「不是彈箏客」。

〔三〕「誰爲」，《慎旃初集》作「誰聽」，《原稿》作「難聽」，後改作「誰爲」。

〔四〕「也」，《慎旃初集》、《原稿》俱作「儘」，《原稿》後改作「也」。

〔五〕「壯志」，《慎旃初集》作「此志」。

留别仲弟德尹二首

其一

形影何當出處分，君應憐我我憐君〔一〕。孤雲出岫寧無意〔二〕，獨雁銜寒奈失羣〔三〕。門户全生終碌碌，兵戈絶徼尚紛紛〔四〕。虎頭分少封侯骨，投筆聊從萬里軍〔五〕。

〔一〕「形影何當出處分，君應憐我我憐君」二句，《慎旃初集》、《原稿》俱作「手挽征鞭未忍分，酒醒孤館日微曛」，《原稿》後改作「形影何當出處分，君應憐我我憐君」。

〔二〕「孤」,《慎旃初集》、《原稿》俱作「輕」,《原稿》後改作「孤」。「寧」,《慎旃初集》作「原」。

〔三〕「獨雁衝寒奈失羣」,《慎旃初集》作「好鳥穿花又失羣」。《原稿》原作「獨鳥穿花奈失羣」,後改作「獨雁衝寒奈失羣」。

〔四〕「門户全生終碌碌,兵戈絶徼尚紛紛」二句,《慎旃初集》、《原稿》俱作「別路逢人終落落,他時歸夢定紛紛」,《原稿》後改作「門户全生終碌碌,兵戈絶徼尚紛紛」。

〔五〕「虎頭分少封侯骨,投筆聊從萬里軍」二句,《慎旃初集》作「石楠夜雨西窗下,猶記秋凉共被聞」,《原稿》同,惟「石楠」作「芭蕉」,後改作「虎頭分少封侯骨,投筆聊從萬里軍」。

其二

鷄聲驚起對床眠〔一〕,纔説江關便黯然。與爾未曾經遠別〔二〕,得歸難定是何年〔三〕。渡江風物悲元亮,懷土人情感仲宣〔四〕。瓦屋三間門兩版,頻煩爲我掃東偏。

〔一〕「鷄聲驚起對床眠」,《慎旃初集》、《原稿》俱作「從教意盡別離難」,《原稿》後改作「鷄聲驚起對牀眠」。

〔二〕「別」,《慎旃初集》、《原稿》俱作「隔」,《原稿》後改作「別」。

〔三〕「難定是何」,《慎旃初集》、《原稿》俱作「或恐是明」,《原稿》後改作「難定是何」。

〔四〕「渡江風物悲元亮,懷土人情感仲宣」二句,《慎旃初集》、《原稿》俱作「青衫似草塵空惹,緑鬢銜風影自憐」，《原稿》後改作「渡江風物悲元亮，懷土人情感仲宣」。

酬別盛鶴江徐淮江程禹聲次禹聲原韻〔一〕

輕橈夾岸柳毿毿，短笛長亭最不堪。江路恰逢鴻雁北，山程遥指鷓鴣南。異時對酒懷重五，同調關心記兩三。此去湖湘烟水濶，鷗波長自夢春潭〔二〕。

〔一〕「淮江」，《慎旃初集》、《原稿》俱作「元贊」，《原稿》後改作「淮江」。
〔二〕「長自夢」，《慎旃初集》作「清軟似」，《原稿》作「清軟憶」，《原稿》後改作「長自夢」。

京口和韜荒兄〔一〕

江樹江雲睥睨斜，戍樓吹角又吹笳。舳艫轉粟三千里，燈火沿流一萬家。北府山川餘霸氣〔二〕，南徐風土雜鷩沙〔三〕。傷心蔓草斜陽岸〔四〕，獨對遥天數落鴉〔五〕。

〔一〕按，《慎旃初集》題中闕「和韜荒兄」四字。
〔二〕「北府」，《慎旃初集》、《原稿》俱作「尚覺」，《原稿》後改作「北府」。
〔三〕「南徐」，《慎旃初集》、《原稿》俱作「誰教」，《原稿》後改作「南徐」。
〔四〕「傷心」，《慎旃初集》、《原稿》俱作「寄奴」，《原稿》後改作「傷心」。

〔五〕「獨對遥天」，《慎旃初集》作「愁對蕪城」，《原稿》作「愁對遥天」，後改「愁」作「獨」。

曉發梁山

一鈎殘月吐仍銜〔一〕，薄霧濛濛著布帆〔二〕。行過天門天未曉〔三〕，風來東北路西南〔四〕。

〔一〕「一鈎殘月吐仍銜」，《慎旃初集》、《原稿》俱作「青山陡起勢嶃嶃」，《原稿》後改作「一鈎殘月吐仍銜」。

〔二〕「濛濛著」，《慎旃初集》、《原稿》俱作「和煙濕」，《原稿》後改作「濛濛著」。

〔三〕「行過天門天未曉」，《慎旃初集》、《原稿》俱做「今日水程應不記」，《原稿》後改作「行過天門天未曉」。

〔四〕「風來」，《慎旃初集》、《原稿》俱作「江風」，《原稿》後改作「風來」。

贈胡星卿先生胡之先東川侯海其子觀尚南康公主〔一〕

棨戟侯門奕葉光，可能無意感滄桑。草廬望重名賢宅，竹苑年深貴主莊〔二〕。滿地秋瓜仍爛熳，渡江春燕只尋常。白頭一老鍾山下〔三〕，筋力猶看八十强。

〔一〕按,《慎旃初集》題中闕「觀」字。

〔二〕「年」,《慎旃初集》、《原稿》俱作「恩」,《原稿》後改作「年」。

〔三〕「白頭一老」,《慎旃初集》、《原稿》俱作「年年扶杖」,《原稿》後改作「白頭一老」。

題王璞菴南北遊詩卷

我初未見聞君名,十年懷抱一夕傾〔一〕。眼中指顧空豪英〔二〕,乃欲以詩鳴不平〔三〕。蓬累時作蒼茫行〔四〕,江南江北無期程。流離滿前皆孩嬰,道傍見之淚縱横。爾生其間一蒼生,補救敢與乾坤爭。俛今仰古氣孰攖〔五〕,長篇倚劒頃刻成。東將入海手掣鯨,嘲弄花月非人情〔六〕。余從涉江來舊京〔七〕,足所遊歷手勿停〔八〕。君詩直壓小謝城,如以六國當秦兵。聳肩維誦作大聲,煌煌高燭燒長檠。須臾街鼓報五更,紅日欲吐東方明。

〔一〕「我初未見聞君名,十年懷抱一夕傾」二句,《慎旃初集》作「我從阿兄(韜荒也)識君名,十年心膽今始傾」,《原稿》同,僅「我從」作「早從」,《原稿》後改作「我初未見聞君名,十年懷抱一夕傾」。

〔二〕「眼中」,《慎旃初集》、《原稿》俱作「東南」,《原稿》後改作「眼中」。

〔三〕「乃欲以詩鳴不平」,《慎旃初集》作「餘技何妨以詩鳴」。又,此句後,《慎旃初集》尚有「尋常下語筆不輕，眼前花月俱無情」二句，《原稿》同，僅「不」作「敢」，後抹去二句。

〔四〕「蓬累時作蒼茫行」，《慎旃初集》、《原稿》俱作「蒼茫時作千里行」，《原稿》後改作「蓬累時作蒼茫行」。

〔五〕「孰」，《原稿》原作「莫」，後改作「孰」。又，此句後，《慎旃初集》尚有「抱負未豁心怦怦」一句。《原稿》同，僅「抱負」作「鬱抱」，後抹去此句。

〔六〕「東將入海手掣鯨，嘲弄花月非人情」二句，《慎旃初集》作「大海東瀉驅長鯨，鋒鋩斂盡見性靈，嬌獰威鳳聲和平」，《原稿》同，僅後句作「翔鸞舞鳳聲嬌獰」，《原稿》後改作「東將入海手掣鯨，嘲弄花月非人情」。

〔七〕「余從涉江來舊京」，《慎旃初集》作「慚余涉江來陪京」。

〔八〕「勿」，《慎旃初集》、《原稿》俱作「不」，《原稿》後改作「弗」。

登金陵報恩寺塔二十四韻〔一〕

不盡興亡恨〔二〕，浮圖試一登。孤高真得勢〔三〕，陡起絶無憑。法轉風輪翅〔四〕，光搖火樹燈〔五〕。地維標寶刹，天闕界金繩。碧落開千里，丹梯轉百層〔六〕。規模他日壯，感慨至今仍〔七〕。禍自歸藩啓，兵從靖難稱〔八〕。比戈殘骨肉，問罪假疑丞〔九〕。衮冕俄行遯〔一〇〕，戎衣遂謁陵。朝家同再造〔一一〕，國事異中興。此舉無名極，當時負媿曾〔一二〕。兩京雄岳峙，一塔鎮觚稜〔一三〕。銖兩材俱稱，纖毫辨欲矜。琉璃紛紺碧，欄楯落鮮澄〔一四〕。事本誇餘力〔一五〕，基猶念丕承〔一六〕。監宫留太子，給俸濫千僧〔一七〕。原廟衣冠冷，豐宫獻卜增〔一八〕。侈心崇梵竺，神道託高曾〔一九〕。世往疑經劫，人來乍得朋〔二〇〕。同登者六人。雲烟争變幻，日月幾升絙〔二一〕。絶頂盤旋上〔二二〕，虚窗偪仄凭〔二三〕。近身棲怖鴿，側背躡飛鵬〔二四〕。勝境才何有，高歌氣或騰〔二五〕。鍾山青入望，相對故崚嶒。

〔一〕「二十四」，《慎旃初集》、《原稿》俱作「三十」，《原稿》後改爲「二十四」。

〔二〕「恨」，《慎旃初集》、《原稿》俱作「意」，《原稿》後改作「恨」。

〔三〕「高」，《慎旃初集》、《原稿》俱作「標」，《原稿》後改作「高」。

〔四〕「法轉風輪翅」，《慎旃初集》、《原稿》俱作「曜轉金輪日」，《原稿》後改作「法展風輪翅」。

〔五〕「摇」，《慎旃初集》、《原稿》俱作「開」，《原稿》後改作「摇」。

〔六〕「地維標寶刹，天闕界金繩。碧落開千里，丹梯轉百層」四句，《慎旃初集》、《原稿》俱作「雲端棲怖鴿，風背躡飛鵬。涓潔銅仙露，陰森貝闕冰」，《原稿》後改作「地維標寶刹，天闕界金繩。碧落開千里，丹梯轉百層」。按，此四句後《慎旃初集》、《原稿》俱有「琉璃紛紺碧，欄楯落鮮澄。銖兩材俱稱，纖毫辨欲矜」四句，《原稿》後以墨筆抹去。

〔七〕「規模他日壯，感慨至今仍」二句，《慎旃初集》、《原稿》俱作「崔巍傳自昔，感慨故難勝」，《原稿》後改作「規模他日壯，感慨至今仍」。

〔八〕「禍自歸藩啓，兵從靖難稱」二句，《慎旃初集》、《原稿》俱作「憶在承平日，兵從靖難徵」，《原稿》後改作「禍自歸藩啓，兵從靖難稱」。

〔九〕「比戈殘骨肉，問罪假疑丞」二句，《慎旃初集》、《原稿》俱作「比戈争躪蹂，汗馬快憑淩」，《原稿》後改作「比戈殘骨肉，問罪假疑丞」。

〔一〇〕「俄行遜」，《慎旃初集》、《原稿》俱作「行辭闕」，《原稿》後改作「俄行遜」。

〔一一〕「同」，《慎旃初集》、《原稿》俱作「成」，《原稿》後改作「同」。

〔一二〕「當」，《慎旃初集》、《原稿》俱作「他」，《原稿》後改作「當」。

〔一三〕「兩京雄岳峙，一塔鎮觚稜」二句，《慎旃初集》、《原稿》俱作「洗湔皆下策，文飾到殊稱」，《原稿》後改作「兩京雄岳峙，一塔鎮觚稜」。

〔一四〕「銖兩材俱稱，纖毫辨欲矜。琉璃紛紺碧，欄楯落鮮澄」四句，《慎旃初集》、《原稿》俱作「闊展規模壯，工專巧匠能。歲輸窮郡縣，神道托高曾」，《原稿》後改作「銖兩材俱稱，纖毫辨欲矜。琉璃紛紺碧，欄楯落鮮澄」。

〔一五〕「事」，《慎旃初集》、《原稿》俱作「意」，《原稿》後改作「事」。

〔一六〕「基猶」，《慎旃初集》、《原稿》俱作「功應」，《原稿》後改作「基猶」。

〔一七〕「千」，《慎旃初集》、《原稿》俱作「閒」，《原稿》後改作「千」。

〔一八〕「豐宮獻卜增」，《慎旃初集》、《原稿》俱作「新都版築增」，《原稿》後改作「豐宮獻卜增」。

〔一九〕「侈心崇梵竺，神道託高曾」二句，《慎旃初集》、《原稿》俱作「兩京雄岳峙，一塔鎮觚稜」，《原稿》後改作「侈心崇梵竺，神道託高曾」。

〔二〇〕「世往疑經劫，人來乍得朋」二句，《慎旃初集》、《原稿》俱作「鼎鼎基猶固，峨峨石忽崩」，《原稿》後改作「世往疑經劫，人來乍得朋」。又，《慎旃初集》闕此聯後小注。

〔二一〕「雲烟爭變幻，日月幾升絙」二句，《慎旃初集》、《原稿》俱作「推遷他日恨，奇麗至今仍」，《原稿》後改作「雲烟爭變幻，日月幾升絙」。按，此二句後，《慎旃初集》、《原稿》均有「碧落開千里，丹梯轉百層。身輕行易到，天闊叫難應」四句，《原稿》後以墨筆抹去前二句，圈去後二句。

〔二二〕「上」，《慎旃初集》、《原稿》俱作「出」，《原稿》後改作「上」。

〔二三〕「虚」，《慎旃初集》、《原稿》俱作「危」，《原稿》後改作「虚」。

〔二四〕「近身棲怖鴿，側背躡飛鵬」二句，《慎旃初集》、《原稿》俱作「撫躬憂浩浩，失足懼兢兢」，《原稿》後改作「近身棲怖鴿，側背躡飛鵬」。

〔二五〕按，此句後，《慎旃初集》、《原稿》均有「乾坤方獨往，風物莽相乘。南北劃然劃，關河一氣凝」四句，《原稿》後以墨筆抹去。

金陵雜咏二十首〔一〕并序

僕年三十〔二〕，始至舊京。路近一千，還同異域。感生涯之已晚，歎故事之無徵。彼都人士，憶南渡之風流；故國山河，見北邙之陵寢。四百八十寺，烟雨猶新；三萬六千場，笙歌頓歇。袁羊因而狂憤，衛虎所以神傷。況以飄零，再當搖落。芳樹攀條，泪盡臺城之妓；金釵插髩，魂消綺閣之歌。凡江干覽物之端，皆遊子言愁之什。敢自信其可傳，冀知音之勿罪云爾。

〔一〕按，《慎旃初集》闕「二十首」三字。

〔二〕「僕」，《慎旃初集》、《原稿》俱作「余」，《原稿》後改作「僕」。

其一

沙漠真人本至尊，青蛇罷祀出梧垣。孝陵松柏猶樵牧，元廟何妨有淚痕〔一〕。

〔一〕按，詩後《慎旃初集》、《原稿》均有小注：「青蛇罷祀，嘉靖朝從給事中陳棐請也。」《原稿》後勾去。

其二

想像承平樂事留，履綦陳迹也風流。輕烟翠柳今何處〔一〕，明初妓館名〔二〕。十六門如十六樓〔三〕。

〔一〕「今何」，《慎旃初集》、《原稿》俱作「依稀」，《原稿》後改作「今何」。

〔二〕按，《慎旃初集》闕此小注。

〔三〕按，詩後《慎旃初集》、《原稿》均有小注：「十六樓，明初妓館也。輕煙、翠柳，皆樓名。外城十六門，今亦頹落。」《原稿》後勾去。

其　三

洒掃他時屬内官〔一〕，鐘聲好句逼人寒。御溝儘有流紅事，塵壁傷心是媚蘭〔二〕。

〔一〕「屬」，《慎旃初集》作「入」。

〔二〕按，詩後《慎旃初集》、《原稿》均有小注：「南寧伯留守時，被命灑掃舊内，宫墻有一詩，末二句云『寒氣偪人眠不得，鐘聲催月下迴廊』，後署『媚蘭仙子偶書』。」《原稿》後勾去。

其　四

夜半傳呼聚寶門，金蟾噛鎖内城昏。武皇大有南遷意，故遣鑾輿宿報恩〔一〕。

〔一〕按，詩後《慎旃初集》、《原稿》均有小注：「用喬白巖事。」《原稿》後勾去。

其　五

蒙溪石刻表南都，形勢居然屹壯圖。白馬青絲他日事，倉皇曾補一毫無〔一〕？

〔一〕按，詩後《慎旃初集》、《原稿》均有小注：「張蒙溪爲南司馬，以金陵形勝與各營壘刻一石碑。」《原稿》後勾去。

其　六

妙選三家入後宮，抱來馬上石榴紅。胭脂不到長城外，何必明妃怨畫工。

其　七

武定橋欄玉磬如，泠泠七尺響清虚。蜀桐不發岐陽扣，等是崑岡劫火餘。

其　八

宗伯奩清世不知，菱花初照月臨池。點粧巾帽俱新樣，不用喧傳鏡背詩〔一〕。

〔一〕「不用」，《慎旃初集》、《原稿》俱作「那取」，《原稿》後改作「不用」。又，詩後《慎旃初集》、《原稿》均有小注：「朱宗伯買得漢鏡，背有隸字詩，云：『照日菱花動，臨池滿月生。官看巾帽整，妾映點妝成。』」《原稿》後勾去。

其九

杏村玉樹接春華，太史詩留典客家。不許繡毬誇獨絶，鳳臺還有紫微花〔一〕。

〔一〕按，詩後《慎旃初集》、《原稿》均有小注：「許典客長卿園在杏村，内繡毬一樹極大，可與鳳臺西紫薇競秀。顧太史東橋詩云：『名園不淺春華色，總讓中庭一樹花。』」《原稿》後勾去。

其十

薛鴨袁羊匕箸餘，江鮮風味只如初〔一〕。年年八月隨潮上〔二〕，柳貫紅腮燕子魚〔三〕。

〔一〕「只如初」，《慎旃初集》、《原稿》俱作「迥誰如」，《原稿》後改作「只如初」。

〔二〕「年年」，《慎旃初集》、《原稿》俱作「憶他」，《原稿》後改作「年年」。

〔三〕按，詩後《慎旃初集》、《原稿》均有小注：「見《續金陵瑣事》中。」《原稿》後勾去。

其十一

粉竹香塵調不齊，和來雁字鬥高低。即從紅豆徵奇麗，便壓元人十四題〔一〕。

〔一〕按，詩後《慎旃初集》、《原稿》均有小注：「元末金陵人謝宗可有詠物詩，明徐茂吾擇其中『華影』、『雁字』、『睡蝶』、『粉竹』、『香塵』、『梅雪』、『松濤』、『墨浪』、『冰花』、『煙柳』、『燭淚』、『月露』、『荷珠』、『游絲』十四題和之。」《原稿》後勾去。

其十二

頓老琵琶擅教坊，供筵法曲别歌章。故須小技通文義，垂老知音付漫郎〔一〕。

〔一〕按，詩後《慎旃初集》、《原稿》均有小注：「教坊頓仁，琵琶箏推爲第一手，明武宗南巡，隨駕至北，五十年供筵所唱，皆是時曲。雲間周吉甫自稱漫郎，與頓辨正字義，頓云：南曲中如《雨歇梅天》等，謂之慢詞，不隸琵琶箏色，乃歌章色，南京教坊歌章色久無人，此曲不傳矣。」《原稿》後勾去。

其十三

雷雨隨絃四座驚〔一〕，秀之絶調自泠泠〔二〕。隔簾傳語催停板，頭白扶來制淚聽〔三〕。

〔一〕「雷雨隨絃」，《慎旃初集》作「雷輥么絃」。

〔二〕「自」，《慎旃初集》、《原稿》俱作「久」，《原稿》後改作「自」。

〔三〕按，詩後《慎旃初集》、《原稿》均有小注：「用查八十彈琵琶事。」《原稿》後勾去。

其十四

昭文小楷法黄庭，《繡佛》新詩玉琢成。不及錦雲名句好，斷腸芳草斷腸鶯〔一〕。

〔一〕按，詩後《慎旃初集》、《原稿》均有小注：「珠市妓郝昭文小楷極工，舊院朱無瑕詩名《繡佛齋集》。又，齊錦雲贈别詩云：『一呷春醪萬里情，斷腸芳草斷腸鶯。願將雙淚啼爲雨，明日留君不出城。』一時傳播。」《原稿》後勾去。

其十五

一月花名簇錦筵，舊家手帕亦因緣。曾陪盒子春檠會，冷落飄燈四十年〔一〕。

〔一〕按，詩後《慎旃初集》、《原稿》均有小注：「亦妓館事，沈石田有《盒子》詩。」《原稿》後勾去。

其十六

鰲足盤龍氣象吞，東華扶出尚驚魂。書生小膽當前破，何取紛紛出大言〔一〕。

〔一〕按，詩後《慎旃初集》、《原稿》均有小注：「用鄧伯言《賦鍾山晚寒》詩事。」《原稿》後勾去。

其十七

後村傲兀自奇才，覓句曾過此地來。春草不生山路白，樹陰濃罩雨花臺〔一〕。

〔一〕按，詩後《慎旃初集》、《原稿》均有小注：「雨花臺頂不生草，宋劉後村詩有『一片山無草敢生』之句。」《原稿》後勾去。

其十八

卧遊宗炳已傷神，畫社秦淮點染新。怪得江山生色少，少岡老死更無人〔一〕。

〔一〕按，詩後《慎旃初集》、《原稿》均有小注：「少岡黄文耀結畫社於秦淮，一時入社俱名流，此後無繼者。」《原稿》後勾去。

其十九

鈔庫街頭第一坊，遊人消渴試新嘗〔一〕。近來曲巷添茶社，誰記新都是濫觴〔二〕。

〔一〕「遊」，《慎旃初集》、《原稿》俱作「幾」，《原稿》後改作「游」。

〔二〕按，詩後《慎旃初集》、《原稿》均有小注：「萬曆癸丑，新都人開一茶坊於鈔庫街前，此未之有也。」《原稿》後勾去。

其二十

名士年來已可嗔，騎驢腰扇怕逢人。李昭竹骨王郎畫，難掩西風障扇塵〔一〕。

〔一〕按，詩後《慎旃初集》、《原稿》均有小注：「李昭竹骨扇，王孟仁壽畫，爲金陵二絶。」《原稿》後勾去。

蕪湖關

昨日出龍江〔一〕，今晨抵蕪湖〔二〕。順風滿帆幅〔三〕，過關快須臾。關吏責報税，截江大聲呼。舟子不敢前，椗柁轉轆轤。余笑謂關吏，奇貨我則無。聯吟三寸管，壓浪百卷書。船頭兩巾箱，船尾一酒壺。此外更何物？隨身長鬚奴。吏前不我信，倒篋傾筐籚。棄捐無一可，相顧仍睢盱。買酒例索錢，迴身若責逋。有貨官盡征，無貨吏横誅。有無兩不免，何以慰長途〔四〕。

〔一〕「日」，《慎旃初集》作「朝」。

〔二〕按，此句後《慎旃初集》、《原稿》均尚有「兩關遥相望，商旅駢舟車。胡爲帶水間，此征彼復輸」四句，《原稿》後以墨筆抹去。

〔三〕「順」，《慎旃初集》、《原稿》俱作「好」，《原稿》後改作「順」。

〔四〕按，此句後《慎旃初集》尚有「呼童束行李，掛帆復如初。舟子前致語，網羅此猶疏。前行出九江，空船亦收租」六句。《原稿》僅有後四句，後以墨筆抹去此四句。

題余鴻客金陵覽古集

神傷叔寶髩初斑〔一〕，詩草年年手自删。莫問六朝興廢事〔二〕，謝家名句有江山。

〔一〕「初」，《慎旃初集》、《原稿》俱作「應」，《原稿》後改作「初」。

〔二〕「莫問」，《慎旃初集》作「莫賦」，《原稿》作「何限」，《原稿》後改作「莫問」。

曉出荻港

鞍馬習人勞，舟杭令人惰。所苦風濤争〔一〕，孤篷坐掀簸。般師喜出險〔二〕，拍手笑相賀。輕生涉江湖，緬維神力荷。詰朝風日美，百里悠揚過。雲峰石門奇，天勢江浮大。望窮樹攢薺，機静魚趁柁。琉璃千萬頃，一葉點不破。倒影白日深，蛟龍鏡中卧。江豚忽掉尾，散作鱗箇箇。豁然闢詩境，遠景開淡沲。

〔一〕「苦」，《慎旃初集》作「慮」。

〔二〕「出」，《慎旃初集》、《原稿》俱作「脱」，《原稿》後改作「出」。

銅陵太白樓同韜荒兄作二首

其一

不盡長江萬古流，吴天遼廓倚孤舟〔一〕。疾風捲雨過山去，虹氣晴開百尺樓〔二〕。

〔一〕「吴」，《慎旃初集》、《原稿》俱作「楚」，《原稿》後改作「吴」。

〔二〕「百尺」，《慎旃初集》、《原稿》俱作「太白」，《原稿》後改作「百尺」。

其二

我昔曾從夢見之，精靈長接百篇詩。豈知流落才無用〔一〕，猶羨宫娥捧硯時。

〔一〕「豈」，《慎旃初集》、《原稿》俱作「不」，《原稿》後改作「豈」。

遊兵營

苕苕指衡湘，屈蟠路如蛇。江天風月夜，往往聞清笳。尋聲向曲岸，燈光出蒹葭。古哨聚遊兵，汛地錯犬牙。上下十數里〔一〕，塘迴互周遮。警急一舉烽，夜行禁艑艖。茅屋三五間，各自比建衙。門前蔭垂柳，屋後編籬笆〔二〕。恐爾本良民，賦斂逃科差。居然長兒女，戍久還成家〔三〕。炎荒屬未寧〔四〕，羽檄方紛拏〔五〕。惜哉好身手〔六〕，宴坐銷精華。何當鉦鼓息〔七〕，再見户口加。

〔一〕「十數里」，《慎旃初集》作「纔十里」。

〔二〕「門前蔭垂柳，屋後編籬笆」二句，《慎旃初集》、《原稿》俱作「門前蔭垂柳，早晚來啼雅。屋後墾棄地，笆籬綴藤花」，《原稿》後改作「門前蔭垂柳，屋後編籬笆」。

〔三〕「恐爾本良民，賦斂逃科差。居然長兒女，戍久還成家」四句，《慎旃初集》作「耰鋤非所便，得蒔菜與瓜。居然長兒女，竅壁聲哇哇。恐爾本良民，賦斂逃繇差」，《原稿》作「耰鋤非所便，得蒔菜與瓜。恐爾本良民，賦斂逃繇差」，《原稿》後抹去「耰鋤非所便，得蒔菜與瓜」二句，並改「繇」爲「科」。按，此四句後《慎旃初集》、《原稿》尚有「故里今空村，流亡向天涯。焉知屯戍久，舊業還桑麻」四句。《原稿》後改作「居然長兒女，戍久還成家」。

〔四〕「炎荒」，《慎旃初集》、《原稿》俱作「方隅」，《原稿》後改作「炎荒」。

〔五〕「方」，《慎旃初集》、《原稿》俱作「仍」，《原稿》後改作「方」。

〔六〕「惜哉」，《慎旃初集》、《原稿》俱作「却將」，《原稿》後改作「惜哉」。

〔七〕「鉦鼓息」，《慎旃初集》、《原稿》俱作「息征鼓」，《原稿》後改作「鉦鼓息」。

那刹磯弔黄忠節公

天道本好生，無端殺機伏〔一〕。惻然遜國際，罹此靖難酷。天下自一家，諸臣義不辱。侍中初出亡，乞援向誰哭。勢窮繼以死，初念固不欲。漸漸那刹磯，洶洶怒濤蹴。嗚呼蒙葬地，乃在江魚腹。賢哉翁夫人，偷生不忍獨。提攜及二女，感激到婢僕。舉家十三口，同日死江曲。真難贖百身，竟用全九族。當時故吏士，過者不敢目。藁葬同一墳，翁夫人及二女合葬金陵塞洪橋北。招魂倘來復。易名雖兩經，弘光南渡改謚文貞。廟貌未嚴肅。我思鑄遺像〔二〕，鎮此千山麓。貧賤復何言，詩成淚盈掬。

〔一〕「無端」，《原稿》原作「或者」，後改作「無端」。
〔二〕「我思鑄遺像」，《原稿》原作「我思神明交，正義恒綏福。莫作伍胥潮，中流互觝觸。誰能起祠宇」，後改作「我思鑄遺像」。

雨後渡攔江磯

片雨南來壓短篷，迴看天北吐長虹。風纔過處雲頭黑，霧忽消時日脚紅〔一〕。遠岸浮沈沙柳外〔二〕，危磯出没浪花中〔三〕。扁舟一葉無根蔕，笑擲吾生付柁工〔四〕。

〔一〕「忽」，《慎旃初集》、《原稿》俱作「正」，《原稿》後改作「忽」。
〔二〕「遠岸浮沈沙柳外」，《慎旃初集》、《原稿》俱作「疏磬忽沉峰影外」，《原稿》後改作「遠岸浮沈沙柳外」。
〔三〕「出没」，《慎旃初集》、《原稿》俱作「只在」，《原稿》後改作「出没」。
〔四〕「扁舟一葉無根蔕，笑擲吾生付柁工」二句，《慎旃初集》、《原稿》俱作「也知出險須全力，談笑輸他棙柁功」，《原稿》後改作「扁舟一葉無根蔕，笑擲吾生付柁工」。

小孤山

峨峨百里外，烟鬟望欻矐〔一〕。峭颿兩日程〔二〕，始及抵山脚。連山亘兩岸〔三〕，千仞排垠塄。不知渾沌來，孤嶼孰開鑿〔四〕。初從山背望，上下勢相若。兩崖忽中分，老牛角紾昔〔五〕。向陰棲鷫鷞，石齒白磊硌。其陽峰面鋭，鵬噣高卓卓。青葱起美蔭，遠景翳林薄。脊骨不貯土〔六〕，長根自蟠錯。旁觀倚崔嵬，遥勢借恢擴。大哉造物奇，咫尺形體各。中腰神女祠〔七〕，紺碧架飛閣。藐焉冰雪姿〔八〕，玉貌坐端愨。小雨夜歸梁，晴雲曉褰幕〔九〕。神威不在猛，水怪自驚遻。帖然率羣醜，俛首受絛約。移舟試欲登，夷險費斟酌〔一〇〕。聳肩卻步立，窘若被束縛。攀躋雖未成，夜枕夢已噩。起來攬帶坐，波軟風力弱。圓月光吐吞，蛟龍恐驚攫。

〔一〕「欻曜」，《慎旃初集》、《原稿》俱作「綽約」。

〔二〕「峭」，《慎旃初集》作「掛」。

〔三〕「兩」，《慎旃初集》、《原稿》俱作「東」，《原稿》後改作「兩」。

〔四〕「嶼」，《慎旃初集》、《原稿》俱作「峰」，《原稿》後改作「嶼」。又，此句後《慎旃初集》尚有「中流兀砥柱，萬里壯鎖鑰。海波奔騰至，收斂俄返壑。下歸數千尋，誰能量一勺」六句。《原稿》無「海波奔騰至，收斂俄返壑」二句，後抹去其餘四句。

〔五〕按，「昔」後《慎旃初集》、《原稿》俱有小注「音錯」。

〔六〕「脊」，《慎旃初集》、《原稿》俱作「山」。

〔七〕「中」，《慎旃初集》、《原稿》俱作「山」。
〔八〕「焉」，《慎旃初集》作「然」。
〔九〕按，此句後《慎旃初集》、《原稿》均有「冰綃織藕絲，縹緲燦朱箔」二句，《原稿》後抹去此二句。
〔一〇〕按，此句後《慎旃初集》、《原稿》均有「絶頂一綫縈，高絙垂鐵索。向來懶惰容，到此不敢作」四句，《原稿》後以墨筆抹去。

皖口

八卦依然列女墻，一城斗大劃荆揚。雨濃隔浦吴山盡，風澹空江楚水長。官渡無人還繫艇，客程有樹但垂楊。曾經百戰東南定，鼓角殘兵又夕陽。「殘兵鼓角夕陽中」，明初高季迪《題安慶城樓》詩語也。

路灌溝阻風〔一〕

行李先愁過吉陽，萑苻何物尚披猖。孤舟喜出兩關阻〔二〕，一雨能生三日凉。紈扇雲皴山入畫〔三〕，蘆花風起客思鄉〔四〕。柴桑舊事吾猶記，咫尺翻嫌路渺茫。

〔一〕按，《慎旃初集》、《原稿》題後俱有「望東流縣爲古彭澤地淵明作令處也」十五字，《原稿》後删去。

〔二〕「出兩關阻」，《慎旃初集》、《原稿》俱作「脱百重險」，《原稿》後改作「出兩關阻」。

〔三〕「紈扇」，《慎旃初集》、《原稿》俱作「屏障」，《原稿》後改作「紈扇」。

〔四〕「蘆花」，《慎旃初集》、《原稿》俱作「紈風」，《原稿》後改作「蘆花」。

過鄱陽湖口望大孤山次黄伐檀舊韻

江長如帶湖如襟，廬山挈領高嶔崟〔一〕。大孤欲東湖口住〔二〕，石脚下插三千尋〔三〕。浪頭有時過滅頂〔四〕，噓吸倒影影亦沈。康郎彭郎兩不妬，微步但覺凌波深〔五〕。西江賈兒晚泊棹，東南月上明孤斟。渚蘗汀芷近楚俗，水味涓潔神居歆。羣鷗飛盡亂鴉舞，瘦藤瘦棘森成陰〔六〕。天青沙白獻濃翠〔七〕，恍悦余目怡余心〔八〕。船頭擊汰船尾卧，未疾不受風霾淫〔九〕。馬當之險幸已脱，一壺珍重攜千金〔一〇〕。

〔一〕「江長如帶湖如襟，廬山挈領高嶔崟」二句，《慎旃初集》作「一泓水瀉清塵襟，五老俯視猶嶔崟」，《原稿》原作「五湖如帶江如襟，廬阜高勢何嶔崟」，《原稿》後改作「江長如帶湖如襟，廬山挈領高嶔崟」。

〔二〕「大孤欲東湖口住」，《慎旃初集》作「大孤如漚浮鏡面」，《原稿》原作「大姑一漚浮鏡面」，後改作「大孤欲東湖口住」。

〔三〕「下」，《慎旃初集》作「倒」。

〔四〕「浪頭有時過滅頂，噓吸倒影影亦沉」二句，《慎旃初集》作「濤頭有時過山頂，高勢壓影影亦沉」，《原稿》「浪頭」原作「濤頭」、「過滅頂」作「滅山頂」，後改作「浪頭」、「過滅頂」。

〔五〕「但」，《慎旃初集》、《原稿》俱作「已」，《原稿》後改作「但」。

〔六〕「森」，《慎旃初集》、《原稿》俱作「俱」，《原稿》後改作「森」。

〔七〕「獻濃」，《慎旃初集》作「撲遥」。

〔八〕「恍悦余目怡余心」，《慎旃初集》作「蒼靄一點怡人心」。

〔九〕「船頭擊汰船尾趾，未疾不受風霾淫」二句，《慎旃初集》、《原稿》俱作「石門横束湖口住，江流自濁難侵淫」，《原稿》後改作「船頭擊汰船尾趾，未疾不受風霾淫」。

〔一〇〕「馬當之險幸已脱，一壺珍重攜千金」二句，《慎旃初集》作「馬當南來天下險，瓠壺珍重攜千金」。《原稿》僅上句同《慎旃初集》，後改作今句。

蘄州道中

設險憑全楚，江防此地遷。千家猶帶郭，獨客偶停船。天濶星如墜，江空月最先。時危憂盜賊，慘澹話當年。

漢口

巨鎮水陸衝，彈丸壓楚境。南行控巴蜀，西去連鄢郢〔一〕。人言紛五方〔二〕，商賈富兼并〔三〕。紛紛隸名藩，一一旗號整。駢駢驢尾接，得得馬蹄騁。傳傳人摩肩，蹙蹙豚縮頸。羣鷄叫咿喔，巨犬力頑獷。魚蝦鯹就岸，藥料香過嶺。黄蒲包官鹽，青箬籠苦茗。東西水闤固，上下樓閣迴。市聲朝喧喧，烟色晝暝暝。一氣十萬家，焉能辨廬井。兩江合流處，相峙足成鼎。舟車此輻輳，翻覺城郭冷。黄沙撲面來〔四〕，却扇不可屏。稍喜漢江清，浣紗見人影。

〔一〕「西去連鄢郢」，《慎旃初集》作「北去連宛鄧」。

〔二〕「人言紛五方」後，《慎旃初集》尚有「户口雜諸姓。狐裘豪豬韡」二句。

〔三〕按，此句後《慎旃初集》尚有「居然挾奇貨，輦載入鄢郢。官船帆檣高，小艇蓬索迸」四句。

〔四〕「面來」，《慎旃初集》、《原稿》俱作「人倒」，《原稿》後改作「面來」。

漢陽晴川閣〔一〕

已失當年鸚鵡洲〔二〕，晴川高閣劫灰留〔三〕。苦嫌過客多題壁〔四〕，却笑神仙盡好樓。閣傍新創方士書院。粉堵日斜浮鄂渚，蒲帆風急下黄州。山根一線分江漢，不遣清流混濁流。

〔一〕按，《慎旃初集》、《原稿》題前均有「登」字，《原稿》後圈去。
〔二〕「已失當年鸚鵡洲」，《慎旃初集》、《原稿》俱作「無恙闤城一覽收」，《原稿》後改作「已失當年鸚鵡洲」。
〔三〕「晴川高閣」，《慎旃初集》、《原稿》俱作「巋然傑閣」，《原稿》後改作「晴川高閣」。
〔四〕「苦嫌」，《慎旃初集》作「只從」。「多」，《慎旃初集》、《原稿》俱作「皆」，《原稿》後改作「多」。

題王方喬齋壁

半捲湘簾不滿鈎，大江檻外日東流。碧空過盡千帆影〔一〕，一榻卧看黄鶴樓。

〔一〕「千」，《慎旃初集》、《原稿》俱作「亂」，《原稿》後改作「千」。

安國寺東荷池上

蓮蓬味美差同藕，荷葉香清似勝花。懊惱休陰無一樹〔一〕，閉門長日坐僧家〔二〕。

〔一〕「懊惱」，《慎旃初集》、《原稿》俱作「惱殺」，《原稿》後改作「懊惱」。
〔二〕「長日」，《慎旃初集》、《原稿》俱作「日日」，《原稿》後改作「長日」。

漢江舟夜

露宿風餐兩月餘〔一〕，入秋懷抱少應攄。濃陰隔浦初疑霧〔二〕，晚食投竿果得魚。夏口帆來飛鳥外〔三〕，洞庭木落早涼初。楚天微雨瀟瀟夜〔四〕，漁火分光到檢書。

〔一〕「露宿風餐」，《慎旃初集》、《原稿》俱作「一棹滄江」，《原稿》後改作「露宿風餐」。
〔二〕「浦」，《慎旃初集》、《原稿》俱作「岸」，《原稿》後改作「浦」。
〔三〕「夏口帆來飛鳥外」，《慎旃初集》、《原稿》俱作「沙市煙沉輕靄外」，《原稿》後改作「夏口帆來飛鳥外」。
〔四〕「微」，《慎旃初集》、《原稿》俱作「長」，《原稿》後改作「微」。

漢川道中紀所見

沙岸百尺高，水落岸容槁。火雲蒸久旱，旭日秋杲杲〔一〕。田家候鷄鳴〔二〕，趁伴起最早。放閒惜牛力〔三〕，飽食眠秋草〔四〕。不念婦子疲〔五〕，提攜及襁褓。桔槹遠灌田，俯仰困機巧。單衣汗沾背，滿面塵不澡。鑼鼓懸柳陰，兒童事擊考。金燥革亦乾，愁聲振林杪。土音帶蠻猺，過客不盡曉。勞歌有酬答，各自相媚好。豐荒關天運，轉瞬誰得保。民愚亦可憐，聊用慰翁媼。對之我抱慙，饑軀空擾擾。人言行路心，擇食苦不飽。此意行已堅，毋爲亂懷抱。

〔一〕「旭」，《慎旃初集》、《原稿》俱作「赤」，《原稿》後改作「旭」。
〔二〕「田家候鷄鳴，趁伴起最早」二句，《慎旃初集》、《原稿》俱作「鷄鳴田家起，疲薾失昏早」，《原稿》後改作「田家候鷄鳴，趁伴起最早」。
〔三〕「放閒」，《慎旃初集》、《原稿》俱作「徒知」，《原稿》後改作「放閒」。
〔四〕「眠」，《慎旃初集》、《原稿》俱作「放」，《原稿》後改作「眠」。
〔五〕「疲」，《慎旃初集》、《原稿》俱作「瘁」，《原稿》後改作「疲」。

渡百里湖

湖面寬千頃，湖流淺半篙。遠帆如不動，原樹競相高。歲已占秋旱，民猶望雨膏。涸鱗如可活，吾敢畏波濤。

洪　湖〔一〕

漢江支流入洪口，水勢舒緩地勢窪。葑田中開畝千頃，緯經去聲。一一露渚牙〔二〕。殘荷尚擎欹仄蓋〔三〕，紅蓼競吐殷鮮花〔四〕。鷺鷥聳肩作人立，意思閒暇窺魚蝦。濱湖幾點暮烟起〔五〕，曬網者漁三五家〔六〕。海籜半閒蘆架屋〔七〕，黄篾十丈水占涯〔八〕。春漲生時隨斷梗〔九〕，秋潦退後依平沙〔一〇〕。東西北南隨所向，泛泛何異鷗鳧駕〔一一〕。老漁顧我笑相答〔一二〕，客行要自同棲苴〔一三〕。我聞此言發狂笑，片席飛渡蒼蒼葭〔一四〕。

〔一〕按，《慎旃初集》、《原稿》題均作「洪湖即目」，《原稿》後圈去「即目」二字。

〔二〕「葑田中開畝千頃，緯經一一露渚牙」二句，《慎旃初集》作「洪湖中受五千頃，淺處了了露渚牙」，《原稿》作「洪湖中開畝千頃，淺處了了露渚牙」，後改爲「葑田中開畝千頃，緯經一一露渚牙」。

〔三〕「尚擎欹仄蓋」，《慎旃初集》、《原稿》俱作「葉香莖未折」，《原稿》後改作「尚擎欹仄蓋」。

〔四〕「競」，《慎旃初集》作「自」。

〔五〕「濱」，《慎旃初集》作「瀕」。

〔六〕「曬網者漁三五家」，《慎旃初集》作「漁户曬網依田家」。

〔七〕「半閒」，《慎旃初集》、《原稿》俱作「十丈」，《原稿》後改作「半閒」。

〔八〕「黄篾十丈」，《慎旃初集》、《原稿》俱作「弱纜一縷」，《原稿》後改作「黄篾十丈」。

〔九〕「隨」，《慎旃初集》作「逐」。

〔一〇〕「退後依平」，《慎旃初集》作「收後閣淺」，《原稿》改「收」作「退」。

〔一二〕「泛泛何異鷗鳧駕」，《慎旃初集》作「有生毋乃如鳧駕」，《原稿》原作「厥族何異鳧與駕」，後改作「泛泛何異鷗鳧駕」。

〔一三〕「老漁」，《慎旃初集》作「居民」。「答」，《慎旃初集》、《原稿》俱作「謂」，《原稿》後改作「答」。

〔一三〕「棲苴」，《慎旃初集》作「乘槎」。

〔一四〕「片席飛渡蒼蒼葭」，《慎旃初集》、《原稿》俱作「白鳥飛去移蒼葭」。

沔陽道中喜雨

一枕凉侵被，朝來得晏眠。江清收潦後〔一〕，風勁掛帆前〔二〕。宿雨纔如露，秋雲不近天。可能涓滴意，蓬勃起枯田。

〔一〕「江」，《慎旃初集》、《原稿》俱作「水」，《原稿》後改作「江」。

〔二〕「勁」，《慎旃初集》、《原稿》俱作「到」，《原稿》後改作「勁」。

初入小河

魚米由來富楚鄉，入秋飽噉只尋常。如今米價偏騰貴，賤買河魚不忍嘗。

將至玉沙舟中述懷呈家季叔二首

其一

村荒人少但寒雅，夾岸蒹葭一道斜。偶到不妨頻問俗，既來何苦又思家。愁經零露秋前草，夢吐疎燈夜半花。抛却田園荒舊業，并攜僮僕走天涯。

其二

勞苦官居已六年，人傳緑鬢改華顛〔一〕。眼明稍喜流亡復，城小曾蒙盗賊憐。五斗粟容彭澤傲，一厨酒愛步兵賢〔二〕。定知情話無窮在，幾夜篝燈記不全。

〔一〕「緑鬢改」，《慎旃初集》作「鬚鬢比」。

〔二〕「二」，《慎旃初集》作「十」。

玉沙即事二首

其一

銀絲壓髻學盤頭，少婦粧成不上樓。客久語音通土俗，路長征戍阻炎州。蘆中船去花摇雪，柳外天低月吐鈎。净洗胭脂湖水闊，荷陰閒淡自清秋。郭外胭脂湖荷花絶盛。

其　二

絶少魚蝦入膳庖，豚蹄隨意散塘坳。鷄棲茅店鴉争食，燕去蘧廬鼠嚙巢。暗窟草深移蟋蟀，晴絲露重綴蠨蛸。乍來寂莫荒江曲〔一〕，欲賦蕪城感慨交〔二〕。

〔一〕「乍來寂莫」，《慎旃初集》、《原稿》俱作「亂餘風物」，《原稿》後改作「乍來寂莫」。
〔二〕「感慨」，《慎旃初集》、《原稿》俱作「百感」，《原稿》後改作「感慨」。

初得家書〔一〕

九十日來鄉夢斷，三千里外客愁疎。凉軒燈火清砧月，惱亂翻因一紙書。

〔一〕按，《慎旃初集》、《原稿》題均作「初至玉沙得家書」，《原稿》後圈去「至玉沙」三字。共二首，此爲其一。

與韜荒兄竟陵分手兄至荆州余往監利滯留且一月矣作詩以寄〔一〕

長江多蛟龍，嘘吸通潮汐。兩人行結束，惘惘將奚適〔二〕。維時夏苦旱，千里火雲赤。壓頭一扇篷〔三〕，炙背等煎迫。而我於其間，狂吟快新獲〔四〕。兄詩工而遲，顧我速以拙〔五〕。篇成必傳示〔六〕，瑕纇互指摘〔七〕。我賞兄不疑，兄頷我蹙額〔八〕。丹砂百煉金，點鐵隨手擲〔九〕。文從字怪發，往往到擊節〔一〇〕。績學兄貫穿，懸河瀉胸膈〔一一〕。陳言務掃蕩，妙解生創闢〔一二〕。文章竊願學〔一三〕，下語頗不擇〔一四〕。兄爲啓其鑰，奇正示體格〔一五〕。經經而緯史〔一六〕，較若分黑白〔一七〕。溯流止一源，馳騁戒旁隙〔一八〕。有時雜游戲，間亦事博弈。枯棊紙畫局〔一九〕，低手兩笨伯〔二〇〕。毫末勢必争，怒容毛髮磔〔二一〕。推枰起相詢，衾枕紛狼藉〔二二〕。幸未投諸淵，俛首旋拾摭。旁觀但移晷，一笑意已釋〔二三〕。我飲僅半升〔二四〕，兄傾可一石〔二五〕。村沽必盡量〔二六〕，醉語有終夕。舟子訝未聞〔二七〕，家奴慣不嚇〔二八〕。漢陽半月住，又復事行役〔二九〕。竟陵暫分袂，謂作浹旬隔〔三〇〕。余去向玉沙〔三一〕，兄行指鶴澤。萍蹤忽漂散，踐約苦難責。吾叔方南征，輸將任煩劇〔三二〕。夷陵用兵地，久滯佐籌畫〔三三〕。西風吹客衣，稍欲换絺綌。冷署啼寒蛩〔三四〕，庭柯響摵摵。獨來閱中秋，消息斷咫尺。豈如孤舟夜，卧起同枕席〔三五〕。正當盛壯時，長駕困短策〔三六〕。依回投幕府，此段良可惜〔三七〕。我年雖少兄，本性奈孤僻〔三八〕。輪囷剩肝膽，感憤腕徒搤〔三九〕。妻孥敗人意，兼顧終無術〔四〇〕。鹵莽一出門，何從筭游跡。歸與須早計，惆悵分飛翮〔四一〕。

〔一〕「荆州」，《愼旃初集》作「南郡」。「監利」作「玉沙」，「且一月矣」作「又一月」。又，《愼旃初集》

「寄」後尚有「兼寓感懷」四字。《原稿》「監利」後有「縣」字，後圈去；題後有「兼寓感懷」四字，亦抹去。

〔二〕「長江多蛟龍，噓吸通潮汐。兩人行結束，惘惘將奚適」四句，《慎旃初集》作「長江多波濤，俄頃現出没。兄行就熟路，弟意駭初涉。江船劣容足，跼促對摇膝。形影兩不離，奚止共晨夕」。《原稿》「兩人」原作「與兄」，後改作「兩人」。

〔三〕「維時夏苦旱，千里火雲赤。壓頭一扇篷」三句，《慎旃初集》作「維時夏秋交，藴隆石俱裂。麾扇不拒暑」。

〔四〕「狂吟快新獲」，《慎旃初集》作「散漫羅筆墨」。

〔五〕「顧」，《慎旃初集》作「笑」。

〔六〕「必」，《慎旃初集》作「互」。

〔七〕「互指摘」，《慎旃初集》作「敢自匿」。

〔八〕按，此句後《慎旃初集》尚有「片語中未安，諷詠肯少輟」二句。

〔九〕「點鐵隨手擲」，《慎旃初集》作「累黍點頑鐵」。

〔一〇〕「往往到」，《慎旃初集》作「快意至」。

〔一一〕「績學兄貫穿，懸河瀉胸膈」二句，《慎旃初集》作「遂覺清風生，凉涎漱齒頰。史學觸事論，哆口兄奪席」。《原稿》「績學兄」原作「史學□」，後改爲「績學兄」。

〔一二〕「妙解生創闢」，《慎旃初集》作「創解獲開闢」。又，此句後《慎旃初集》、《原稿》均有「常時所記憶，挂一每漏百。捫舌今不言，静聽雙耳帖」四句，《原稿》後以墨筆抹去。

〔一三〕「竊願」，《慎旃初集》作「實未」，《原稿》原作「頗願」，後改作「竊願」。

〔一四〕「頗」《慎旃初集》、《原稿》俱作「恐」，《原稿》後改作「頗」。

〔一五〕「示」，《慎旃初集》作「争」。

〔一六〕「經經而緯史」，《原稿》原作「緯史而經經」，後改爲「經經而緯史」。

〔一七〕「較若分黑白」，《慎旃初集》作「汎濫百家説」。

〔一八〕「隙」，《慎旃初集》作「突」。又，此句後《慎旃初集》尚有「造詣方自茲，庶幾期弋獲」二句。

〔一九〕「棊」，《慎旃初集》作「枰」。

〔二〇〕「笨伯」，《慎旃初集》作「勁敵」。

〔二一〕「毛髮磔」，《慎旃初集》作「倒指髮」。

〔二二〕「衾枕紛狼藉」，《慎旃初集》作「旋轉亂白黑」。

〔二三〕「幸未投諸淵，俛首旋拾摭。旁觀但移晷，一笑意已釋」四句，《慎旃初集》作「紛紛散投地，俯首苦拾掇。顛倒乃一笑，旁觀意始釋」。「但」，《原稿》原作「或」，後改作「稍」，復改作「但」。

〔二四〕「我飲僅半升，兄傾可一石。村沽必盡量，醉語有終夕」四句，《慎旃初集》作「雅謔正無心，聊取破岑寂。狂言絶拘檢，里諺恣捃摭」。

〔二五〕「傾可」，《原稿》原作「能盡」，後改作「傾可」。

〔二六〕「村沽必盡量」，《原稿》原作「村沽無隔宿」，後改作「村沽必盡量」。

〔二七〕「子」，《慎旃初集》作「人」。

〔二八〕「家奴」，《慎旃初集》作「奴僕」。

〔二九〕「漢陽半月住，又復事行役」二句，《慎旃初集》作「如此消光陰，倏過八十日」。

〔三〇〕「竟陵暫分袂，謂作浹旬隔」二句，《慎旃初集》作「竟陵暫分袂，初近中元節。征帆相背發，謂作隔旬別。潛沱中流清，葦岸未抽白」。《原稿》此聯後有「潛沱中流清，片月照孤客」二句，後以墨筆抹去。

〔三一〕「余去向玉沙，兄行指鶴澤。萍蹤忽漂散，踐約苦難責」四句，《慎旃初集》作「兄去向荆州，小弟望江邑。蹤跡一鄉岐，踐約難自必」。

〔三二〕「任」，《慎旃初集》作「苦」。

〔三三〕「久滯佐籌畫」，《慎旃初集》作「留滯歸未得」。

〔三四〕「冷署啼寒螿，庭柯響摵摵」二句，《慎旃初集》作「冷署秋蟲繁，明燈照四壁。紙窗鳴颼颼，庭樹響摵摵」。

〔三五〕「獨來閲中秋，消息斷咫尺。豈如孤舟夜，卧起同枕席」四句，《慎旃初集》作「獨來坐兼旬，骨肉尚隔絶。豈如孤蓬夜，悵望轉蕭瑟」。《原稿》「斷」原作「望」，後改作「斷」；「卧起同枕席」原作「相對兩踟躇」，後改作「卧起同枕席」。

〔三六〕「正當盛壯時，長駕困短策」二句，《慎旃初集》作「正當盛壯時，騁足困羈紲。千金走都市，官爵如操楔。抱負失磊砢，飲冰腸内熱」。

〔三七〕「依回投幕府，此段良可惜」二句，《慎旃初集》作「依回投幕下，此意良可惜」。《原稿》前一句原作「依回欲入幕」，後改作「依回投幕府」。按，此句後《原稿》尚有「有田如可耕，誓不以彼易」二句，後抹去。

〔三八〕「本性奈孤僻」，《慎旃初集》作「興會頽反極」。

〔三九〕按，此句後《慎旃初集》尚有「玉沙去荆州，相望一水隔。策蹇庶有期，儻能留待客。家書昨朝達，重疊封未拆。仍虞致沉浮，郵寄敢倉卒」八句。

〔四〇〕「兼顧終無術」，《慎旃初集》作「彼此各關切」。「術」，《原稿》作「策」，後以硃筆改爲「術」。

〔四一〕「鹵莽一出門，何從筭游跡。歸與須早計，惆悵分飛翮」四句，《慎旃初集》作「茲游誠鹵莽，何以慰交適。努力事長途，人情向偪仄」。

從監利至荆州途中作

餘恨空傳割據還，青天了了隔江山。對岸爲華容諸山。人來小雨初晴後，秋在垂楊未老間。

望遠易成千里隔，時危敢愛一身閒。荆州亦是從軍地，怪得參軍語帶蠻〔一〕。

〔一〕「怪得」，《慎旃初集》、《原稿》俱作「莫怪」，《原稿》後改作「怪得」。

初至荆州韜兄出岳家口留别絶句見示和一首

竟陵小别無多日，又向江陵把一樽。此夕憑君談客况，已如三峽聽啼猿。

呈大中丞楊公二首〔一〕

其一

烏爨要荒路幾千，牙門小駐且江邊。時駐節荆州。他年峴首沈碑會，不羨龍山落帽筵。千古英雄皆史册，一時形勝又山川。從今覽眺猶多暇，只在披圖聚米前。

〔一〕按，《慎旃初集》、《原稿》題均作「奉呈大中丞楊公開府黔中八首存四」，《原稿》後圈去「奉」「開府黔中」五字，改「四」作「二」。此爲第一首、第三首。

其二

樓船直下擁旗旌，絶勝貔貅十萬兵。吴漢威名如敵國，魏公倚重抵長城。鐵橋徼外先聲度，銅柱天南赤手擎。若問封侯何事業，征南原是一書生。

重陽後六日奉陪中丞公登龍山落帽臺次原韻〔一〕

遠上坡陁碧水灣〔二〕，蒼然平楚夕陽間。可無好事傳新句，恰有佳名似故山〔三〕。余所居在龍山〔四〕，故云。霜氣銷來還緑樹，狼烟起處是烏蠻。陪遊不少鄒從事，此日風流媿再攀。

〔一〕「奉陪」，《慎旃初集》、《原稿》俱作「同」，《原稿》後改作「奉陪」。

〔二〕「遠上」，《慎旃初集》、《原稿》俱作「高勢」，《原稿》後改作「遠上」。

〔三〕「有」，《慎旃初集》、《原稿》俱作「好」，《原稿》後改作「有」。

〔四〕「在」，《慎旃初集》、《原稿》俱作「名」。

荆州與楊語可别〔一〕

一身萬里逐南征，八口村居累不輕。入幕稍酬賓主分〔二〕，勸餐真見弟兄情〔三〕。雨清江館啼猨夢，天潤砧鄉去雁程。莫怪從軍還作賦，仲宣樓畔尚徵兵〔四〕。

〔一〕按，《慎旃初集》、《原稿》題均作「送楊語可自荆州東歸二首」，《原稿》後改今題。集中僅載第二首。

〔二〕「入幕稍酬賓主分」，《慎旃初集》、《原稿》俱作「歸計尚虚僮僕望」，《原稿》後改作「入幕稍酬賓主分」。

〔三〕「勸」，《慎旃初集》、《原稿》俱作「加」，《原稿》後改作「勸」。

〔四〕「莫怪從軍還作賦，仲宣樓畔尚徵兵」二句，《慎旃初集》、《原稿》俱作「想到青黄垂屋角，小園三徑有霜橙」，《原稿》後改作「莫怪從軍還作賦，仲宣樓畔尚徵兵」。

荆南秋盡野鶴羣飛楊公有詩屬余並作〔一〕

遠遊望滇黔，萬里方汗漫。中途得小憩〔二〕，朝爽快清盼〔三〕。野鶴亦出遊，聲聞自天半。來從纖霓端，倏過蘆花岸。紛紛排雁陳〔四〕，一一作魚貫。或前如導引，後者敢奔竄。成羣似得朋〔五〕，獨往寧無伴〔六〕。感通在聲氣，形影有聚散。應防凡鳥嗤〔七〕，未怕弋者篡〔八〕。那將閒人目，送汝入霄漢〔九〕。豈無好爵縻，乘軒方好戰。當年羊叔子〔一〇〕，坐鎮示閒晏。可憐烟霞姿，曾作耳目翫〔一一〕。氋氃驅對客，妙舞恥輕炫。故澤今重來，華表如再見〔一二〕。荆南有鶴澤，相傳羊叔子養鶴處〔一三〕。但令鎩雙瓶〔一四〕，警露報昏旦。拾粒仰稻粱〔一五〕，野性恐不慣。聳身托風馭〔一六〕，毛骨庶可换。我欲從之游，招手已難唤〔一七〕。

〔一〕「楊公」，《慎旃初集》、《原稿》俱作「大中丞」，《原稿》後改作「楊公」。

〔二〕「得」，《慎旃初集》作「雖」。

〔三〕「朝爽快清盻」，《慎旃初集》作「跋涉欲辭倦。揭來上九後，爽氣快清盼」，《原稿》原作「吟眺肯辭倦。揭來上九後，爽氣快清盼」，後改作「朝爽快清盼」。

〔四〕「排」，《慎旃初集》作「同」。「陳」，《原稿》原作「行」，後改作「陳」。

〔五〕「似」，《慎旃初集》作「或」。

〔六〕「寧」，《慎旃初集》作「或」。《原稿》作「非」。

〔七〕「應」，《原稿》原作「祇」，後改作「不」。

〔八〕「者」，《原稿》原作「人」，後改作「者」。又，此句後《慎旃初集》、《原稿》均有「最後兩角鷹，翊衛等外扞」二句，《原稿》後以墨筆抹去。

〔九〕按，此句後《慎旃初集》尚有「便思焚降真，滌腸手親盥。疑有羽衣人，飄飄在空畔。雲笙八琅璈，逸響發璀璨。簧清音節朗，仙樂指齊按。學道隔兩塵，俗耳聽莫辨。當時香案吏，譴責坐疏慢。下視九萬空，到此日未旰。飛飛又何向，仰見卿雲爛」十六句，《原稿》闕「便思焚降真，滌腸手親盥」、「學道隔兩塵，俗耳聽莫辨」四句，後以墨筆抹去此十二句。

〔一〇〕「當年」，《慎旃初集》、《原稿》俱作「曾隨」，《原稿》後改作「當年」。

〔一一〕「可憐」，《慎旃初集》作「却將」。「曾」，《慎旃初集》、《原稿》俱作「近」，《原稿》後改作「曾」。

〔二〕「如再」，《慎旃初集》作「倘猶」。
〔三〕按，此句後《慎旃初集》尚有「只應鳴在陰，俯仰兩無患。胡然越都邑，長道輕羽翰」四句。
〔四〕「但」，《慎旃初集》作「若」。
〔五〕「拾粒仰稻粱」，《慎旃初集》作「此事人亦憐」。
〔六〕「風馭」，《慎旃初集》作「仙驥」，《原稿》原作「鸞馭」，後改「鸞」作「風」。
〔七〕「招」，《慎旃初集》作「拊」。

荆人田芝來年老好事所居城南隅瓦屋三楹小庭曲砌雜蒔花竹性喜蓄錦石貯以瓷盆清泉涵之因狀命名乞余分咏余以其名不雅不欲作詩重違其請賦一章以示意

風日媚冬暄，行行歷郊陸。登高三百步，埤堄轉城曲。墻頭見鵲巢，老樹出修竹〔一〕。叩門得小憩，寄興抵巖谷。白鬚揖相迎，一笑情已屬。小庭容旋馬，闢徑故蟠伏。插籬竹架格，對面植花木。隔簾霜氣清，老葉冬猶緑。井然見位置，頗未嫌局促。琴書了無塵，几榻凈如浴。清泉貯磁斗〔二〕，浮面不盈匊。纍纍錦石圓，紋理細可矚。紛紛誇示客，手點口品目。寓形窮想像，比喻借金玉。余笑戲謂翁，此事取遠俗。有生經喪亂，奇貨手翻覆。

錦繡拆麟鳳，珠璣裂奩軸。君家茅堂清，枅栱無改築。收藏恃無恙，彼好非此蓄。奈何清玩具，反以穢名辱。託名喪其實，石意恐不欲〔三〕。何如兩相忘，碌碌復碌碌〔四〕。

〔一〕按，此句後《慎旃初集》尚有「門前泥濘深，豕突鷄孑孓」二句。

〔二〕「清泉貯磁斗」，《慎旃初集》、《原稿》俱作「花磁貯清泉」，《原稿》後改作「清泉貯磁斗」。

〔三〕「託名喪其實，石意恐不欲」二句，《慎旃初集》位於「此事取遠俗」之後。

〔四〕「何如兩相忘，碌碌復碌碌」二句，《慎旃初集》作「留題苦難稱，何用辭數數。坐令歸思生，幽況在書屋。也擬拾彈渦，袖中一拳足」。《原稿》此六句以墨筆抹去，改爲「託名喪其實，石意恐不欲。何如兩相忘，碌碌復碌碌」。

初冬登南郡城樓

牢落城南賣餅家〔一〕，空傳形勝控三巴。天寒落日千羣馬〔二〕，葉盡疎林萬點鴉〔三〕。沙市人來穿故壘〔四〕，渚宮烟暝動悲笳。纍纍新冢荒郊徧，還有遺骸半未遮〔五〕。

〔一〕「賣餅」，《慎旃初集》、《原稿》俱作「百萬」，《原稿》後改作「賣餅」。

〔二〕「落日千羣」，《慎旃初集》、《原稿》俱作「尚散沿江」，《原稿》後改作「落日千羣」。

〔三〕「葉盡疎林萬點鴉」，《慎旃初集》、《原稿》俱作「葉少從添點樹鴉」，《原稿》後改作「葉盡疎林萬點鴉」。

〔四〕「來」，《慎旃初集》、《原稿》俱作「歸」，《原稿》後改作「來」。

〔五〕「還」，《慎旃初集》、《原稿》俱作「剩」，《原稿》後改作「還」。

寒夜次潘岷源韵

一片西風作楚聲，卧聞落葉打窗鳴〔一〕。不知十月江寒重，陡覺三更布被輕〔二〕。霜壓啼烏驚月上，夜驕饑鼠鬬燈明〔三〕。還家夢繞江湖濶，薄醉醒來句忽成〔四〕。

〔一〕「一片西風作楚聲，卧聞落葉打窗鳴」二句，《慎旃初集》作「風灑疏櫺故紙鳴，也如殘葉打窗聲」。「一片」，《原稿》原作「忽漫」，後改作「一片」；「卧聞落」，《原稿》原作「依然殘」，後改作「卧聞落」。

〔二〕「陡」，《慎旃初集》、《原稿》俱作「但」，《原稿》後改作「陡」。

〔三〕「鬬」，《慎旃初集》、《原稿》俱作「憎」，《原稿》後改作「鬬」。

〔四〕「句忽成」，《慎旃初集》、《原稿》俱作「睡不成」，《原稿》後改作「句忽成」。

雪後

繚墻茅屋閉孤城，寒壓竈厨火未生〔一〕。連日窮陰疑有雨，五更微雪徑成晴。坐銷短晷經檐影，閒聽鄰家壓酒聲〔二〕。天意似催梅信早〔三〕，望鄉孤客最關情〔四〕。

〔一〕「未」，《慎旃初集》、《原稿》俱作「漸」，《原稿》後改作「未」。

〔二〕「閒聽鄰家壓」，《慎旃初集》作「卧想糟牀瀉」，《原稿》作「卧想糟牀壓」，《原稿》後改作「閒聽鄰家壓」。

〔三〕「似」，《慎旃初集》、《原稿》俱作「故」，《原稿》後改作「似」。

〔四〕「望鄉孤客最關情」，《慎旃初集》、《原稿》俱作「一番草草歲功成」，《原稿》後改作「望鄉孤客最關情」。

荆州雜詩六首

其一

要害西南最，乾坤百戰餘。孤城還矢石，陳跡遂丘墟。白日吹笳外，枯風落木初。暫來戎馬地，慚愧得安居。

其二

三户亡秦讖，孤軍覆楚師。難消終古恨，常動後人思。形勝今何用，英雄事必奇。挑燈繙史傳，渾似覆枯碁。

其三

中山存後裔，失路亦依劉。大局分三國，深心借一州。圖王須得勢，割據豈同仇。滿眼俱豚犬，應思孫仲謀。

其四

梁元仍舊鎮，此地屢稱兵。禍福憑方士，干戈盡弟兄。戎衣臨講殿，詩句到巡城。世亂文何用，君王乃好名。

其五

枇杷門外路，降表是前驅。建業無王氣，湘東只霸圖。占星憂客位，給札笑家奴。秋草荒郊徧，元陵問有無。

其六

南郡風流地，雄藩轂久推。梨花前隊擁，紅粉後車來〔一〕。馬酒分麾飫，狐裘逐兔回。明明軍令在，蜀道幾時開。

〔一〕「粉」，《愼旃初集》、《原稿》俱作「豆」，《原稿》後改作「粉」。

洪武銅砲歌

荆州城頭古銅砲〔一〕，洪武元年戊申造。土花剥蝕鏽微生，首尾撐撐任顛倒。憶時僞漢方縱横，虎視江東勢輕剽。旄鉞鄱陽一戰收，割耳淋漓行告廟。荆湘指顧入圖版，駕幸武昌懾苗獠。遂令守土頒火器，何異分藩鎮險要。邪許聲中走百夫，巨材作架牛皮冒〔二〕。二百餘年烽燧泠〔三〕，講武承平背時好。何來寇賊忽披猖，將士倉皇棄牙纛。可憐櫜鞬等無用，下策火攻恃騰趠。底貢初曾致島夷，後來特賜紅夷號〔四〕。豈知將軍竟負國，俯視焦原縱羣盜。彼非吾産且勿論，爾獨胡爲亦忘報。萇弘碧血釁未足，鴟夷懸目慘無告。嬴顛劉蹶誰惜之，去者自悲來自笑。而今西南又轉戰〔五〕，形制雖存力難効。我來見汝荆棘中，并與江山作憑弔。金狄摩挲總泪流，有情争忍長登眺。

〔一〕「頭」，《慎旃初集》、《原稿》俱作「樓」，《原稿》後改作「頭」。
〔二〕「材」，《慎旃初集》作「才」。
〔三〕「餘年」，《慎旃初集》作「年來」。
〔四〕「紅夷」，《慎旃初集》作「將軍」。
〔五〕「而」，《慎旃初集》作「只」。

荆州護國寺古鼎歌

臨淮王氣日盪摩〔一〕，東吴西漢兩燭蛾〔二〕。天教禹鼎歸一統〔三〕，掃蕩不再煩矰碆〔四〕。煌煌開基自建鄴，豐沛大風時作歌。金枝玉葉出九塞，帶礪錫誓如山河〔五〕。《名山藏·分藩記》：遼王植，洪武二十五年自衛改封。成祖靖難後，王自請移荆州〔六〕。荆州要害古重鎮，水合沱灃山岷嶓。親藩改封頒重器，汾陰寶氣移騰那。遼宫北望四千里，輦致遠自清泥堝〔七〕。遼東地名，見《遼史》本紀〔八〕。吴牛回首喘甫定〔九〕，辟易罔象潛蛟鼉〔一〇〕。中容百石外菌蠢，價重奚啻千鍓鍋〔一一〕。白日蓬蓬靄雲起，清宵馤馤香烟和〔一二〕。百餘年間封未絶，嗣王拱璧垂綟緺。力營梵寺覬祈福〔一三〕，丹碧插漢高嵬峨〔一四〕。棧齴層級叠堦砌，罘罳繪藻連重阿。明珠百八綴瓔珞，黄金丈六裝韋馱。憑將此鼎配清供〔一五〕，位置端正平無頗〔一六〕。千林散花傳薝蔔〔一七〕，七葉覆影依桫欏。居人空巷競頂禮〔一八〕，一日萬手争摩抄〔一九〕。年深餘潤溢精采〔二〇〕，斑駁青緑紋成螺。厥初賜額號護國〔二一〕，豈意國步旋跌蹉〔二二〕。西北忽傳盗羣起，轉掠卭僰摇牂衕〔二三〕。叢祠狐鳴妖廟火，雄王雌霸紛么麿〔二四〕。公然出陘入曠衍〔二五〕，楚境旁突其誰何。紅蓮毳毛東浮蔽大海〔二六〕，轅麀南下驚纖蘿〔二七〕。紅巾方見劇賊走，白霨又報官軍過〔二八〕。紅蓮幕乏庾長史〔二九〕，碧油幢引楊沙哥。廟廷無人經略拙，覆餗折足遑知他。北門吠犬失利茲，南徼跕鳶悲伏波〔三〇〕。簡書右方半塗改〔三一〕，泮水左耳全欺訛〔三二〕。中軍但思挺鹿豕〔三三〕，列陣孰肯領鸛鵝。九州聚鐵鑄一字，百金立木招羣魔。腰間大弓肅肅羽，掌上利劍霍霍磨。濕梢積屍填巨壑，洗城漂血生盤渦。烏飛白頭竄帝子〔三四〕，馬挾紅粉啼宮娥〔三五〕。魯藏大盜竊寶玉，武庫烈焰燔琱戈。玉魚晨穿赤蟻穴，金虎夜落毛蟲窠〔三六〕。神焦鬼爛逃后羿，天驚石破愁皇媧〔三七〕。王坤驚聽或滲漏〔三八〕，諸皋載紀從譏訶。是時古鼎乃無恙〔三九〕，疇役丁甲來撝呵〔四〇〕。乾坤玄黄蟻旋磨〔四一〕，日月來往龍騰梭〔四二〕。爾來一瞬四十載〔四三〕，渚宮已長油油禾〔四四〕。昆明土灰識燒劫〔四五〕，銅仙泪雨收滂沱〔四六〕。城中故物僅留此〔四七〕，坐閱人代成飛柯〔四八〕。金剛寶杵衛帝釋，彫篆石碣敲頭陀〔四九〕。殘僧近前爲指點〔五〇〕，詞客好事空吟哦〔五一〕。吁嗟兮滄桑變易等閒耳，區區一物奚足多。

〔一〕「日」，《慎旃初集》、《原稿》俱作「久」，《原稿》後改作「日」。

〔二〕「兩燭蛾」，《慎旃初集》、《原稿》俱作「相催掇」，《原稿》後改作「兩燭蛾」。

〔三〕「禹鼎」，《慎旃初集》、《原稿》俱作「神器」，《原稿》後改作「禹鼎」。

〔四〕「掃蕩不再煩蹭蹬」，《慎旃初集》、《原稿》俱作「九鼎不動如山河」，《原稿》後改作「掃蕩不再煩蹭蹬」。

〔五〕「煌煌開基自建鄴，豐沛大風時作歌。金枝玉葉出九塞，帶礪錫誓如山河」四句，《慎旃初集》、

《原稿》俱作「煌煌開基三百載，金枝玉葉叢分柯。中間累葉並清晏，豐沛大風時作歌」，《原稿》後改作今句。

〔六〕按，《慎旃初集》闕此注。

〔七〕「荆州要害古重鎮，水合沱澧山岷嶓。親藩改封頒重器，汾陰寶氣移騰那。遼宫北望四千里，輦致遠自清泥堝」六句，《慎旃初集》、《原稿》俱作「江陵重鎮古要害，親藩分守何昂俄。豈無彝器頒世守，古鼎錯落光不磨。移從遼宫遠來此，汾陰寶氣看騰那」，《原稿》後改作今句。

〔八〕按，《慎旃初集》、《原稿》均闕此注。

〔九〕「吴」，《慎旃初集》、《原稿》俱作「萬」，《原稿》後改作「吴」。

〔一〇〕「辟易罔象」，《慎旃初集》、《原稿》俱作「擺硍龍窟」，《原稿》後改作「辟易罔象」。

〔一一〕「價重奚啻千鋗鍋」，《慎旃初集》、《原稿》俱作「彈壓百怪如驅儺」，《原稿》後改作「價重奚啻千鋗鍋」。

〔一二〕「宵」，《慎旃初集》、《原稿》俱作「夜」，《原稿》後改作「宵」。

〔一三〕「梵寺」，《慎旃初集》、《原稿》俱作「佛宇」，《原稿》後改作「梵寺」。

〔一四〕「丹」，《慎旃初集》、《原稿》俱作「紺」，《原稿》後改作「丹」。

〔一五〕「憑」，《慎旃初集》、《原稿》俱作「卻」，《原稿》後改作「憑」。

〔一六〕「平無」，《慎旃初集》、《原稿》俱作「無偏」，《原稿》後改作「平無」。

〔一七〕「千林散花傳薝蔔」,《慎旃初集》、《原稿》俱作「叢林大展屹蓮座」,《原稿》後改作「千林散花傳薝蔔」。

〔一八〕「居人空巷競頂禮」,《慎旃初集》、《原稿》俱作「俗人何知但嘖嘖」,《原稿》後改作「居人空巷競頂禮」。

〔一九〕「手」,《慎旃初集》、《原稿》俱作「指」,《原稿》後改作「手」。

〔二〇〕「溢」,《慎旃初集》、《原稿》俱作「發」,《原稿》後改作「溢」。

〔二一〕「厥初」,《慎旃初集》、《原稿》俱作「寺成」,《原稿》後改作「厥初」。

〔二二〕「國」,《慎旃初集》、《原稿》俱作「天」,《原稿》後改作「國」。

〔二三〕「轉」,《慎旃初集》、《原稿》俱作「旋」,《原稿》後改作「轉」。

〔二四〕「雄王雌霸紛幺麿」,《慎旃初集》、《原稿》俱作「圖王稱霸俱楊麽」,《原稿》後改作「雄王雌霸紛幺麿」。

〔二五〕「公然出陘入曠衍,楚境旁突其誰何」二句,《慎旃初集》、《原稿》俱作「後來出陘走曠衍,縱横旁突將誰何」,《原稿》後改作「公然出陘入曠衍,楚境旁突其誰何」。

〔二六〕「東浮蔽」,《慎旃初集》、《原稿》俱作「一一浮」,《原稿》後改作「東浮蔽」。

〔二七〕「南下」,《慎旃初集》、《原稿》俱作「往往」,《原稿》後改作「南下」。又,此句後,《慎旃初集》、《原稿》均有「鴟張搜牢偏三楚,幾郡誅罰愁重科」二句,《原稿》後以墨筆抹去。

〔二八〕「報」，《慎旃初集》、《原稿》俱作「怕」，《原稿》後改作「報」。

〔二九〕按，《慎旃初集》闕「紅蓮幕乏庾長史，碧油幢引楊沙哥」二句。

〔三〇〕「徽」，《慎旃初集》、《原稿》俱作「鑾」，《原稿》後改作「徽」。「悲」，《慎旃初集》、《原稿》俱作「想」，《原稿》後改作「悲」。

〔三一〕「半」，《慎旃初集》、《原稿》俱作「或」，《原稿》後改作「半」。

〔三二〕「訛」，《慎旃初集》、《原稿》俱作「訖」，《原稿》後改作「訛」。

〔三三〕「挺」，《慎旃初集》、《原稿》俱作「竄」，《原稿》後改作「挺」。

〔三四〕「竄」，《慎旃初集》、《原稿》俱作「走」，《原稿》後改作「竄」。

〔三五〕「宮」，《原稿》原作「宮」，後改作「官」。

〔三六〕「玉魚晨穿赤蟻穴，金虎夜落毛蟲窠」二句，《慎旃初集》、《原稿》俱作「玉魚金盌恣攫取，裹束輦載煩橐駞」，《原稿》後改作「玉魚晨穿赤蟻穴，金虎夜落毛蟲窠」。又，此句後《慎旃初集》、《原稿》均有「圖書無用委糞土，狼籍廣術紛沓拖」二句，《原稿》後以墨筆抹去。

〔三七〕「神焦鬼爛逃后羿，天驚石破愁皇媧」二句，《慎旃初集》、《原稿》俱作「神號鬼泣避無所，地陷天缺傳匪訛」，《原稿》後改作「神焦鬼爛逃后羿，天驚石破愁皇媧」。

〔三八〕「或」，《慎旃初集》、《原稿》俱作「半」，《原稿》後改作「或」。

〔三九〕「乃」，《慎旃初集》、《原稿》俱作「獨」，《原稿》後改作「乃」。

〔四〇〕「疇役丁甲來」，《慎旃初集》、《原稿》俱作「天工定遣神」，《原稿》後改作「疇役丁甲來」。又，此句後，《慎旃初集》、《原稿》均有「或云輕重未可問，流星銅甕空駢羅」二句，《原稿》後以墨筆抹去。

〔四一〕「玄黄蟻旋磨」，《慎旃初集》、《原稿》俱作「旋轉日月速」，《原稿》後改作「玄黄蟻旋磨」。

〔四二〕「日月來往」，《慎旃初集》、《原稿》俱作「天女織錦」，《原稿》後改作「日月來往」。

〔四三〕「爾來一瞬四十載」，《慎旃初集》、《原稿》俱作「四十年來局大變」，《原稿》後改作「爾來一瞬四十載」。

〔四四〕「渚」，《慎旃初集》、《原稿》俱作「故」，《原稿》後改作「渚」。

〔四五〕「燒劫」，《慎旃初集》、《原稿》俱作「蕩掃」，《原稿》後改作「燒劫」。

〔四六〕「收」，《慎旃初集》、《原稿》俱作「流」，《原稿》後改作「收」。

〔四七〕「城中故物僅留此」，《慎旃初集》作「百年法物獨有此」，《原稿》「僅留」原作「獨有」，後改作「僅留」。

〔四八〕「成飛柯」，《慎旃初集》、《原稿》俱作「蓬巋窠」，《原稿》後改作「成飛柯」。

〔四九〕「金剛寶杵衛帝釋，彫篆石碣敲頭陀」二句，《慎旃初集》作「卻逃劫火歸佛力，壞碑字滅敲頭陀」，《原稿》同，惟「卻」原作「能」，《原稿》後改作「金剛寶杵衛帝釋，彫篆石碣敲頭陀」。

〔五〇〕「殘僧近前爲指點」，《慎旃初集》作「老僧述古猶指畫」，《原稿》同，惟「猶」作「爲」，《原稿》後改作「殘僧近前爲指點」。

〔五二〕「空」，《慎旃初集》、《原稿》俱作「猶」，《原稿》後改作「空」。

渡荆江

虎渡迴船日又曛〔一〕，旌旗高捲渡頭雲〔二〕。閒鷗意到忽飛去，斷雁聲多時一羣。南入五溪江路盡，西連三峽楚程分。亂離光景逢人問，或有新詩當紀聞。

〔一〕「又」，《慎旃初集》、《原稿》俱作「易」，《原稿》後改作「又」。

〔二〕「高」，《慎旃初集》、《原稿》俱作「晴」，《原稿》後改作「高」。

白楊堤晚泊

客行公安界〔一〕，榛莽遥刺天。百里皆戰場，廢竈依頹垣。豈惟人踪滅，鴉鵲俱高騫。但聞水中鳧，拍拍繞我船。朝來望澧陽，稍稍見疎烟〔二〕。晚泊得墟落，潬沙水洄沿〔三〕。天風鳴枯楊，衆鳥巢枝顛。居民八九家〔四〕，其下自名村。野火燒黄茆，瘦牛皮僅存〔五〕。姻親兒女舍，相對籬無樊〔六〕。我前揖老父〔七〕，款曲使盡言〔八〕。云自南北争，兵火六七年〔九〕。初來尚易支，㪷米换佰錢〔一〇〕。去秋忽苦旱〔一一〕，穀價十倍前。朝市有推移，世業誓不遷。

況聞江南北，兵荒遠袤延。逋逃等無地〔一二〕，旅仆誰哀憐〔一三〕。我感此語真，欷歔泪流泉。有生際仳㒧，朝夕計孰全。悠悠逐徒御，即事思田園〔一四〕。

〔一〕「行」，《慎旃初集》作「來」。
〔二〕「稍稍」，《慎旃初集》作「疏疏」。
〔三〕「潬沙水」，《慎旃初集》作「曲水相」。
〔四〕「八九」，《慎旃初集》作「四五」。
〔五〕「皮僅存」，《慎旃初集》作「犁作田」。
〔六〕「相對籬無樊」，《慎旃初集》作「傾倒有聯緣」。
〔七〕「揖」，《慎旃初集》作「呼」。
〔八〕「款曲」，《慎旃初集》作「款款」。
〔九〕「六七」，《慎旃初集》作「垂六」。
〔一〇〕「佰」，《慎旃初集》作「十」。又，此句後《慎旃初集》尚有「自從公稅了，不到州門邊」二句。
〔一一〕「去」，《慎旃初集》作「今」。
〔一二〕「逋逃」，《慎旃初集》作「逃亡」。
〔一三〕「旅仆」，《慎旃初集》作「至死」。
〔一四〕「徒御」，《慎旃初集》作「游惰」。「思」，《慎旃初集》作「輸」。又，此句後《慎旃初集》尚有「夢跨赤鱗去，洞庭浪如山」。

公安道中

折戟沈沙極望中，勿論猿鶴與沙蟲〔一〕。一江路阻城猶在，萬竈灰飛壁已空〔二〕。便有閒情論戰伐，誰能按壘識英雄〔三〕。分明世事如償博，細雨殘燈局就終〔四〕。

〔一〕「勿論猿鶴與沙蟲」，《慎旃初集》、《原稿》俱作「昆明小劫底匆匆」，《原稿》後改作「勿論猿鶴與沙蟲」。

〔二〕「灰飛」，《慎旃初集》、《原稿》俱作「人歸」，《原稿》後改作「灰飛」。

〔三〕「誰」，《慎旃初集》、《原稿》俱作「可」，《原稿》後改作「誰」。

〔四〕「就」，《慎旃初集》、《原稿》俱作「未」，《原稿》後改作「就」。

過龍陽縣

李衡洲畔水潭潭，生計漂流最不堪。抛却故園三百樹，來嘗霜橘洞庭南。

晚泊安鄉縣六韻

布帆衝雪到，小泊記荒程〔一〕。沙岸冬收潦，湖光晚放晴。百家成小聚，一縣得虛名。路險行吟客〔二〕，天驕跋扈兵。廢池猶帶樹，殘壘竟無城。不到干戈地，誰知荆棘生。

〔一〕「荒」，《慎旃初集》、《原稿》俱作「初」，《原稿》後改作「荒」。

〔二〕「吟」，《慎旃初集》作「滕」。

渡洞庭湖四十韻〔一〕

一氣吞全楚，孤舟望不窮〔二〕。兩儀浮澹淹〔三〕，萬象入鴻濛〔四〕。冰雪凝壺浄，烟霞拂鏡融。恍疑天四合，長見日當中。散作魚鱗去，虛憑鳥道通。洪流年莫紀〔五〕，開坼力何雄〔六〕。險蓄波濤勢，陰防霧雨雺。落帆分向背〔七〕，瞻斗辨西東。晶晶趨靈域〔八〕，泱泱表大風〔九〕。回車辭崦嵫，仗劍倚崆峒〔一〇〕。絶境何由達〔一一〕，狂飆偶一逢〔一二〕。未成騎赤鯉〔一三〕，直欲駕晴虹〔一四〕。空曠曾張樂，軒轅想馭空〔一五〕。鸞雛嬌嶰竹，鳳味引荆桐〔一六〕。去約西王母，行邀東海童〔一七〕。舞幽潛百怪，協律奏羣工〔一八〕。貝闕清於玉〔一九〕，冰簾暖似烘。人間常屬耳〔二〇〕，天外或呼嵩〔二一〕。沈璧摛辭壯，燔柴望祀豐。居然憑嶽瀆，渺矣托神叢〔二二〕。河伯憂方大，蚩尤禍忽終。長鯨摧爪甲，封豕殪豝豵〔二三〕。不分驅秦鹿，終成失楚弓〔二四〕。紛紜吹野馬，變化到沙蟲。貪説含珠睡〔二五〕，乖從割耳聾〔二六〕。蛟涎腥蚌窟〔二七〕，魚目闖龍宫〔二八〕。往往狼争肉，紛紛雉離罿〔二九〕。崩沙埋鎖杙，壞板拆艨艟。短景西南陷，浮氛宇宙充〔三〇〕。客行愁渺渺〔三一〕，事往惜匆匆〔三二〕。飄泊今無地〔三三〕，吁嗟一倚篷〔三四〕。向來拘眺聽，渾似出樊籠〔三五〕。弔古夫何及〔三六〕，傷時又不同。九疑荒率指〔三七〕，七澤蕩明瞳〔三八〕。易觸蒼茫句，難消塊壘衷。非才慙擊檝〔三九〕，有識笑從戎。不作沾泥絮，翻隨别蔕蓬〔四〇〕。文詞新畫虎，爪跡舊飛鴻〔四一〕。壯志銷積俗，流年撫薄躬。中流發長嘯〔四二〕，誰負濟川功。

〔一〕「四十」，《慎旃初集》、《原稿》俱作「五十」，《原稿》後改作「四十」。

〔二〕「孤舟」，《慎旃初集》作「蒼茫」。「望不窮」，《原稿》原作「四望空」，後改作「望轉窮」。

〔三〕「兩儀浮」，《慎旃初集》作「空明移」。

〔四〕「鴻濛」，《慎旃初集》、《原稿》俱作「冲瀜」，《原稿》後改作「鴻濛」。

〔五〕「流」，《慎旃初集》、《原稿》俱作「荒」。

〔六〕「何」，《慎旃初集》、《原稿》俱作「偏」，《原稿》後改作「何」。

〔七〕「分」，《慎旃初集》作「紛」。

〔八〕「域」，《慎旃初集》、《原稿》俱作「境」，《原稿》後改作「域」。

〔九〕「表」，《慎旃初集》、《原稿》俱作「比」，《原稿》後改作「表」。

〔一〇〕「回車辭崦嵫，仗劍倚崆峒」二句，《慎旃初集》、《原稿》俱作「乍來疑海若，閒處讓漁翁」，《原稿》後改作「回車辭崦嵫，仗劍倚崆峒」。

〔一一〕「絶境」，《慎旃初集》、《原稿》俱作「彼岸」，《原稿》後改作「絶境」。

〔一二〕「狂」，《慎旃初集》、《原稿》俱作「長」，《原稿》後改作「狂」。

〔一三〕「未」，《慎旃初集》、《原稿》俱作「不」，《原稿》後改作「未」。

〔一四〕「直」，《慎旃初集》、《原稿》俱作「渾」，《原稿》後改作「直」。

〔一五〕按，此句後，《慎旃初集》、《原稿》均有「回車辭崦嵫，馳仗出崆峒。寶馬沙歕澤，金烏翼展籠。歌飄珠錯落，舞愛玉龍鬆。委珮裙裾緑，縈抱袖領紅」八句，《原稿》後以墨筆勾去。

〔一六〕「荆」，《慎旃初集》作「絲」。

〔一七〕按，此句後《慎旃初集》、《原稿》均有「沉香披練帶，小雨潤花騣。客有傳仙曲，神休惱俗工」四句，《原稿》後以墨筆抹去。

〔一八〕「協律奏羣工」，《慎旃初集》、《原稿》俱作「通體發羣聰」，《原稿》後改作「協律奏羣工」。

〔一九〕「清於玉」，《慎旃初集》、《原稿》俱作「多於畫」，《原稿》後改作「清於玉」。

〔二〇〕「屬耳」，《慎旃初集》、《原稿》俱作「跂脚」，《原稿》後改作「屬耳」。

〔二一〕「或」，《慎旃初集》、《原稿》俱作「竟」，《原稿》後改作「或」。

〔二二〕「托神叢」，《慎旃初集》、《原稿》俱作「闢鴻蒙」，《原稿》後改作「托神叢」。

〔二三〕「殪」，《慎旃初集》、《原稿》俱作「雜」，《原稿》後改作「殪」。

〔二四〕「終」，《慎旃初集》、《原稿》俱作「徒」，《原稿》後改作「終」。

〔二五〕「貪」，《慎旃初集》、《原稿》俱作「競」，《原稿》後改作「貪」。

〔二六〕「從割」，《慎旃初集》、《原稿》俱作「知左」，《原稿》後改作「從割」。
〔二七〕「蚌窟」，《慎旃初集》、《原稿》俱作「鳳艒」。
〔二八〕按，此句後，《慎旃初集》、《原稿》均有「往往疲諸葛，人人忽吕蒙。劫灰占土色，狐鼠竄神叢」四句，《原稿》後以墨筆抹去。
〔二九〕「往往狼争肉，紛紛雉離罿」二句，《慎旃初集》、《原稿》俱作「貪任狼争肉，凶虞雉離罿」，《原稿》後改作「往往狼争肉，紛紛雉離罿」。
〔三〇〕「浮」，《慎旃初集》、《原稿》俱作「祆」，《原稿》後改作「浮」。
〔三一〕「客行」，《慎旃初集》、《原稿》俱作「重來」，《原稿》後改作「客行」。
〔三二〕「事往惜」，《慎旃初集》、《原稿》俱作「昔去悔」，《原稿》後改作「事往昔」。
〔三三〕「飄泊」，《慎旃初集》、《原稿》俱作「戰伐」，《原稿》後改作「飄泊」。
〔三四〕「吁嗟」，《慎旃初集》、《原稿》俱作「行藏」，《原稿》後改作「吁嗟」。
〔三五〕「向來拘眺聽，渾似出樊籠」二句，《慎旃初集》、《原稿》俱作「湘君還遠望，屈子謾孤忠」，《原稿》後改作「向來拘眺聽，渾似出樊籠」。
〔三六〕「夫」，《慎旃初集》、《原稿》俱作「行」，《原稿》後改作「夫」。
〔三七〕「率指」，《慎旃初集》作「獨往」。《原稿》原二字圈抹不清，後改爲「率指」。
〔三八〕「明瞳」，《慎旃初集》、《原稿》俱作「奇胸」，《原稿》後改作「明瞳」。

〔三九〕「非才蹔擊檝」，《慎旃初集》作「不才羞治世」。《原稿》原作「不才羞擊檝」，後改作「非才慚擊檝」。

〔四〇〕「不作沾泥絮，翻隨別蒂蓬」二句，《慎旃初集》、《原稿》俱作「矯絶防身劍，飄蕭斷梗蓬」，《原稿》後改作「不作沾泥絮，翻隨別蒂蓬」。

〔四一〕「飛」，《慎旃初集》、《原稿》俱作「霜」，《原稿》後改作「飛」。又，此句後，《慎旃初集》、《原稿》均有「造化夢夢意，江湖落落蹤。前期雲浩蕩，歸路日曈曨」四句，《原稿》後以墨筆抹去。

〔四二〕「發長嘯」，《慎旃初集》作「重擊楫」。

臘梅和中丞公韵

一枝開異域，獨秀殿羣芳。梔額黄添暈，檀心蜜作香。折應傷歲暮，力欲挽春陽。待共梅花笑，先期耐雪霜。

武陵除夕〔一〕

嶺徼溪山指後期，楚天風物莽參差〔二〕。江船雨鬧羹魚市〔三〕，岸柳波柔飲馬池。俗陋初逃兵火厄〔四〕，年荒真覺酒醪穈〔五〕。春光已作先庚報〔六〕，試看燈花爛熳時〔七〕。

〔一〕按，《原稿》題後有硃筆小注「己未」二字，後圈去。
〔二〕「莽」，《慎旃初集》作「又」，《原稿》原作「正」，後改作「莽」。
〔三〕「雨鬧羹魚」，《慎旃初集》、《原稿》俱作「晚鬧分麞」，《原稿》後改作「雨鬧羹魚」。
〔四〕「初逃」，《慎旃初集》、《原稿》俱作「未消」，《原稿》後改作「初逃」。
〔五〕「糜」，《慎旃初集》作「侈」。
〔六〕「已作」，《慎旃初集》、《原稿》俱作「可少」，《原稿》後改作「已作」。
〔七〕「試」，《慎旃初集》、《原稿》俱作「共」，《原稿》後改作「試」。

敬業堂詩集卷二

慎旃集中 盡庚申一年

喜季叔自荆州至二首〔一〕

其一

會合期難定，蒼茫憶舊秋。烽烟隨地滿，書疏隔年收。薄宦供驅策，空囊愴去留〔二〕。荆南曾久住，回首似并州。

〔一〕按，《側翅集》題作「家叔自荆州至得詩三首」，集中删去第二首。《慎旃初集》題作「武陵初春喜季叔自荆州至三首」，《原稿》圈去「武陵初春」四字，改「三」作「二」。

〔二〕「空囊愴」，《慎旃初集》作「輕裝任」。

其二

再見干戈地〔一〕，方知骨肉恩。人情方畏虎〔二〕，客路漸啼猿。那得窮無恨，惟應醉勿論。如何連夕話，多半是田園。

〔一〕「再」，《側翅集》、《慎旃初集》、《原稿》俱作「及」，《原稿》後改作「再」。

〔二〕「方畏虎」，《側翅集》、《慎旃初集》、《原稿》俱作「還佩犢」，《原稿》後改作「方畏虎」。

人日武陵西郊閲武二首

其一

鷹揚盪決勢無前，觭角相持又一年。豈謂陳湯寬吏議，尚煩充國策屯田〔一〕。桃花色映巴滇馬，杏葉裝成子弟韉。漫説秦人曾避地，而今此地是窮邊〔二〕。

〔一〕「尚」，《側翅集》、《慎旃初集》、《原稿》俱作「竟」，《原稿》後改作「尚」。

〔二〕「桃花色映巴滇馬，杏葉裝成子弟韉。漫説秦人曾避地，而今此地是窮邊」四句，《側翅集》作「國殤鼙鼓馳聲急，社廟龍旗奪目鮮。别有紅粧陪夜宴，氈墻歌管自清圓」，《慎旃初集》同於《側翅集》，僅「社廟」作「廟社」，「夜宴」作「曲宴」；《原稿》亦與《慎旃初集》同，後改作今句。

其二

如茶如火望中分〔一〕，鼓角鐃鉦一路聞。黑齒舊疆仍結壘〔二〕，緑旗别隊自將軍。轅門誰上《平蠻策》〔三〕，朝議先頒《諭蜀文》。輸與書生工筭弈，疏簾殘局轉斜曛。

〔一〕「中分」，《側翅集》、《慎旃初集》、《原稿》俱作「紛紜」，《原稿》後改作「中分」。

〔二〕「黑齒舊疆仍結壘，緑旗别隊自將軍」二句，《側翅集》、《慎旃初集》、《原稿》俱作「下馬尚須論步伐，總戎今已領將軍」，《原稿》後改作「黑齒舊疆仍結壘，緑旗别隊自將軍」。

〔三〕「上」，《側翅集》作「獻」。

再遊德山爲雨雪所阻留宿乾明方丈次石間周益公石刻舊韵二首〔一〕

其一

但令興到便登山，路轉鳧鷖第幾灣〔二〕。福地自留蒼翠外，閒身偏在亂離間。殘碑日月看仍在，前輩風流許再攀。五百年來如轉眄，知從何處證無還。

〔一〕按，《側翅集》題作「元夕後一日陪中丞公及同人再遊枉山爲雨雪所阻留宿乾明寺方丈次石間周益公石刻原韻二首」。《慎旃初集》闕「元夕後一日陪中丞公及」十字，「周益公」前有「宋」字，闕「石刻」二字。又，《側翅集》二首順序顛倒之。《原稿》與《慎旃初集》同，僅「原」作「舊」，後圈去「同」、「宋」二字，改「枉」作「德」，補「石刻」二字。

〔三〕「路轉」，《慎旃初集》、《原稿》俱作「夢隔」，《原稿》後改作「路轉」。「第」，《慎旃初集》、《原稿》俱作「路」，《原稿》後改作「第」。

其二

城外清江江上山，依然白浪捲蒼灣。雪飄燈事闌珊後，春到梅花淺淡間。竹樹一丘迷出入〔一〕，樓臺幾處記躋攀。茶烟芋火前因在，信宿留人未遣還〔二〕。

〔一〕「迷出入」，《側翅集》、《慎旃初集》、《原稿》俱作「藏曲折」，《原稿》後改作「迷出入」。

〔二〕「信」，《側翅集》、《慎旃初集》、《原稿》俱作「一」，《原稿》後改作「信」。

春晴登朗州城樓

沅水湘烟入望深，郡樓閒上當登臨。晴邊日作薰檐氣，亂裏歌傷去國心。芳草迎船迷舊岸〔一〕，緑楊盤馬試新陰〔二〕。劉中去後空城在，水次猶傳《上堵吟》。

〔一〕「迷」，《慎旃初集》作「迎」。

〔二〕「試」，《慎旃初集》作「又」。

三閭祠〔一〕

平遠江山極目迴〔二〕，古祠漠漠背城開。莫嫌舉世無知己，未有庸人不忌才〔三〕。放逐肯消忘國恨〔四〕，歲時猶動楚人哀。湘蘭沅芷年年緑〔五〕，想見吟魂自去來。

〔一〕按，《側翅集》、《慎旃初集》、《原稿》題俱作「謁三閭祠」，《原稿》後圈去「謁」。

〔二〕「極目」，《側翅集》作「入望」。

〔三〕按，《側翅集》此二句有墨筆眉批：「從來古詩中無此語也，不刊之論。」另有硃筆眉批：「何其言之痛也。」

〔四〕「忘」，《側翅集》、《慎旃初集》、《原稿》俱作「亡」。

〔五〕「年年」，《側翅集》作「依然」。

朗州絶句四首〔一〕

〔一〕按，《側翅集》收詩十二首，題作「朗州竹枝詞并序」。序曰：「竹枝歌，其聲本起沅湘間，劉夢得貶朗州司馬，倚其聲爲三十餘篇。大抵祖《九歌》遺意，使土人習爲迎神送神之曲。東坡居士則編入樂府長歌，專爲寫其幽怨惻怛之音，而山川風物、鄙野勤苦之意一無所及。則以前人固備言之也，嗟乎江鄉水草，已飽牛羊，谷口烽煙，遂驚鷄犬。豈意漁歌欸乃之地，至今而變爲戰場乎？偶憶唐戎昱詩，有『悔學秦人南避地，武陵原上又徵師』之句，因綴數章，以補前人所未見，事取紀聞，語不倫次，二公若在，或亦有同感也夫！」《慎旃初集》題作「朗州絶句十首存六」。「四」，《原稿》原作「六」，後改作「四」。

其一

《翎雀》彈來新調多，《竹枝》舊法定如何。居人不解邊頭曲，只唱西風菜葉歌。

其二

江干草市竹爲椽，容易移家逐貿遷。昨日官軍又南去，辰溪一路有新烟。

其三

雨餘天氣好清明，薺菜花開去踏青。樂令園荒桃李盡，更無啼鳥入空城。

其四

督師聲勢震蠻荆，父老徒誇晝錦榮〔一〕。不信但看楊相國，遺恩還在鼎州城〔二〕。

〔一〕「徒」，《側翅集》作「能」，《慎旃初集》作「曾」。

〔二〕按，此首爲《側翅集》中第十二首，詩後有硃批：「爲舊事志，或足正耳食之論。」

武陵送春時初聞官軍恢復辰州〔一〕。

筍屧籃輿幾地逢，春華一夢記南中〔二〕。草痕吹過青楊瘴〔三〕，花信飄殘畫角風。燒尾蛇應流枉矢，驚絃鳥亦避虚弓〔四〕。桃源只隔孤城外，流下辰陽戰血紅〔五〕。

〔一〕按，《側翅集》、《慎旃初集》俱闕題下注。

〔二〕「春華一夢」，《側翅集》、《慎旃初集》、《原稿》俱作「物華一度」，《原稿》後改作「春華一夢」。

〔三〕「草痕吹」，《側翅集》、《慎旃初集》、《原稿》俱作「鵑聲啼」，《原稿》後改作「草痕吹」。

〔四〕「燒尾蛇應流枉矢，驚絃鳥亦避虚弓」二句，《側翅集》作「亂裏關城春草草，愁邊詩酒客怱怱」，《慎旃初集》同，僅「亂裏」作「亂後」，《原稿》同於《慎旃初集》，《原稿》後改作「燒尾蛇應流枉矢，驚絃鳥亦避虚弓」。

〔五〕「桃源只隔孤城外，流下辰陽戰血紅」二句，《側翅集》、《慎旃初集》、《原稿》俱作「蠻江源在千山外，流下桃源戰血紅」。又，《慎旃初集》、《原稿》詩後均有小注：「時初聞恢復辰州之報。」《原稿》後改作今句，且删去詩後小注。

舟發桃源〔一〕

武陵溪口朗江灣，花落鵑啼血正殷〔二〕。楚甸回看惟見水，蠻程從此始登山。分灾小劫推移過，避世遺風想像還〔三〕。但使耕桑能復業，仙家原自在人間〔四〕。

〔一〕按，《側翅集》、《慎旃初集》、《原稿》題俱作「桃源」，《原稿》後補「舟發」二字。《側翅集》題下有注：「以下自朗州至沅江途中作」。

〔二〕「花落鵑啼血正殷」，《側翅集》作「戰血於今色正殷」，《慎旃初集》、《原稿》作「戰血於今色尚殷」，《原稿》後改作今句。

〔三〕「分灾小劫推移過，避世遺風想像還」二句，《側翅集》作「兵戈小劫流離恨，鷄犬先秦想像間」，《慎旃初集》、《原稿》作「兵戈小劫流移恨，鷄犬先秦想像還」，《原稿》後改作今句。

〔四〕「原自」，《慎旃初集》作「原是」。

辰龍關〔一〕

結陣愁雲傍水濱，望中高勢故嶙峋。古來形勝知何地，天下英雄竟少人。獨戍饑鴉喧落日，連營荒草壓征塵〔二〕。曾經官渡相持後〔三〕，栅孔枝枝插柳新。

〔一〕「龍關」，《側翅集》、《慎旃初集》、《原稿》俱作「溪坪」，《原稿》後改作「龍關」。

〔二〕「征」，《側翅集》作「輕」。

〔三〕「曾」，《慎旃初集》、《原稿》俱作「來」，《原稿》後改作「曾」。

海螺峰歌

楚南地窮山聚族，逞怪争奇走相逐。桃源以上篁箐多，碧玉篸如春筍束[一]。海螺一峰天下奇[二]，形模髣髴神依稀[三]。雷磓鬼斧劈不得，造物伎倆初奚施[四]。中豐上鋭下微窄，凹處痕青凸邊白[五]。古苔繡錯十六盤[六]，巒髻椎高二千尺[七]。輕身想像窮烟霄，仰天一笑天爲高。不知猲猱爾何恃[八]，騰擲絶頂相矜驕。似聞老螺生海底[九]，鯤化鵬飛忽移此[一〇]。偶然蝸殼吐饞涎，倒覆江干吸江水。我嗤汝腹彭亨幾許寬，安能吸盡五溪之奔湍[一一]。天公渴汝一掬慳[一二]，故實汝腹封泥丸[一三]。嗚呼！已實汝腹封泥丸，只合棄置當百蠻[一四]。胡爲秀聳拔萬山[一五]，坐令荒徼人俱頑[一六]。

〔一〕「逞怪争奇走相逐。桃源以上篁箐多，碧玉篸如春筍束」三句，《側翅集》作「畫裏芙蓉攢簇簇。連岡沓嶂只等閒，陡起千尋勢真獨」；「攢」，《慎旃初集》作「青」；「沓」，《慎旃初集》作「疊」。「奇」，《原稿》原作「能」，後改作「奇」。

〔二〕「奇」，《側翅集》、《慎旃初集》俱作「稀」。

〔三〕「形模髣髴神依稀」，《側翅集》、《慎旃初集》俱作「刻畫偪肖形模奇」。「髣髴」，《原稿》原作「酷肖」，後改作「髣髴」。

〔四〕「造物伎倆初奚施」,《側翅集》、《慎旃初集》俱作「疑有列僊來護之」。
〔五〕「痕」,《側翅集》、《慎旃初集》俱作「成」。「邊」,《側翅集》、《慎旃初集》俱作「成」。
〔六〕「古苔」,《慎旃初集》作「苔紋」。
〔七〕「二」,《側翅集》、《慎旃初集》俱作「五」。
〔八〕「恃」,《側翅集》、《慎旃初集》俱作「技」。
〔九〕「似」,《側翅集》、《慎旃初集》俱作「久」。
〔一〇〕「忽」,《側翅集》、《慎旃初集》俱作「遂」。
〔一一〕按,「奔湍」前,《側翅集》、《慎旃初集》均有「水無」二字。
〔一二〕「天公渴汝一掬慳」,《側翅集》、《慎旃初集》俱作「天公吝權不輕假」。
〔一三〕「故實汝腹封泥丸」,《側翅集》作「特置怪物當百蠻」。
〔一四〕「已實汝腹封泥丸,只合棄置當百蠻」二句,《側翅集》作「特置怪物當百蠻」。
〔一五〕「胡爲秀聳拔萬山」,《側翅集》作「萬古秀異鍾層巒」。
〔一六〕「荒」,《慎旃初集》、《原稿》俱作「絶」,《原稿》後改作「荒」。

清浪灘

怒勢中流劈浪開,蟄龍潛處起驚雷。衣冠如故神留像,牙角争雄石騁才。鄉户幾看疲輓運〔一〕，洪瀾何事故奔積〔二〕。炎荒有路天難限〔三〕，百險終須楧栫來。

〔一〕「鄉户」，《愼旃初集》、《原稿》俱作「民力」，《原稿》後改作「鄉户」。又，《側翅集》有小注：「灘上設役夫以挽糧艘」。

〔二〕「洪」，《側翅集》、《愼旃初集》、《原稿》俱作「狂」，《原稿》後改作「洪」。

〔三〕「炎荒」，《側翅集》、《愼旃初集》、《原稿》俱作「蠻方」，《原稿》後改作「炎荒」。

北溶驛

西隔辰陽纔百里〔一〕，傷心戰地見何曾。尸陁林下烏争肉〔二〕，瘦棘花邊鬼傍燈〔三〕。井與田平柴栅廢〔四〕，燕隨人散土巢崩。相逢漫説從軍樂，一飯無端百感增〔五〕。

〔一〕「纔百里」，《側翅集》、《愼旃初集》、《原稿》俱作「只一程」，《原稿》後改作「纔百里」。

〔二〕「尸陁林下烏争肉」，《側翅集》、《愼旃初集》、《原稿》俱作「亂峰月落鵑啼血」，《原稿》後改作「尸陁林下烏争肉」。

〔三〕「邊」，《愼旃初集》、《原稿》俱作「殘」，《原稿》後改作「邊」。

〔四〕「井與田平柴栅廢」，《側翅集》、《愼旃初集》、《原稿》俱作「草與城荒柴栅壞」，《原稿》後改作「井與田平柴栅廢」。

〔五〕「相逢漫説從軍樂，一飯無端百感增」二句，《側翅集》、《慎旃初集》、《原稿》俱作「滄桑不獨論時局，小市炊煙有廢興」，《原稿》後改作「相逢漫説從軍樂，一飯無端百感增」。

辰　州

連岡猛火夜燒營〔一〕，槃瓠西來尚有城。百雉憑高經雨黑〔二〕，五溪流惡入江清。就傾廬舍全無主〔三〕，畏險舟車半不行〔四〕。欲訪遺書尋二酉，旁人指點笑書生〔五〕。

〔一〕「連岡猛火夜燒營」，《側翅集》、《慎旃初集》、《原稿》俱作「亂雲深處戍煙生」，《原稿》後改作「連岡猛火夜燒營」。
〔二〕「憑高」，《側翅集》、《慎旃初集》、《原稿》俱作「銜山」，《原稿》後改作「憑高」。
〔三〕「就傾」，《側翅集》、《慎旃初集》、《原稿》俱作「重來」，《原稿》後改作「就傾」。
〔四〕按，《側翅集》有小注：「時將從陸路行。」
〔五〕「欲訪遺書尋二酉，旁人指點笑書生」二句，《側翅集》、《慎旃初集》、《原稿》俱作「預擬砂牀堪壓擔，歸裝何似去時輕」，《原稿》後改作「欲訪遺書尋二酉，旁人指點笑書生」。

壺頭山伏波廟

功業鑾方萬古尊，當時朝謗竟騰喧。耿舒本意難同事，朱勃猶存解訴冤。馬革裹屍言竟驗〔一〕，雲臺圖像事休論。中興諸將俱茅土，不解於公獨少恩。

〔一〕「竟」，《慎旃初集》作「遂」。

發辰州馬上大雨

百折岡巒去復迴，弓刀小隊轉城隈〔一〕。馬頭雲勢俄爲雨，谷口泉聲併應雷。磽确連山愁路滑〔二〕，離披滿眼惜花開〔三〕。竹鷄無賴啼偏切，直送行人度嶺來〔四〕。

〔一〕「弓刀」，《側翅集》作「旌旗」。「城」，《慎旃初集》、《原稿》俱作「山」，《原稿》後改作「城」。
〔二〕「連山愁」，《側翅集》、《慎旃初集》、《原稿》俱作「行還防」，《原稿》後改作「連山愁」。
〔三〕「滿眼」，《側翅集》、《慎旃初集》、《原稿》俱作「態正」，《原稿》後改作「滿眼」。
〔四〕「行」，《慎旃初集》、《原稿》俱作「愁」，《原稿》後改作「行」。

宿五里亭

舟行脱險還遵陸〔一〕，跋涉誰知險更并。牛跡水添三尺澗，雲頭暮轉一峰晴。頗聞西上攀躋苦，却笑南遊性命輕。細數道旁雙隻堠〔二〕，辰陽辛苦是初程〔三〕。

〔一〕「脱」，《側翅集》、《慎旃初集》、《原稿》俱作「奇」，《原稿》後改作「脱」。

〔二〕「細數道旁雙隻堠」，《側翅集》、《慎旃初集》、《原稿》俱作「草草郵亭貪一宿」，《原稿》後改作「細數道旁雙隻堠」。

〔三〕「是」，《側翅集》作「記」。

羅舊驛

陽明舊日留詩地，我到偏傷亂後情。淺草平陂荒徼路，殘陽小驛舖司城〔一〕。西征將帥猶堅壁，時前軍尚駐沅州〔二〕。南牧牛羊各占營。此日蠻人皆佩犢，不煩布穀苦催耕。

〔一〕「舖」，《側翅集》、《慎旃初集》作「土」。又，《側翅集》此句後有小注：「驛前有廢城。」

〔二〕按，《側翅集》闕此注。

午日沅州道中

一年傳旅食，吴楚隔干戈。蠻果枇杷熟〔一〕，山花躑躅多〔二〕。蒲魚鄉國味，風雨客程歌〔三〕。佳節今朝是，誰知馬上過。

〔一〕「蠻」，《側翅集》、《慎旃初集》、《原稿》俱作「山」，《原稿》後改作「蠻」。

〔二〕「山」，《側翅集》、《慎旃初集》、《原稿》俱作「蠻」，《原稿》後改作「山」。

〔三〕「風」，《側翅集》作「梅」。

沅州即事二首〔一〕

〔一〕按，《側翅集》共五首，題作「沅州即事口號五首」。集中僅收第二、第四二首。

其一

萬馬南來牧宿荒，連山淺草不能長。營門日暮聲如沸，論擔分錢買緑秧。

其二

官兵十萬擁岩隈〔一〕，糧運頻煩羽檄催。米價最高薪最賤，炊烟晴散畫梁灰〔二〕。

〔一〕「岩」，《側翅集》、《慎旃初集》、《原稿》俱作「城」，《原稿》後改作「岩」。

〔二〕「晴散」，《側翅集》、《慎旃初集》、《原稿》俱作「多是」，《原稿》後改作「晴散」。

鷄冠砦

絲路微從鳥道分〔一〕，半空鷄犬隔江聞。雨聲飛過岩頭砦，多少人家是白雲。

〔一〕「絲路微」，《慎旃初集》、《原稿》俱作「蛇徑真」，《原稿》後改作「絲路微」。

漾頭司

雲山獅口寨，風俗短裙苗。兩郡封疆錯，孤城控制遥。遺民收野芋，狹路入山椒〔一〕。怕見征南騎，臨江叱馭驕〔二〕。

〔一〕「狹」，《側翅集》作「古」。

〔二〕「叱馭」，《側翅集》、《慎旃初集》俱作「斥渡」。又，此句後《側翅集》有小注：「是夕，得滿兵移鎮銅仁之報。」

自沅州抵麻陽二首〔一〕

〔一〕按，《側翅集》共四首，題作「自沅州至麻陽道中四首」。集中僅收第三、第四二首。

其一

半月天無一日晴，亂山處處走溪聲〔一〕。廢坪隔岸分秧水〔二〕，楚南皆山，地稍寬衍者名爲坪。小砦因高占土城〔三〕。鄉民避兵者，俱踞山築城，名曰土砦〔四〕。楚樹含情如有待，蠻花問俗總無名〔五〕。嶔崎路在風波外，不礙行人觸暑行〔六〕。

〔一〕「半月天無一日晴，亂山處處走溪聲」二句，《側翅集》、《慎旃初集》俱作「徑曲泥無兩日晴，齊天坡下暑猶清」。《原稿》同，僅「兩」作「十」，《原稿》後改作「半月天無一日晴，亂山處處走溪聲」。

〔二〕「隔岸」，《側翅集》、《慎旃初集》、《原稿》俱作「過雨」，《原稿》後改作「隔岸」。

〔三〕「高」，《側翅集》、《慎旃初集》、《原稿》俱作「山」，《原稿》後改作「高」。

〔四〕按，《側翅集》闕此小注。

〔五〕「總」，《側翅集》、《慎旃初集》、《原稿》俱作「本」，《原稿》後改作「總」。

〔六〕「嶔崎路在風波外，不礙行人觸暑行」二句，《側翅集》、《慎旃初集》、《原稿》俱作「風波外有嶔崎路，不礙行人盡日行」，《原稿》後改作「嶔崎路在風波外，不礙行人觸暑行」。

其二

欲知黔楚分疆處，只在孤雲兩角邊〔一〕。自是勞人貪僻路，也如渴馬愛清泉〔二〕。參天有勢松何健，肖物能工石亦妍。一片銅崖青入望，夕陽跕跕數飛鳶。

〔一〕「欲知黔楚分疆處，只在孤雲兩角邊」二句，《側翅集》、《慎旃初集》、《原稿》俱作「麻陽西上草芊緜，黔楚分疆指顧邊」，《原稿》後改作「欲知黔楚分疆處，只在孤雲兩角邊」。

〔二〕「渴馬」，《側翅集》作「瘏馬」，《慎旃初集》、《原稿》俱作「倦馬」，《原稿》後改作「渴馬」。

初入黔境土人皆居懸崖峭壁間緣梯上下與猿猱無異睹之心惻而作是詩〔一〕

巢居風俗故依然，石穴高當萬木顛〔二〕。幾地流移還有伴〔三〕，舊時井竈斷去聲〔四〕無烟。餘生兵革逃難穩，絶塞田疇瘠可憐。好報長官蠲賦斂，獼猿家室久如懸〔五〕。

〔一〕按，《側翅集》題作「初入黔境土人皆避兵深洞洞又在懸崖峭壁間緣梯上下與猿猱無異睹之心惻口占作詩」，《慎旃初集》「避兵深洞洞又在」作「居石穴」。《原稿》「居」後原有「石穴」二字，後圈去，「而作是」原作「口占作」，後改爲「而作是」。

〔二〕「高」，《側翅集》、《慎旃初集》、《原稿》俱作「真」，《原稿》後改作「高」。

〔三〕「地」，《慎旃初集》、《原稿》俱作「處」，《原稿》後改作「地」。

〔四〕「去聲」，《慎旃初集》、《原稿》俱作「音椴」，《原稿》後改作「去聲」。

〔五〕「室久」，《側翅集》、《慎旃初集》俱作「世室」。

大雨泊黄蜡鬬江水暴漲黎明解纜諸灘盡失矣〔一〕

頑石堆瘿疣，清江曳羅帶〔二〕。黔山雖可憎，黔水頗可愛。雨聲怒流濁，曉鏡忽破碎〔三〕。

千年老樹枝〔四〕，礓石亞完塊。小舠啣尾去〔五〕，脱葉舞澎湃〔六〕。榜人顧我笑，壯士行何畏。來當兵革交〔七〕，夷險視一概。誰能守孤篷，鬱鬱坐久待。輕生犯過涉〔八〕，既濟稍知悔〔九〕。

〔一〕按，《側翅集》題作「夜泊黄蠟關大雨江水暴漲丈餘黎明發舟諸灘盡失矣」。「解纜」，《慎旃初集》作「發舟」。

〔二〕「曳」，《側翅集》、《慎旃初集》、《原稿》俱作「限」，《原稿》後改作「曳」。

〔三〕「忽破碎」，《慎旃初集》作「被沙汰」。

〔四〕「千年老樹枝，礓石亞完塊」二句，《側翅集》、《慎旃初集》俱作「岸邊竹樹叢，荇藻罥猶礙」。又，《側翅集》、《慎旃初集》此聯下均有「積水勢東流，枝葉無向背」二句。

〔五〕「舠」，《側翅集》作「舡」。

〔六〕「脱」，《側翅集》、《慎旃初集》俱作「一」。

〔七〕「交」，《側翅集》作「地」。

〔八〕「犯過涉」，《側翅集》作「涉風濤」。《慎旃初集》、《原稿》俱作「涉驚湍」，《原稿》後改作「犯過涉」。

〔九〕「稍知」，《側翅集》、《慎旃初集》、《原稿》俱作「反深」，《原稿》後改作「稍知」。

早發齊天坡〔一〕

山偪嵐氣侵，仲夏曉猶冷。離披馬鬉濕，十里霧未醒。流雲莽迴盪，陸海開萬頃。東日生其間，金丸上修綆〔二〕。殷鮮一輪血〔三〕，倒射却無影。蒼茫樹浮藻，參錯峰脱穎。攀躋足力窮，目賞得奇景。方知夜來宿，乃在最高頂〔四〕。

〔一〕按，《側翅集》題作「齊天坡早發」，題下有小注「此首在《天擎洞》之上」。
〔二〕「金丸」，《側翅集》、《慎旃初集》、《原稿》俱作「轆轤」，《原稿》後改作「金丸」。
〔三〕「一」，《側翅集》、《慎旃初集》作「滿」。
〔四〕「在」，《慎旃初集》作「是」。

六月十五夜銅仁郡齋坐雨憶去年此夕同韜荒兄潯陽對月有作〔一〕

琵琶亭外記停船，昨歲今宵月最圓。短篷迴風溢浦浪，孤燈響雨夜郎天。文章幕府才相左，鱗羽天涯眼並穿。若箅歸程余較遠，江樓卤上又三千。兄時在南昌幕府。

〔一〕「有作」，《慎旃初集》、《原稿》俱作「悵然有感」，《原稿》後圈去「悵然」二字，改「感」作「作」。

《側翅集》題作「六月十五夜坐雨憶舊年潯陽舟中與韜荒兄對月悵然有感」。

枕上偶成[一]

漏盡鷄一鳴，遥遥村砦裏。須臾徧城市，歷亂殊未已。晨光澹列宿，虚白上窗紙。夜來江湖心，夢斷不可理。似覺柔櫓聲[二]，咿啞猶在耳。

〔一〕「成」，《側翅集》作「得」。《慎旃初集》題後尚有「效韋蘇州體」五字。

〔二〕「似」，《側翅集》作「但」。

連下銅鼓魚梁龍門諸灘

上灘力相争，下灘勢相借。連山百餘里[一]，一抹蒼然化。輕舟紙作底，百折穿石罅[二]。雨雹飛兩旁[三]，雷霆奮其下[四]。篙師心手習[五]，快若王良駕[六]。又如彀强弩[七]，東向海門射。胥濤浩蕩來[八]，斂怒却退舍[九]。河神況小婢，指摘或遭咤。因斯悟至理，出險在閒暇。向來覆舟人，正坐浪驚怕[一〇]。

〔一〕按，此句後《側翅集》尚有「眩轉日光乍。山根見竹樹」二句。

〔二〕「輕舟紙作底，百折穿石罅」二句，《側翅集》作「小舟片葉輕，掀簸穿石罅」。

〔三〕「雨雹飛兩旁」,《側翅集》、《慎旃初集》、《原稿》俱作「飛雹在其旁」,《原稿》後改作「雨雹飛兩旁」。

〔四〕「奮」,《側翅集》、《慎旃初集》、《原稿》俱作「走」,《原稿》後改作「奮」。

〔五〕「心手習」,《側翅集》作「逐奔瀉」。

〔六〕按,此句後《側翅集》、《慎旃初集》、《原稿》均有「過都等歷塊,驫汗濕未卸」二句,《原稿》後删去。

〔七〕「轂强弩」,《側翅集》、《慎旃初集》作「轂鐵弩」。

〔八〕「浩蕩來」,《側翅集》作「狎重水」。

〔九〕「却」,《側翅集》作「如」。

〔一〇〕按,《側翅集》此句後有小注:「前一日,舟子不戒,幾至覆舟。」

麻陽田家二首

其一

牛羊争隘巷,井臼蔭高木。村村聚一姓,鷄犬並食宿〔一〕。兵荒分同死,男女不輕鬻。所以五溪蠻,古來多巨族。

〔一〕「並食宿」，《慎旃初集》作「亦並宿」。

其二

俗貧盜見棄，夜户可不設。翻爲防逃兵，鄉社有團結。隔河聞人聲，睒睒鬼燈滅。我欲從之言，灌莽高八尺〔一〕。

〔一〕「灌」，《慎旃初集》作「棘」。

浦市晤宋梅知兼贈别〔一〕

與子總角交，賤貧互相得。自從行萬里，始作可憐色。兩萍浮大海，後會那可即。初春得子書，感子遠相憶。令兄久辭家，托我覓消息。武陵快相遇，恍與子面覿。頗怪經亂離，神清髪深黑。報章走急足，與爾慰饑惄。十年一紙書，奚啻萬金直。平生骨肉恩，獨往輕遠涉。沅江石齒齒，白日飛霹靂。投軀試奇險，聚散俱慘慼。汝兄我先見，我弟汝新别。兩家兄弟間，異姓派如嫡。銅崖聞子來，喜劇遽走覓。買舟下浦市，石觸舟中裂。怖餘身幸在，再理渡江檝〔二〕。沙頭重把袂，迎面淚反滴。開口先暄寒，次第家事及。子言聊慰我，指似聽歷歷。舍弟辭人幕，今年復家食。别中六寄書，此度凡兩接。是日，接德尹所寄第六札〔三〕。子來喜見兄，飄泊手重執。余行别諸弟，渺渺孤飛翼。同落百蠻中，悲歡儼殊域。

江天秋平分，晝夜五十刻。月魄哉初生，飛蟲撲燈入。從昏話達旦，對酒唇不濕。別當争戰場，岐路莽南北。子颿已高挂，我馬尚覊靮。去去勿回頭，凉風在蘆荻。

按，《側翅集》載同題詩，異文頗多，故附於此，以資參考，《慎旃初集》異文見標注：與子總角交，廿年數晨夕。中間有離合，契闊纔經月。忽爲萬里游〔四〕，竟作兩年隔。共言後會期，蒼莽知何日〔五〕？初春得子書，感子遠相憶。令兄久辭家〔六〕，托我覓消息。朗州快相見〔七〕，恍與子面覿。行藏互相憐〔八〕，并作幕中客〔九〕。惶惶著作手，止用供草檄。鹽車上太行，識者爲飲泣〔一〇〕。所用等達才，何如老槽櫪。稍喜喪亂餘，神清髮猶黑。報章走急足，與爾慰飢惄。十年一紙書，奚止萬金直〔一一〕。平生骨肉恩，至性有感激。小僮襆布被，一往輕跋涉。洞庭粘天去，灝汗漫無壁。近江石齒齒〔一二〕，白日飛霹靂。小舟試奇險，行李幾淹浥。汝兄我先見，我弟汝新別。兩家兄弟間，手足乃其一。銅仁聞子來，喜劇狂叫絶。買舟下浦市，石觸舟中裂。怖餘身幸在，再理渡江檝。北行意已堅〔一三〕，百險詎能敵。沙頭重把袂，迎面淚反滴。開口先暄寒，次第家事及。子言聊慰我，指似聽歷歷。舍弟辭人幕，今年復家食。别中六寄書，此度凡兩接。是日，接德尹所寄第六札。其餘俱浮沉，欲見那可得。非子爲口傳，孟浪費楮墨。子來喜見兄，飄泊手重執。余行别諸弟，渺渺孤飛翼。同到百蠻中，方寸異歡戚。是時秋平分〔一四〕，晝夜五十刻。月魄哉初生，魚燈閃星的。江樓話達旦〔一五〕，對酒唇不濕。局促苦告歸，忽忽又行色。路岐争戰地，去住兩偪側。賤貧何足恥，所要各努力。期許交情然，漂泊天意或〔一六〕。子颿已飛揚〔一七〕，我馬尚羈靮。去去復何言，涼風在蘆荻。

〔一〕按，《側翅集》題後尚有「時閏秋四日也四十四韻」。

〔二〕按，此句後，《原稿》尚有被删去的兩句：「我行意已堅，蛟鼉忍相敵。」

〔三〕按，此句後，《原稿》尚有被删去的兩句：「非子爲口傳，孟浪費楮墨。」

〔四〕「忽爲」，《慎旃初集》作「自從」。

〔五〕「莽」，《慎旃初集》作「茫」。

〔六〕「辭」，《慎旃初集》作「别」。

〔七〕「朗州」，《慎旃初集》作「武陵」。

〔八〕「相憐」，《慎旃初集》作「問訊」。

〔九〕「幕中」，《慎旃初集》作「依劉」。

〔一〇〕「識者」，《慎旃初集》作「知己」。

〔一一〕「止」，《慎旃初集》作「啻」。「直」，《慎旃初集》作「值」。

〔一二〕「近」，《慎旃初集》作「沅」。

〔一三〕「北」，《慎旃初集》作「此」。

〔一四〕「是時」，《慎旃初集》作「江天」。

〔一五〕「江樓」，《慎旃初集》作「明燈」。

〔一六〕「漂泊」，《慎旃初集》作「聚散」。

〔一七〕「飛」，《慎旃初集》作「飄」。

重陽前一日銅仁郡齋得韜荒兄豫章信〔一〕

豫章書到雁程勞，山館孤燈夜屢挑。怕説重陽又明日，南來何地不登高〔二〕。

〔一〕按，《側翅集》、《慎旃初集》此題均爲二首，集中僅載第一首。《側翅集》題闕「銅仁郡齋」四字，「韜荒兄」作「韜兄」。

〔二〕按，《側翅集》有小注：「末句一作『望鄉無侶倦登高』。」

銅仁書懷寄德尹潤木兩弟四首末章專示建兒〔一〕

〔一〕按，《側翅集》共六首，題中闕「四首」二字，「末章」作「六章」。《慎旃初集》闕「四首」二字，「建兒」作「克建」，題後有「八首存四」四字。《原稿》闕「四首」二字，「建兒」作「兒建」。

其一

客行已度萬峰巔〔一〕，咫尺西南接漏天〔二〕。雲棧險應輕蜀道〔三〕，布帆穩憶上吴船。家書盾鼻題難盡，春草刀環夢未圓。了了故園東下路，洞庭高浪白門烟。

〔一〕「度」，《慎旃初集》、《原稿》俱作「距」，《原稿》後改作「度」。

〔二〕「西南」，《側翅集》、《慎旃初集》、《原稿》俱作「牂牁」，《原稿》後改作「西南」。

〔三〕「棧」，《側翅集》、《慎旃初集》、《原稿》俱作「蹬」，《原稿》後改作「棧」。

其二

虚名小郡笑猶存〔一〕，官舍無烟米不屯。鵝鴨池荒餘棄壘，漁樵人少但空村〔二〕。路窮江口船稀到，山近黔東石盡髡〔三〕。最是子規啼未歇，插天丹嶂起霧猨〔四〕。

〔一〕「猶」，《慎旃初集》、《原稿》俱作「空」，《原稿》後改作「猶」。

〔二〕「鵝鴨池荒餘棄壘，漁樵人少但空村」二句，《側翅集》作「鷄犬境荒空碧草，漁樵人散又黄昏」，《慎旃初集》亦同，僅「空」作「留」、「又」作「剩」，《原稿》同於《側翅集》，僅「空」作「留」。

〔三〕「近」，《側翅集》作「到」，《慎旃初集》、《原稿》俱作「入」，《原稿》後改作「近」。「黔東」，《側翅集》作「天邊」。《原稿》作「黔中」，後改作「黔東」。

〔四〕「起」，《慎旃初集》作「又」。

其三

眼見青旗換白旗，幾聞殊俗震餘威〔一〕。月斜嚪虎巡城去〔二〕，風定饑烏繞樹歸〔三〕。超石諸營兒作戲，射生別帳妓成圍。飛書草檄非吾事，悔著征人短後衣〔四〕。

〔一〕「眼見青旗換白旗，幾聞殊俗震餘威」二句，《側翅集》、《慎旃初集》、《原稿》俱作「軍角高原樹大旗，楚歌凄斷一沾衣」，《原稿》後改作「眼見青旗換白旗，幾聞殊俗震餘威」。

〔二〕「嚪」，《側翅集》、《慎旃初集》、《原稿》俱作「飢」，《原稿》後改作「嚪」。

〔三〕「饑烏繞」，《側翅集》、《慎旃初集》、《原稿》俱作「棲烏匝」，《原稿》後改作「饑烏繞」。又，《側翅集》中「棲烏」二字，硃筆改爲「寒鴉」，然原字亦未删去。

〔四〕「飛書草檄非吾事，悔著征人短後衣」二句，《側翅集》、《原稿》俱作「封侯何與書生事，隻影天南欲倦飛」，《慎旃初集》亦同，僅「欲」作「已」。《原稿》後改作「飛書草檄非吾事，悔著征人短後衣」。

其四

阿庚失學阿承癡，滿架殘書急護持。不願生兒還似父，尚憐有叔可爲師。殺鷄爲黍人誰過，綴鳳粘珠想要奇。便使他時能典謁，草堂花發是歸期〔一〕。

〔一〕「是」,《慎旃初集》、《原稿》俱作「憶」,《原稿》後改作「是」。

高慎旃罷官入都索贈行之句〔一〕

八年遠宦阻迴車,萬里高堂悵倚廬。少司寇先生尚在堂。歸路已遲鴻鴈後〔二〕,逢人猶説亂離初。蘭成恨滿江南賦〔三〕,孝穆情真僕射書。此去朝家崇吏事,崔瞻蘊藉比何如。

〔一〕按,《側翅集》、《慎旃初集》、《原稿》題中「罷官」前俱有「自黔」二字,《原稿》後删去。

〔二〕「歸路已遲鴻鴈後」,《側翅集》、《慎旃初集》、《原稿》俱作「歸志竟成桑海後」,《原稿》後改作「歸路已遲鴻鴈後」。

〔三〕「蘭成」,《側翅集》、《慎旃初集》、《原稿》俱作「子山」,《原稿》後改作「蘭成」。

送雷玉衡赴印江學博任〔一〕

雙江路盡還雙峽,此去休論跋涉難〔二〕。秋雨隔城聞戰伐,夕烽傳點望平安。鄉程漸近梹榔樹〔三〕,宦味初嘗苜蓿盤〔四〕。昨夜尊前頻送喜,燈花何負鄭虔官。

〔一〕按,《側翅集》題下有小注:「雷,滇南人。」

〔二〕「論」,《側翅集》作「辭」。

〔三〕「鄉」，《慎旃初集》、《原稿》俱作「歸」，《原稿》後改作「鄉」。
〔四〕「盤」，《側翅集》、《慎旃初集》、《原稿》俱作「柈」，《原稿》後改作「盤」。

得家荆州兄都下書久而未答夜窗檢笥中舊札因續報章并作二詩奉寄〔一〕

〔一〕按，《慎旃初集》闕「兄」字，「久而」作「許久」。《側翅集》題作「得家有聲兄都下書許久未答夜窗檢笥中舊札輒續報章并作二詩奉寄」。

其一

朔南蹤跡兩浮萍〔一〕，爾渡滹沱我洞庭〔二〕。橘柚候依京國雁〔三〕，茱萸會散故園星〔四〕。瘴鄉弓力秋來健，沙磧笳音嶺外聽〔五〕。若向此遊論客況，兵荒一一眼曾經〔六〕。

〔一〕「朔南蹤跡兩浮萍」，《側翅集》、《慎旃初集》、《原稿》俱作「布帆安穩客飄萍」，《原稿》後改作「朔南蹤跡兩浮萍」。
〔二〕「爾」，《側翅集》、《慎旃初集》、《原稿》俱作「君」，《原稿》後改作「爾」。
〔三〕「依」，《慎旃初集》、《原稿》俱作「遲」，《原稿》後改作「依」。
〔四〕「會」，《側翅集》、《慎旃初集》、《原稿》俱作「人」，《原稿》後改作「會」。

〔五〕「磧」，《側翅集》作「塞」。

〔六〕「兵荒」，《側翅集》、《慎旃初集》、《原稿》俱作「亂離」，《原稿》後改作「兵荒」。

其二

陳東倘許持清議，經濟如兄綽有餘。夜雨新豐空作客，秋燈絶徼又開書〔一〕。絶奇世事傳聞裏，最好交情見面初。如此畏塗須閲歷，興闌吾欲賦歸與〔二〕。

〔一〕「夜雨新豐空作客，秋燈絶徼又開書」二句，《側翅集》作「滿地干戈人作客，一燈風雨夜開書」。

〔二〕「欲賦歸與」，《側翅集》、《慎旃初集》、《原稿》俱作「意欲迴車」，《原稿》後改作「欲賦歸與」。

銅仁秋感和劉丙孫六首〔一〕

〔一〕按，《側翅集》共十首，題作「銅仁秋感十首次劉丙孫原韻」。集中删去第五首、第八首、第九首、第十首。「六首」，《慎旃初集》作「原韻十首存八」，《原稿》原作「原韻六首」，後删去「原韻」二字。

其一

風物移黔境〔一〕，關城接楚邦〔二〕。亂山争戴石〔三〕，細水亦名江。遠燧連苗砦〔四〕，孤燈冷客窗〔五〕。崎嶇經戰地，游屐不成雙。

〔一〕「風」，《側翅集》、《慎旃初集》、《原稿》俱作「節」，《原稿》後改作「風」。
〔二〕「接」，《側翅集》作「錯」。
〔三〕「争戴」，《側翅集》、《慎旃初集》、《原稿》俱作「惟見」，《原稿》後改作「争戴」。
〔四〕「遠」，《側翅集》、《慎旃初集》俱作「烽」。「連」，《慎旃初集》作「還」。
〔五〕「孤燈冷」，《側翅集》、《慎旃初集》俱作「秋燈又」。

其　二

吾亦疑天意，人間事渺茫。陣雲秋易結，驛路晚偏長。鷄犬無安土，衣冠剩古粧。少年韡袴好，輕薄笑蠻方。

其　三

郭外於菟穴，城中跛扈兵。幾時除猰貐〔一〕，終日逐鼯鼪〔二〕。警急傳鷄羽，悠揚聽角聲〔三〕。草間殘孑在〔四〕，却立望昇平〔五〕。

〔一〕「時」，《側翅集》、《慎旃初集》、《原稿》俱作「能」，《原稿》後改作「時」。
〔二〕「終日」，《側翅集》、《慎旃初集》、《原稿》俱作「只自」，《原稿》後改作「終日」。

〔三〕「警急傳鷄羽，悠揚聽角聲」二句，《側翅集》、《慎旃初集》、《原稿》俱作「長技論飛鞚，餘威到射生」，《原稿》後改作「警急傳鷄羽，悠揚聽角聲」。

〔四〕「殘孑在」，《側翅集》、《慎旃初集》、《原稿》俱作「遺赤子」，《原稿》後改作「殘孑在」。

〔五〕「却立」，《側翅集》、《慎旃初集》、《原稿》俱作「一一」，《原稿》後改作「却立」。

其四

居民竄崖谷，顔狀類麢麍〔一〕。薄賦猶輸賧〔二〕，餘生各戀家〔三〕。銅苗收石緑，金氣辨丹砂。亂裹輕蠻貨，何時到客槎〔四〕。

〔一〕「居民竄崖谷，顔狀類麢麍」二句，《側翅集》、《慎旃初集》、《原稿》俱作「居民憔顇甚，顔狀異中華」，《原稿》後改作「居民竄崖谷，顔狀類麢麍」。

〔二〕「猶」，《側翅集》、《慎旃初集》、《原稿》俱作「仍」，《原稿》後改作「猶」。

〔三〕「各」，《側翅集》作「只」，《慎旃初集》、《原稿》俱作「合」，《原稿》後改作「各」。

〔四〕「到客槎」，《側翅集》作「載客船」，《慎旃初集》、《原稿》俱作「載客車」，《原稿》後改作「到客槎」。

其五

隙火飛蟲入，庭隅樹影生。月光經雨淡〔一〕，嵐氣入秋清〔二〕。南味疎鮭菜，西風到鱠橙。

可憐鄉夢斷〔三〕，戍柝正三更〔四〕。

〔一〕「月光經雨」，《側翅集》作「月華經霧」，《慎旃初集》、《原稿》俱作「月華經露」，《原稿》後改作「月光經雨」。

〔二〕「清」，《側翅集》、《慎旃初集》、《原稿》俱作「晴」，《原稿》後改作「清」。

〔三〕「可憐」，《慎旃初集》、《原稿》俱作「夜來」，《原稿》後改作「可憐」。「斷」，《側翅集》、《慎旃初集》、《原稿》俱作「熟」，《原稿》後改作「斷」。

〔四〕「戍柝正三更」，《側翅集》、《慎旃初集》、《原稿》俱作「滿聽櫂歌聲」，《原稿》後改作「戍柝正三更」。

其六

莫謾愁羈旅〔一〕，南遊計亦良。主嫌蘆酒濁〔二〕，客愛野蔬香〔三〕。珠米升春雪〔四〕，刀魚寸縷霜。蹉跎叨匕箸，容易送流光。

〔一〕「莫謾愁羈旅，南遊計亦良」二句，《側翅集》、《慎旃初集》俱作「莫謾思鄉味，茲游興頗長」。「愁羈旅」，《原稿》原作「思鄉味」，後改作「愁羈旅」。

〔二〕「主嫌」，《側翅集》、《慎旃初集》俱作「肯辭」，《原稿》原作「爾嫌」，後改作「主嫌」。

〔三〕「客愛」，《側翅集》、《慎旃初集》俱作「翻覺」，《原稿》原作「無愛」，後改作「客愛」。

〔四〕「升春雪」,《側翅集》、《慎旃初集》、《原稿》俱作「春兼石」,《原稿》後改作「升春雪」。

秋懷詩〔一〕并序

巒城秋晚〔二〕,風雨淒其,懷友思鄉〔三〕,一時并集,次第有作,得詩十六章〔四〕。江湖浩蕩,分寄無由,異日奉几杖於先生,寫心期於同好,當出以相質〔五〕,用博和章焉。

〔一〕按,《側翅集》共二十二首,《慎旃初集》十八首。
〔二〕「晚」,《側翅集》、《慎旃初集》、《原稿》俱作「早」,《原稿》後改作「晚」。
〔三〕「友」,《側翅集》、《慎旃初集》俱作「遠」。
〔四〕「十六」,《側翅集》作「二十二」,《慎旃初集》、《原稿》俱作「十八」,《原稿》後改作「十六」。
〔五〕「出以」,《側翅集》、《慎旃初集》、《原稿》俱作「一一出以」,《原稿》後圈去「一一」二字。

其一

四海靈光劫燒餘〔一〕,名山一席老仍虛。及門漸散天南北,舊事閒隨夢卷舒。黨論甘陵多擬似,交情中散比何如。公朝謾有程文海〔二〕,又費先生却聘書。姚江黄夫子掛名薦牘,知驅馳無力,不能北上也〔三〕。

〔一〕「四海」,《側翅集》、《慎旃初集》、《原稿》俱作「卅載」,《原稿》後改作「四海」。

〔二〕「公」，《慎旃初集》、《原稿》俱作「中」，《原稿》後改作「公」。
〔三〕按，《側翅集》移此小注作詩題，文字偶有異同，下同。

其二

事與心違悵久離〔一〕，京華一信底差池〔二〕。望窮難覓衡陽雁，客到遥傳塞上詩〔三〕。南國霜華蓬著鬢〔四〕，東籬秋信菊如期。買山歸臥談何易，始覺巢由是盛時。外舅陸射山先生久留都下〔五〕，短章勸駕，情見乎辭。

〔一〕「久」，《側翅集》、《慎旃初集》、《原稿》俱作「遠」，《原稿》後改作「久」。
〔二〕「京華」，《側翅集》、《慎旃初集》、《原稿》俱作「烽煙」，《原稿》後改作「京華」。
〔三〕「遥」，《側翅集》、《慎旃初集》、《原稿》俱作「猶」，《原稿》後改作「遥」。
〔四〕「蓬著」，《側翅集》作「愁點」。
〔五〕按，《側翅集》闕「射山」二字。

其三

黄浦花深護竹扉，隔江城郭鶴初歸〔一〕。風生故壘餘蘆荻，天遣西山長蕨薇。註《易》十年留小草，憂時一涕肯輕揮。老裝來往錢唐路〔二〕，藥裹丹爐計未違。黄晦木先生註《易》垂成，近復事黄冶之術〔三〕。

〔一〕「初」，《側翅集》作「空」。
〔二〕「唐」，《慎旃初集》作「塘」。
〔三〕按，《側翅集》闕「註《易》垂成近復事黄治之術」十一字。

其　四

青山無恙罷登臨，收取雄才入苦吟〔一〕。快馬短裘他夜夢，荒亭野史故交心。謂金正希先生。愁侵衰鬢絲何極，老傍窮途感易深。一片臺城吹角外，秦淮烟柳變秋陰。王汾仲寓居白門。

〔一〕「收取雄才入苦吟」，《側翅集》、《慎旃初集》、《原稿》俱作「誰遣神州竟陸沉」，《原稿》後改作「收取雄才入苦吟」。

其　五

板輿自草《閒居賦》，駿骨何心羨築臺。訝許客來論舊雨，能令人妬是奇才〔一〕。對門瓦屋相望住，謂斯年、分虎。稱意溪花一笑開。還有江山傳好句，青蓮曾到夜郎來。長水李秋錦。

〔一〕「妬」，《原稿》原作「怒」，後改作「妬」。

其　六

南戒江山破涕新，博梟壺馬鬥長貧。英雄混跡疑亡賴，風雨高歌覺有神。一劒乾坤鳴怪事，六朝裙屐笑文人。采蘩橋畔留詩別，母在尤宜惜政身〔二〕。白門王璞菴。

〔二〕「母在尤宜惜」，《側翅集》、《慎旃初集》、《原稿》俱作「珍重人間有」，《原稿》後改作「母在尤宜惜」。

其 七

管鮑雷陳原有數，臨岐執手語分明。後來此會知何地，同輩如君豈好名。薄俗誰堪論古道，浪遊吾恐負平生。但令出處存初約，應諒天涯共此情。客夏同人餞別於殉和堂〔一〕，聞故鄉社事紛然，感懷同志，作詩寄主人朱與三。

〔一〕按，《側翅集》、《慎旃初集》、《原稿》「殉和堂」後俱有「轉盼經年」四字，《原稿》後删去。

其 八

憶從奉杖別岩隈〔一〕，遠枉馳箋又一回。軍角風高蟲語合，獵塵秋早雁翎開〔二〕。石光敲火三年過，銅柱無名萬里來〔三〕。珍重先生期許意，緘題欲報每遲徊。家伯二南遠書見示〔四〕。

〔一〕「憶從奉杖別岩隈，遠枉馳箋又一回」二句，《側翅集》、《慎旃初集》、《原稿》俱作「囊琴匣硯走燕臺，鄉月當頭又幾回」，《原稿》後改作「憶從奉杖別岩隈，遠枉馳箋又一回」。

〔二〕「蟲語」，《側翅集》、《慎旃初集》、《原稿》俱作「鷄唱」，《原稿》後改作「蟲語」。

〔三〕「石光敲火三年過，銅柱無名萬里來。珍重先生期許意，緘題欲報每遲徊」四句，《側翅集》、《慎旃初集》、《原稿》俱作「書傳絶塞天垂盡，柱砥狂瀾勢急迴。勿與積薪論行輩，好從彭澤賦歸來」，《原稿》後改作「石光敲火三年過，銅柱無名萬里來。珍重先生期許意，緘題欲報每遲徊」。

〔四〕「家伯二南遠書見示」，《側翅集》作「家二南伯謁選入都遠書見示」，《慎旃初集》、《原稿》「二南」後均有「謁選入都」四字，《原稿》後圈去。

其九

酒幔河橋柳拂絲，故人欲折並依依。篋中行卷春留別，畫裏孤飄客憶歸。蠻郡秋聲迴鼓角，戰場風力展旌旂。賣文剩買防身劒〔一〕，不改從軍一布衣〔二〕。朱人遠、陳撝謙、子棨、黄主一各有文見送，繾綣之意，别後不忘也〔三〕。

〔一〕「賣文剩買防身劒」，《側翅集》、《慎旃初集》、《原稿》俱作「飛書手健堪提劒」，《原稿》後改作「賣文剩買防身劒」。

〔二〕「改」，《側翅集》、《慎旃初集》、《原稿》俱作「擬」，《原稿》後改作「改」。

〔三〕「不忘」，《慎旃初集》、《原稿》俱作「不能忘」，《原稿》後圈去「能」字。

其十

三徑無資謾管絃〔一〕，清才差勝廣文氈。《藍田記》入昌黎集，《絳帖碑》留淳化年。一縣葡萄秋釀酒，千家砧杵月臨邊。豬肝不用供他客，雙鵲東軒信早傳〔二〕。陳子文舉家赴安邑丞，近聞子厚亦作晉游，同此致意。

〔一〕「謾」，《側翅集》作「慢」。

〔二〕按，《側翅集》此句後有小注：「東坡《與子由》詩：『雙鶴先我來，飛上東軒背。』」

其十一

存殁相關事忍論〔一〕，桓山翼折嘆賢昆〔二〕。謂鳳司〔三〕。久從恭謹傳家法〔四〕，却幸諸孤聚義門。二頃良田貧減價〔五〕，兩朝汗簡淚添痕〔六〕。買鄰擬就墻東住，及取遺風教子孫〔七〕。祝彥方南宮下第〔八〕，閉門讀史，撫孤姪如己出，言念及此，不無存殁之傷。

〔一〕「存殁相關」，《側翅集》、《慎旃初集》、《原稿》俱作「握手河梁」，《原稿》後改作「存殁相關」。

〔二〕「桓山翼折嘆」，《側翅集》、《慎旃初集》、《原稿》俱作「他時存殁感」，《原稿》後改作「桓山翼折嘆」。

〔三〕按，《側翅集》「鳳司」前有「令兄」二字。

〔四〕「傳」，《慎旃初集》、《原稿》俱作「看」，《原稿》後改作「傳」。

〔五〕「二頃良田貧減價」，《側翅集》、《慎旃初集》、《原稿》俱作「四海貧交情骨肉」，《原稿》後改作「二頃良田貧減價」。

〔六〕「汗簡」，《側翅集》、《慎旃初集》、《原稿》俱作「青史」，《原稿》後改作「汗簡」。

〔七〕「買鄰擬就墻東住，及取遺風教子孫」二句，《側翅集》、《慎旃初集》、《原稿》俱作「君家忠孝尋常事，一第何當説感恩」，《原稿》後改作「買鄰擬就墻東住，及取遺風教子孫」。

〔八〕「彦方」，《側翅集》、《慎旃初集》、《原稿》俱作「豹臣」，《原稿》後改作「彦方」。

其十二

望衡對宇雅相親，南阮才高不諱貧。帶雨村舂晨隔巷，款門燈火夜留賓〔一〕。兩家子弟如行雁，一姓婚姻少比鄰。角酒争棋曾此地，荒鷄絶徼夢何因〔二〕。王子穎、右朝兄弟〔三〕。

〔一〕「款」，《側翅集》、《慎旃初集》、《原稿》俱作「到」，《原稿》後改作「款」。

〔二〕「荒鷄絶徼」，《側翅集》作「鷄聲絶塞」，《慎旃初集》、《原稿》俱作「鷄聲絶域」，《原稿》後改作「荒鷄絶徼」。

〔三〕「右朝」，《慎旃初集》、《原稿》俱作「桐村」，《原稿》後改作「右朝」。

其十三

石佛橋邊一繫舟〔一〕，遠來情感寄書郵。關心風雨經聯榻，輕命江山博壯遊。木葉波仍浮楚甸，蘆花雪又滿吴洲。蒓鱸橙蟹家鄉味〔二〕，容易懷人負好秋。徐孝績有書見存，並簡盛鶴江、徐淮江、程禹聲諸子〔三〕。

〔一〕「石佛橋邊」，《側翅集》、《慎旃初集》、《原稿》俱作「崔九堂前」，《原稿》後改作「石佛橋邊」。
〔二〕「橙蟹家鄉」，《側翅集》、《慎旃初集》、《原稿》俱作「稻蟹吾鄉」，《原稿》後改作「橙蟹家鄉」。
〔三〕「淮江」，《側翅集》作「元贊」。又，《側翅集》、《慎旃初集》題後俱闕「諸子」二字。

其十四

消息烽烟萬里通〔一〕，憐余踪跡久從戎。羞言處士河陽幕，豈有書生絶域功。浴鐵甲分秋練白，蠟丸書傍燭花紅。知君矯首西南望，懷友思親一概中。得楊耑木京邸書。

〔一〕「烽烟」，《側翅集》、《慎旃初集》、《原稿》俱作「京華」，《原稿》後改作「烽烟」。

其十五

晴川高閣揮杯後〔一〕，兩度西風閲歲華。鸜鵒夢銷江上草，鷓鴣啼老日南花。舞迴鷄枕宵初半，讀罷魚書飯好加。莫道楚材多放廢〔二〕，居然屈宋起名家。漢陽王孟穀、羅魯峰〔三〕。

〔一〕「高閣」，《側翅集》、《慎旃初集》、《原稿》俱作「閣外」，《原稿》後改作「高閣」。
〔二〕「莫道」，《側翅集》、《慎旃初集》、《原稿》俱作「此日」，《原稿》後改作「莫道」。「多」，《慎旃初集》、《原稿》俱作「仍」，《原稿》後改作「多」。
〔三〕「王孟穀羅魯峰」，《慎旃初集》、《原稿》俱作「羅魯峰王方喬」，《原稿》後改作「王孟穀羅魯峰」。

其十六

曾作江湖同隊魚，洞庭南上更愁余。舊遊想像重題閣〔一〕，故國平安有報書〔二〕。去日兒童皆項領，同時牛馬亦襟裾。捉刀未了生涯事，只是羞乘下澤車。與韜荒兄江陵分手，兄赴豫章，余至沅南〔三〕，相望各天，音塵夐隔〔四〕，比得鄉信，因寓感懷。

〔一〕「舊」，《側翅集》作「遠」。

〔二〕「有報」，《慎旃初集》、《原稿》俱作「偶得」，《原稿》後改作「有報」。

〔三〕「余至沅南」，《側翅集》、《慎旃初集》、《原稿》俱作「余亦尋至沅南」，《原稿》後删去「亦尋」二字。

〔四〕「音塵夐隔」，《側翅集》作「音問遂隔」。

同沈將雲楊魯山遊銅崖

雙江合處勢瀠洄，地盡中流忽有臺〔一〕。沙際馬知寒潦縮，城西鴉帶夕陽回。年深兵燹碑難讀〔二〕，路入榛蕪眼勘開。片石只從開闢在〔三〕，題詩曾閲幾人來。

〔一〕「中流」，《側翅集》作「銅崖」。

〔二〕「讀」，《側翅集》、《慎旃初集》、《原稿》俱作「紀」，《原稿》後改作「讀」。

〔三〕「只從」，《側翅集》作「中流」。

天擎洞歌〔一〕

黔江自與楚水通，楚山不與黔山同〔二〕。神靈有意幻奇譎，使我豁達開心胸〔三〕。初披榛莽覓微徑〔四〕，旋渡略彴踰奔洪〔五〕。水窮雲起巖洞出，外象軒翥中含空〔六〕。陰叢轟轟聚蚊蚋〔七〕，老骨硌硌攙虬龍〔八〕。懸崖俛瞰勢將墜〔九〕，一柱突兀撐於中〔一〇〕。蜂房倒垂作層級，鐘乳亂滴穿玲瓏〔一一〕。不知瀑布之源在何許，天紳飄下朝陽東〔一二〕。石梁截斷千匹練〔一三〕，明珠迸出鮫人宫〔一四〕。又疑蜥蜴吐沫散冰雹，寒氣颯颯生迴風〔一五〕。長林豐草四時潤，雨露不到誰尸功〔一六〕。

〔一〕按，《側翅集》闕「歌」字。

〔二〕「與」，《慎旃初集》、《原稿》俱作「共」。

〔三〕「使我」，《側翅集》作「要使」。

〔四〕「微」，《側翅集》、《慎旃初集》俱作「側」。

〔五〕「奔」，《慎旃初集》作「溪」。

〔六〕「水窮雲起巖洞出，外象軒翥中含空」二句，《側翅集》、《慎旃初集》、《原稿》俱作「路窮始覺巖竇顯，氣象軒翥由中空」，《原稿》後改作「水窮雲起巖洞出，外象軒翥中含空」。

〔七〕「轟轟」，《側翅集》、《慎旃初集》均作「暗聲」。

〔八〕「硌硌摧」，《側翅集》、《慎旃初集》俱作「結髓成」。「摧」，《原稿》原作「埋」，後改作「摧」。

〔九〕「懸」，《側翅集》、《慎旃初集》、《原稿》俱作「崩」，《原稿》後改作「懸」。「將」，《側翅集》、《慎旃初集》、《原稿》俱作「全」，《原稿》後改作「將」。

〔一〇〕「突兀撐於中」，《側翅集》作「支撐真奇雄」，《慎旃初集》作「枝拄真奇雄」。

〔一一〕「穿玲瓏」，《慎旃初集》作「聞崆嶐」。

〔一二〕「朝陽」，《側翅集》作「垂天」，《慎旃初集》作「當天」，《原稿》原作「東巖」，後改作「朝陽」。

〔一三〕「梁」，《側翅集》、《慎旃初集》均作「鋒」。

〔一四〕「明珠迸出鮫人宮」，《側翅集》、《慎旃初集》俱作「龍梭織雨拋晴空」，《原稿》原作「雲梭織雨拋晴空」，後改作今句。

〔一五〕「颯颯」，《側翅集》、《慎旃初集》、《原稿》俱作「五月」，《原稿》後改作「颯颯」。

〔一六〕「誰尸」，《側翅集》、《慎旃初集》俱作「天何」。

重過齊天坡

十月新寒瘴已輕〔一〕，萬峰濕翠雨初晴〔二〕。人來天際斜陽影，馬蹈雲中落葉聲。杼軸誰憐民力盡〔三〕，郵亭遥數戍烟生。半年遊跡愁重到，何計雲山慰客情。

〔一〕「瘴已輕」，《側翅集》、《慎旃初集》俱作「犯初程」，《原稿》原作「犯曉程」，後改作「瘴已輕」。

〔二〕「萬峰濕翠」，《側翅集》、《慎旃初集》、《原稿》俱作「千峰瘴氣」，《原稿》後改作「萬峰濕翠」。「雨」，《側翅集》作「晚」。

〔三〕「杼軸誰憐」，《側翅集》、《慎旃初集》、《原稿》俱作「歲事總憐」，《原稿》後改作「杼軸誰憐」。

再至沅州哭劉丙孫二首〔一〕

〔一〕按，《側翅集》闕「再至」二字。

其一

幕府論交快得羣，天涯失意手重分。不應小別輕揮淚，豈謂重來果哭君。中秋前在銅仁洒淚而別〔一〕，遂成永訣〔二〕。盡賣衣裘供薄殮，誤他僮僕遠從軍。瓦燈相對僧窗夕，忍讀龍場《瘗旅文》。劉官吏目，故云。

〔一〕「洒」，《側翅集》作「揮」。

〔二〕按，「遂」字前，《慎旃初集》、《原稿》俱有「不謂」二字，《原稿》後圈去。

其二

偶然倡和成詩讖，《鵩賦》長沙最不祥。丙孫《秋感》詩有「長沙鴞似鵩〔一〕，腸斷洛陽年」之句。萬里甦余稱好友，一官累爾死殊方。招魂有母傷垂白，舁櫬無兒等國殤。拚却負薪貧也得〔二〕，九原應自悔辭鄉。劉爲安丘相國次子。

〔一〕按，「丙孫」前，《側翅集》、《慎旃初集》、《原稿》俱有「余和」二字，《原稿》圈去「余和」二字。「鴞」，《慎旃初集》、《原稿》俱作「鴞」。

〔二〕「拚却」，《側翅集》、《慎旃初集》、《原稿》俱作「但使」，《原稿》後改作「拚却」。

送楊魯山省覲歸里〔一〕

殷勤卮酒別鑾天〔二〕，安穩圖書壓客船。經眼雲山窮戰地，稱心詩句遠遊篇。綵衣綫綻三秋後，白髮花穠八座前。不載丹砂供服食，閒居一賦已如仙。

〔一〕按，《側翅集》、《慎旃初集》、《原稿》均闕「楊」字，《原稿》後補「楊」字。

〔二〕「卮」，《側翅集》作「尊」。

夜觀燒山和中丞公韵〔一〕

寒空月黑燄初熏，照夜俄生萬嶺雲。赤幟千人争趙壁，火牛百道走燕軍。危時莫以烽爲戲，我意方憂玉亦焚。不信劫灰吹不盡，草間狐兔尚成羣。

〔一〕按，《側翅集》闕「和中丞公韵」五字。「和」，《慎旃初集》作「次」。「韵」，《慎旃初集》作「原韻」，《原稿》改「次中丞公原韻」作「和中丞公韻」。

麻陽運船行

麻陽縣西催轉粟，人少山空聞鬼哭。一家丁壯盡從軍〔一〕，老稚扶攜出茅屋〔二〕。朝行派米暮催船，吏胥點名還索錢。轆轤轉絙出井底，西望提溪如到天。麻陽至提溪，相去三百里〔三〕。一里四五灘，灘灘響流水。一灘高五尺，積勢殊未已〔四〕。南行之衆三萬餘，樵爨軍裝必由此。小船裝載纔數石，船大裝多行不得。百夫并力上一灘，邪許聲中骨應折〔五〕。前頭又見奔濤瀉，未到先愁淚流血。脂膏已盡正輸租，皮骨僅存猶應役。君不見一軍坐食萬民勞〔六〕，民氣難甦士氣驕〔七〕。虎符昨調思南戍〔八〕，多少揚麾白日逃。

〔一〕「盡」，《側翅集》、《慎旃初集》均作「已」。

〔二〕「扶」，《側翅集》、《慎旃初集》均作「相」。
〔三〕「三」，《側翅集》作「二」。
〔四〕「殊」，《慎旃初集》作「方」。
〔五〕「應」，《側翅集》作「俱」。
〔六〕「一」，《側翅集》作「三」。
〔七〕「士」，《側翅集》作「兵」。
〔八〕「虎符昨調思南戍」，《側翅集》作「前軍昨報思南戰」。

雪後平溪道中時官軍初復貴陽〔一〕

馬足聲堅凍未融，楚南晴雪照黔東。百家廢井懸軍後，一路啼猸灌莽中。斑白逢人愁鋌獸〔二〕，萑苻何地集哀鳴〔三〕。書生亦有傷時淚〔四〕，袖濕征鞭裹朔風。

〔一〕按，《側翅集》、《慎旃初集》、《原稿》俱闕題下小注。
〔二〕「鋌」，《慎旃初集》作「梃」。
〔三〕「萑苻」，《側翅集》、《慎旃初集》、《原稿》俱作「蠻荒」，《原稿》後改作「萑苻」。
〔四〕「亦」，《慎旃初集》作「別」。

清浪衛廣福寺

瓦礫城隅萬竈旁〔一〕，居然古寺比靈光。殘僧一去塵蒙佛〔二〕，晝角孤吹夜雨霜〔三〕。劫過昆明灰尚黑，年深龍漢事全荒〔四〕。斷碑知是何年物〔五〕，野火燒來柏葉香〔六〕。

〔一〕「瓦礫城隅萬竈旁，居然古寺比靈光」二句，《側翅集》作「瓦礫城空萬竈荒，巍然古殿似靈光」。「城隅」，《慎旃初集》作「城空」，《原稿》原作「孤城」，後改爲「城隅」。「古寺」，《慎旃初集》作「古殿」，《原稿》原作「古殿」，後改爲「古寺」。

〔二〕「殘」，《側翅集》作「居」。

〔三〕「晝角」，《側翅集》、《慎旃初集》、《原稿》俱作「斷角」，《原稿》後改作「晝角」。「雨」，《側翅集》作「有」。

〔四〕「年深」，《側翅集》作「經殘」，《慎旃初集》作「經拋」。「荒」，《慎旃初集》作「茫」。

〔五〕「斷」，《側翅集》、《慎旃初集》、《原稿》俱作「空」，《原稿》後改作「斷」。「何年」，《側翅集》作「前朝」。

〔六〕「來」，《側翅集》作「殘」。又，此句後《側翅集》有小注：「寺爲萬曆朝指揮朱公所建」。

飛雲巖〔一〕

白雲本在天，變幻隨所到。無端忽墮此〔二〕，穴地啓洞竅。石髓久漸凝，靈姿特神妙。軒軒勢欲舉，外秀中驁驁。坐㑀佛力鎮，刻畫恣凌暴。山靈怒不受，企脚首頻掉。猶虞從風颺，出山不可叫。呈形寓百怪，意想得奇肖。昂昂舞獅象，狠狠蹲虎豹。蛟龍護鱗甲，鸞鳳披羽翿。或疑人卓立，又似波傾倒。形容口莫悉，覽勝難領要。造物太雕刓〔三〕，將毋元氣耗。林泉爲映帶，旁引轉深奥。清陰矗古柏〔四〕，遠響落幽瀑〔五〕。遂令過客心，出入殊静躁。惜哉靈勝境〔六〕，乃落西南徼。好事偶一逢，高情復誰較。獨留陽明碑，千古表蠻獠。王文成《月潭寺碑記》、《聖果亭偈》石刻俱在焉〔七〕。

〔一〕按，《慎旃初集》、《原稿》題均作「題興隆衛飛雲巖」，《原稿》後圈去「題興隆衛」四字。

〔二〕「無端」，《慎旃初集》、《原稿》俱作「何年」，《原稿》後改作「無端」。

〔三〕「刓」，《側翅集》作「刻」。

〔四〕「矗」，《側翅集》、《慎旃初集》、《原稿》俱作「借」，《原稿》後改作「矗」。

〔五〕「落」，《側翅集》、《慎旃初集》、《原稿》俱作「發」，《原稿》後改作「落」。

〔六〕「哉」，《慎旃初集》、《原稿》俱作「兹」，《原稿》後改作「哉」。

〔七〕按，《側翅集》此小注作「碑在月潭寺中」。

度油榨關〔一〕

平明走馬出城闉〔二〕，峭壁西風冷偪身〔三〕。轉粟上天非易事〔四〕，據關連栅復何人〔五〕。雪填土窟埋屍淺〔六〕，冰裂刀痕迸血新〔七〕。等是三災逃不得〔八〕，疆場溝壑兩窮塵〔九〕。

〔一〕按，《側翅集》題後有「感述」二字。
〔二〕「城闉」，《側翅集》、《慎旃初集》、《原稿》俱作「江津」，《原稿》後改作「城闉」。
〔三〕「冷偪身」，《側翅集》作「卷戰塵」，《慎旃初集》、《原稿》作「捲戰塵」，《原稿》後改爲「冷偪身」。
〔四〕「非」，《側翅集》、《慎旃初集》俱作「寧」。
〔五〕「連栅復」，《側翅集》、《慎旃初集》、《原稿》俱作「横劍竟」，《原稿》後改爲「連栅復」。
〔六〕「雪填土窟埋屍淺」，《側翅集》、《慎旃初集》、《原稿》俱作「雪消淺土埋屍出」，《原稿》後改爲今句。
〔七〕「迸」，《側翅集》作「見」，《慎旃初集》、《原稿》作「灑」，《原稿》後改爲「迸」。
〔八〕「三災」，《側翅集》、《慎旃初集》、《原稿》俱作「兵荒」，《原稿》後改爲「三災」。
〔九〕「疆」，《側翅集》、《慎旃初集》、《原稿》作「戰」，《原稿》後改爲「疆」。「窮塵」，《側翅集》、《慎旃初集》、《原稿》俱作「無因」，《原稿》後改爲「窮塵」。

題鎮遠中河寺後石洞

一片青山展石屏〔一〕，天光西豁㵲陽城〔二〕。豈知躍馬横戈地，猶有晨鐘暮鼓聲〔三〕。

〔一〕「青山」，《慎旃初集》、《原稿》俱作「江山」，《原稿》後改作「青山」。

〔二〕「濔」，《原稿》作「舞」。

〔三〕「有」，《慎旃初集》、《原稿》俱作「應」，《原稿》後改作「有」。

黎峨道中二首〔一〕

〔一〕按，《側翅集》收詩四首，題作「黎峨道中雜詩四首」。《慎旃初集》收詩三首，題中闕「二首」二字。

其一

馬滑前岡冷未消，冷音另，黔中冬月霧雨之候，道滑成冰，俗呼爲冷。一鞭絲雨上衣潮。瘴茅黄過三郎舖，寒水清涵葛鏡橋。

其二

青紅顔色裹頭粧，尺布縫裙稱膝長。犵狫打牙初嫁女，花苗跳月便隨郎。

黔陽雜詩四首〔一〕

〔一〕按，《側翅集》闕「四首」二字，題下有小注：「仲冬十五日作。」「四首」，《慎旃初集》作「八首存四」。

其一

蚩尤百丈吐寒芒，時有彗星之變〔一〕。殺氣西南莽未央〔二〕。燕雀君臣空殿宇，蜉蝣身世閲滄桑〔三〕。亂山似作孤城衞，横戟誰堪一面當。錯料夜郎知漢大，井蛙曾此自稱王〔四〕。

〔一〕按，《慎旃初集》闕此注。

〔二〕「殺」，《側翅集》作「怪」。

〔三〕「身世閲」，《側翅集》、《慎旃初集》、《原稿》俱作「人世已」，《原稿》後改作「身世閲」。

〔四〕「錯料夜郎知漢大，井蛙曾此自稱王」二句，《側翅集》、《慎旃初集》、《原稿》俱作「總道井蛙餘怒在，夜郎何苦自稱王」，《原稿》後改作「錯料夜郎知漢大，井蛙曾此自稱王」。

其二

休將卧虎比前禽〔一〕，諸將功高賊未擒〔二〕。榾馬隔城邊草瘦，幕烏啼曉陣雲深。盤江路盡黔疆險〔三〕，鉤棧人從蜀國尋〔四〕。一片壽陽污血地〔五〕，浪傳田叟哭王琳〔六〕。

〔一〕「比」，《側翅集》作「擬」。

〔二〕「未」，《慎旃初集》、《原稿》俱作「就」，《原稿》後改作「未」。

〔三〕「盤江路盡黔疆險」，《側翅集》、《慎旃初集》、《原稿》俱作「黔疆路盡盤江險」，《原稿》後改爲

「盤江路盡黔疆險」。

〔四〕「鉤棧人從蜀國尋」，《側翅集》、《慎旃初集》、《原稿》俱作「蜀國人從鳥島尋」，《原稿》後改爲「鉤棧人從蜀國尋」。

〔五〕「一片」，《側翅集》、《慎旃初集》俱作「别有」。

〔六〕「浪」，《側翅集》、《慎旃初集》、《原稿》俱作「猶」，《原稿》後改爲「浪」。又，《側翅集》此句後有小注：「謂永寧事。」

其　三

玉斧銅標界有無，苴蘭城外亟儲胥〔一〕。田横客已辭窮島〔二〕，樂毅功難敵謗書。官濫羊頭争獻鏡，謀新鼠穴可乘車〔三〕。英雄稺子論誰是，廣武登臨歎有餘〔四〕。

〔一〕「苴蘭城外亟儲胥」，《側翅集》、《慎旃初集》、《原稿》俱作「受降城下亟軍儲」，《原稿》後改「苴蘭城外亟儲胥」。

〔二〕「已」，《側翅集》、《慎旃初集》、《原稿》俱作「肯」，《原稿》後改爲「已」。

〔三〕「新」，《側翅集》、《慎旃初集》、《原稿》俱作「疏」，《原稿》後改爲「新」。「可乘」，《慎旃初集》、《原稿》俱作「少攀」，《原稿》後改爲「可乘」。

〔四〕「歎」，《慎旃初集》、《原稿》俱作「淚」，《原稿》後改爲「歎」。

其　四

吹脣沸地勢縱横，約束人稱峽路兵〔一〕。間道無援防豕突〔二〕，叢祠有火散狐鳴〔三〕。殘年租賧催何急，鬼俗流離命已輕〔四〕。勿倚弓刀能殺賊〔五〕，向來漁獵本蒼生。

〔一〕「人稱」，《側翅集》作「誰同」。

〔二〕「無援」，《側翅集》、《慎旃初集》、《原稿》俱作「寇應」，《原稿》後改爲「無援」。

〔三〕「有火」，《慎旃初集》、《原稿》俱作「火尚」，《原稿》後改爲「有火」。

〔四〕「鬼俗流離」，《側翅集》、《慎旃初集》、《原稿》俱作「貧俗兵荒」，《原稿》後改作「鬼俗流離」。

〔五〕「勿」，《側翅集》、《慎旃初集》、《原稿》俱作「莫」，《原稿》後改作「勿」。

送王兔菴學博赴安順〔一〕

芭蕉關前打戍鼓，漏天十日九日雨〔二〕。西征健兒猛于虎，道傍箐深貍伺鼠。朝行縛人暮驅牯，張目睢盱避無所。仲家生苗砦無主〔三〕，肆虐公然彍强弩。野無烟市絶行旅〔四〕，飛鳥山山鎩毛羽〔五〕，爾獨胡爲此焉處〔六〕。别家十年長兒女，失意勿復論鄉土。文章下筆造奇古，詩法亦可籍湜伍。髮須如絲白縷縷〔七〕，宛然褒博説鄒魯。及門弟子紛可數，往往功名拾芥取。先生齒豁五十五，猶抱麐經應科舉。廣文片氈寒且苦，顧獨求之榮衮黼〔八〕。

僅留僮僕喪資斧，别我西行何踽踽。我爲爾歌爾起舞，舞意低昂歌激楚。而今輸邊方用武〔九〕，何處堪容腐儒腐〔一〇〕。桑榆有路行可補，曷不去作咸陽賈〔一一〕。

〔一〕「學博赴」，《原稿》原作「往」，後改作「學博赴」。

〔二〕「漏天十日九日雨」，《慎旃初集》作「十日蠻天九陰雨」。

〔三〕「仲家生苗砦無主，肆虐公然彍强弩」二句，《慎旃初集》、《原稿》俱作「仲家生苗彍强弩，助虐居然劫行旅」，《原稿》後改作「仲家生苗砦無主，肆虐公然彍强弩」。

〔四〕「行旅」，《慎旃初集》、《原稿》俱作「商賈」，《原稿》後改作「行旅」。

〔五〕「山山」，《慎旃初集》、《原稿》俱作「前山」，《原稿》後改作「山山」。

〔六〕「焉處」，《慎旃初集》作「中住」。

〔七〕「髮須」，《慎旃初集》、《原稿》俱作「鬚眉」，《原稿》後改作「髮須」。

〔八〕「顧獨」，《慎旃初集》作「爾乃」。

〔九〕「而今輸邊」，《慎旃初集》、《原稿》俱作「如今西邊」，《原稿》後改作「而今輸邊」。

〔一〇〕「堪」，《慎旃初集》作「能」。上「腐」字，《原稿》原作「老」，後改作「腐」。

〔一一〕「桑榆有路行可補，曷不去作咸陽賈」二句，《慎旃初集》、《原稿》俱作「山陰有田盍歸去，畫舫煙波固陵渡」，《原稿》後改作「桑榆有路行可補，曷不去作咸陽賈」。

貴陽除夕次德尹去年此夜湘南見懷韻〔一〕

秦城趙璧價誰償，隻影隨身漫去鄉〔二〕。劒氣久寒思拂拭，鷄聲無伴起徊徨〔三〕。吟殘蠟燭三更笛，夢結春雲十畝桑。不是無家輕遠別，天南回首一摧腸。

〔一〕按，《側翅集》共二首，題作「除夕貴竹署中次德尹去年此夜見懷湘南韻二首韻」，此爲《側翅集》中第二首。「除夕」，《慎旃初集》作「除夜」。「此夜湘南見懷韻」，《慎旃初集》、《原稿》俱作「此夕見懷湘南韻」，《原稿》後改作「此夜湘南見懷韻」。

〔二〕「隻影隨身漫去鄉」，《側翅集》、《慎旃初集》、《原稿》俱作「位置無功有醉鄉」，《原稿》後改作「隻影隨身漫去鄉」。

〔三〕「徊徨」，《側翅集》作「張皇」。

敬業堂詩集卷三

慎旃集下起辛酉正月，盡壬戌四月

辛酉元宵月蝕

顧兔乘鸞事總乖[一]，暗塵誰鬭踏燈鞵。但期來歲圓還再，肯照人間缺亦佳。金筑舊聞荒野史[二]，玉川奇句抵《齊諧》。素娥似有刀環約[三]，漸放清光入客懷。

〔一〕「總」，《慎旃初集》、《原稿》俱作「偶」，《原稿》後改爲「總」。

〔二〕「聞」，《慎旃初集》、《原稿》俱作「游」，《原稿》後改爲「聞」。

〔三〕「似有刀環約」，《慎旃初集》、《原稿》俱作「不管盈虧事」，《原稿》後改爲「似有三更約」。

黔陽蹋燈詞五首

其一

川主廟前喧笑來，花鑾狡獪學裙釵〔一〕。馬鞭攔入北門去〔二〕，鬧殺新城普定街。

〔一〕「花鑾」，《愼旃初集》作「鑾童」。
〔二〕「攔」，《愼旃初集》作「遮」。

其二

不用彎環竹架棚〔一〕，長條宛轉曳紅繩。月光人影蒙籠裏〔二〕，一色花籃廿四燈〔三〕。

〔一〕「彎環」，《愼旃初集》作「街心」。
〔二〕「月光人影蒙籠裏」，《愼旃初集》作「繞廊人影團團月」。
〔三〕「色」，《愼旃初集》作「樣」。

其三

雄蜂雌蝶擁官衙〔一〕，先後輪番唱《采茶》〔二〕。忽轉歌頭翻四季〔三〕，聲聲齊和牡丹花〔四〕。

〔一〕「雄蜂雌蝶」，《愼旃初集》作「燈光簇簇」。

〔二〕「先後」，《慎旃初集》作「幾拍」。
〔三〕「轉」，《慎旃初集》作「捲」。
〔四〕「齊」，《慎旃初集》作「都」。

其　四

龍尾龍頭五丈餘，茸鱗鏤甲洗兵初〔一〕。班頭舊出靈官閣〔二〕，皷板中間領木魚〔三〕。

〔一〕「茸鱗鏤甲洗兵初」，《慎旃初集》作「黄旛鱗甲畫争如」。
〔二〕「舊」，《慎旃初集》作「舞」。
〔三〕「領」，《慎旃初集》作「聽」。

其　五

赤脚妜徒鬧掃粧〔一〕，木梳籠髻去隨郎。一年一度蘆笙會〔二〕，又趕春山跳月場〔三〕。

〔一〕「鬧掃」，《慎旃初集》作「逐隊」。
〔二〕「一年」，《慎旃初集》作「年年」。
〔三〕「又趕」，《慎旃初集》作「不改」。

滇南從軍行八首〔一〕

〔一〕「八」，《慎旃初集》作「十二」。

其一

漏卧眴町接夜郎，井蛙穴鼠只尋常〔二〕。開邊使者今頭白，他日嬰兒號竹王。

〔二〕「穴鼠」，《慎旃初集》作「鼠穴」，疑誤。

其二

旨下羊皮督責多，前軍追電出牂牁〔一〕。城烏三匝重圍外，聽唱先鋒《敕勒歌》〔二〕。

〔一〕「前軍追電」，《慎旃初集》、《原稿》俱作「將軍飛騎」，《原稿》後改作「前軍追電」。

〔二〕「先鋒敕勒歌」，《慎旃初集》、《原稿》俱作「前鋒督護歌」，《原稿》後改作「先鋒敕勒歌」。

其三

捷書夜半刺閨還，再發西山板楯蠻〔一〕。特賜龍家懸鵲印，土丞新綴總戎班。

〔一〕「再」，《慎旃初集》、《原稿》俱作「詔」，《原稿》後改作「再」。

其四

金馬關頭毒草春，道傍掩鼓不驚塵。受降老將幽燕種，半是當時獻鏡人〔一〕。

〔一〕「半是」，《慎旃初集》、《原稿》俱作「一半」，《原稿》後改作「半是」。

其五

三道兵威轉戰餘，革囊潛渡計何如。肉屏盡向金沙路，可少姚樞裂帛書〔一〕。

〔一〕「姚樞」，《慎旃初集》、《原稿》俱作「詞臣」，《原稿》後改作「姚樞」。又，《慎旃初集》、《原稿》此句後均有小注：「用元姚樞事。」《原稿》後删去。

其六

朝家納粟重輸邊，卜式才高逐貿遷。不是湟中甌脱地〔一〕，何勞封事策屯田〔二〕。

〔一〕「不是」，《慎旃初集》、《原稿》俱作「不比」，《原稿》後改作「不是」。

〔二〕「何勞」，《慎旃初集》、《原稿》俱作「尚煩」。

其七

天地鴻濛儼再分，别傳科斗出奇文。就中機密無人識，惟見飛書入北軍〔一〕。

〔二〕「惟見」，《慎旃初集》、《原稿》俱作「長見」，《原稿》後改作「惟見」。

其八

稱帝稱王意自憨，投瓊一笑抵朱三。桔槔烽火同兒戲〔一〕，兩度燒營到博南〔二〕。

〔一〕「桔槔烽火同兒戲」，《慎旃初集》、《原稿》俱作「遺民及記滄桑事」，《原稿》後改作「桔槔烽火同兒戲」。

〔二〕「燒營」，《慎旃初集》、《原稿》俱作「干戈」，《原稿》後改作「燒營」。

軍中行樂詞十首〔一〕

〔一〕「十」，《慎旃初集》作「十二」。

其一

旌旗小隊插竿竿，觱篥聲中路百盤。明日山頭移帳去，牛毛鵝毳滿兵欄。

其二

猩猩貼地坐鋪氈，紅點酥油一樣鮮〔一〕。普洱團茶煎百沸〔二〕，偏提分賜馬蹄前〔三〕。

〔一〕「點」，《慎旃初集》、《原稿》俱作「漲」，《原稿》後改作「點」。「一」，《慎旃初集》、《原稿》俱作

「血」，《原稿》後改作「一」。

〔二〕「團茶」，《慎旃初集》、《原稿》俱作「新茶」，《原稿》後改作「團茶」。

〔三〕「偏提」，《慎旃初集》、《原稿》俱作「銀盆」，《原稿》後改作「偏提」。

其　三

斑鹿黄羊左右盂〔一〕，射堂割炙盡羶腴。行厨可口烹鮮味，新瀹羹湯進鷓鴣。

〔一〕按，《慎旃初集》文字與此頗異，全詩作：「蘆酒黄羊興不孤，射堂割炙快酣呼。醒心别有行厨味，山北山南打鷓鴣。」《原稿》原作亦同此，後改爲今句。

其　四

粤西白獺近來多，項鎖金鈴跳碧波。鷹犬技窮渾不用，旃門别唱打魚歌〔一〕。

〔一〕「旃門别唱」，《慎旃初集》、《原稿》俱作「岸頭齊唱」，《原稿》後改作「旃門别唱」。

其　五

果下名駒愛水西〔一〕，騎來鬉鬣剪初齊。戰場多少洮河種〔二〕，骨立秋風向北嘶〔三〕。

〔一〕「果下名駒愛」，《慎旃初集》、《原稿》俱作「川馬蹄輕貴」，《原稿》後改作「果下名駒愛」。

〔二〕「戰場多少洮河種」，《慎旃初集》、《原稿》俱作「棧間高骨從閒殺」，《原稿》後改作「戰場多少洮河種」。

〔三〕「骨立」，《慎旃初集》、《原稿》俱作「一夕」，《原稿》後改作「骨立」。

其六

臂韝小鷂覓窠雛〔一〕，密箐深榛近却無〔二〕。駙馬手書馳驛到，羽毛四出比軍符〔三〕。

〔一〕「臂韝小鷂覓」，《慎旃初集》、《原稿》俱作「清秋佳鷂養」，《原稿》後改作「臂韝小鷂覓」。

〔二〕「密箐深榛」，《慎旃初集》、《原稿》俱作「老樹苗山」，《原稿》後改作「密箐深榛」。

〔三〕「羽毛四出比軍符」，《慎旃初集》、《原稿》俱作「奇毛争上臂韝圖」，《原稿》後改作「羽毛四出比軍符」。

其七

仲家苗弩末猶强，機轉銅牙怒蹶張。楛矢舊曾充武庫，特煩中使到炎荒。

其八

衙頭樵牧占官莊，射虎歸來白日藏。夜夜横屍荆棘地，浪傳車騎出南塘。

其九

萬里京華十日通，雲邊優詔下軍中。錦袍貂帽征南將〔一〕，拜賜從誇第一功。

〔一〕「征南」，《慎旃初集》、《原稿》俱作「鹵征」，《原稿》後改作「征南」。

其十

五千名籍隸西江，乳臭居然擁節幢〔一〕。太尉一軍長不調，撙蒲蹴踘自雙雙。

〔一〕「乳臭」、「擁」，《慎旃初集》、《原稿》俱作「兒戲」、「鬧」，《原稿》後改作「乳臭」、「擁」。

邸報二首〔一〕

〔一〕按，《慎旃初集》、《原稿》俱闕「二首」二字，《原稿》後補「二首」二字。

其一

曾趨絶域拜毘盧，降將還朝籍未除。博得封侯須好語，太平天子是文殊。

其二

暴露揚灰罪未伸，肯容武庫貯亡新。專車長狄僑如骨〔一〕，四出猶煩驛騎塵。

〔一〕「專車長狄僑如骨」，《慎旃初集》、《原稿》俱作「笑他長狄專車骨」，《原稿》後改作「專車長狄僑如骨」。

即事二首〔一〕

〔一〕按，《慎旃初集》、《原稿》俱闕「二首」二字，《原稿》後補「二首」二字。

其一

爨婦粧成細馬馱，梨園立部曼聲多〔二〕。太常別有《平蠻樂》〔三〕，不取金釵《玉樹》歌〔三〕。

〔二〕「立部曼聲多」，《慎旃初集》作「八隊出牂牁」，《原稿》同，僅「八」作「小」，後改作「立部曼聲多」。

〔三〕「別」，《慎旃初集》作「自」。

〔三〕「不」，《慎旃初集》、《原稿》俱作「那」，《原稿》後改作「不」。

其二

幾處開疆議敘同，緑旗歸去亦分功。新加細鎧銜都督〔一〕，寶頂朱纓隊隊紅〔二〕。

〔一〕「細鎧」，《慎旃初集》、《原稿》俱作「隊長」，《原稿》後改作「細鎧」。

〔二〕「隊隊」，《慎旃初集》作「一樣」，《原稿》原作「一色」，後改作「隊隊」。

諸葛武侯祠〔一〕

割據人才出，真從運數争。苦心扶季漢，餘力到南征。廟古寒鴉集，山高薄雪成。渡瀘緣底事，錯莫笑書生。

〔一〕按，《慎旃初集》、《原稿》題俱作「貴陽謁武侯祠」，《原稿》後改作「諸葛武侯祠」。

自正月以後不得德尹消息用少陵遠懷舍弟穎觀等一首六韵〔一〕

聞汝辭人幕，經時少寄書。兵戈淹别日，梅竹且村居。池草詩争秀，鑾燈歲逼除。兩年期易爽，十口計全疎。殘雪啣雙岫，春冰破一渠。依依游子夢，長自繞林廬。

〔一〕「正月」，《慎旃初集》、《原稿》俱作「四月」。又，《慎旃初集》、《原稿》題後均有「時余在貴陽五字」，《原稿》後改作「寄之」。

白櫻桃花歌

空庭瘴消風日春，櫻桃花頭繁且匀。枝南枝北並時放，初月隔窗浮粉雲。梨花無香李太俗，别具幽艶存天真。山胡飛來好毛羽，字清調熟啼聲頻。金鈴風細驚不起，啄花如妬花含嚬。有時一片近人墜，酒面掠過香烟煴。故園開時記寒食，年年譏賞遲芳辰。依稀爲汝評品格，杏花顔色同鮮新。眼前一樹白堆雪，開及二月當初旬。近南已得天氣早，雅態更自離紅塵。有情相對萬里外，一醉何必非前因。明年花時定誰賞，我是今歲吟詩人。

得家信〔一〕

吉禮除喪後，悲驩意各真。他時憐弱穉，此舉慰先人。與俗寧從儉，傳家合稱貧。一門婚嫁畢，兩姓恰朱陳。小妹去夏歸朱，季弟今春聘陳。

〔一〕按，《慎旃初集》作「黔陽得德尹消息喜賦二首」，此爲第二首。《原稿》改「黔陽得德尹消息」爲「得家信」，並删去第一首。

寒食看海棠

不見鞦韆架，榆烟火又更。轉防花笑客，真覺雨無情。綺句紅紗護，微風翠幄迎。萬山樵採盡，憐汝獨傾城。

偶遊東山寺

草長忽無路〔一〕，重來跡已陳〔二〕。寺貧僧乞食，臺古佛蒙塵〔三〕。兵火殘碑劫，鶯花絶域春〔四〕。近南多戰壘，愁殺獨游人〔五〕。

〔一〕「忽」，《慎旃初集》、《原稿》俱作「初」，《原稿》後改作「忽」。
〔二〕「重來」，《慎旃初集》、《原稿》俱作「前游」，《原稿》後改作「重來」。
〔三〕「古」，《慎旃初集》、《原稿》俱作「壞」，《原稿》後改作「古」。
〔四〕「絶域」，《慎旃初集》、《原稿》俱作「隔世」，《原稿》後改作「絶域」。
〔五〕「獨游」，《慎旃初集》、《原稿》俱作「望鄉」，《原稿》後改作「獨游」。

檳榔

不愁侵瘴癘，開闢得奇功。遠客熏顔醉，蠻孃論口紅。香迴金醴液，清漱玉川風。萬里經相識，誰憐庾信同？庾子山《梹榔詩》：「莫言行萬里，曾經相識來。」〔一〕

〔一〕按，《慎旃初集》闕「庾」字，「梹」作「檳」，「詩」字後有「有」字。「來」字後有「之句」二字。

咂酒〔一〕

蠻酒釣藤名，乾糟滿甕城〔二〕。茅柴輸更薄〔三〕，挏酪較差清〔四〕。暗露懸壺滴，幽泉借竹行。殊方生計拙，一醉費經營。

〔一〕按，《慎旃初集》題下有小注：「楊升庵集作咂酒，又名釣藤酒，出溪蠻叢笑。」

〔二〕「乾糟滿」，《慎旃初集》、《原稿》俱作「春香隔」。

〔三〕「薄」，《慎旃初集》作「白」。

〔四〕「差」，《慎旃初集》作「還」。

送彭南陔赴長沙即次留别原韵二首〔一〕

〔一〕按，《慎旃初集》、《原稿》題俱作「送南陔歸山陰即次留别原韻四首」，《原稿》後改「歸山陰」爲「赴長沙」、「四」爲「二」。此爲第二首、第四首。

其一

畫灰奇計決從戎，入幕何妨許掾聾〔一〕。鄭俠圖曾傷目擊，陳琳檄可愈頭風〔二〕。嘉魚有味江東好〔三〕，老馬無羣冀北空〔四〕。車壁擊殘壺口缺，白頭白盡雨聲中〔五〕。

〔一〕「入幕」，《慎旃初集》、《原稿》俱作「密語」，《原稿》後改作「入幕」。
〔二〕「鄭俠圖曾傷目擊，陳琳檄可愈頭風」二句，《慎旃初集》、《原稿》俱作「幾地哀鴻傷目擊，舊時傳檄愈頭風」，《原稿》後改作「鄭俠圖曾傷目擊，陳琳檄可愈頭風」。
〔三〕「有味」，《慎旃初集》作「味自」。
〔四〕「老馬無羣」，《慎旃初集》作「老驥羣曾」。
〔五〕「白頭白盡」，《慎旃初集》、《原稿》俱作「缸花開盡」，《原稿》後改作「白頭白盡」。

其二

湘中風物近何如？太息羅含未定居〔一〕。竹閣語清悲擁髻〔二〕，芝田春秀夢迴車〔三〕。頻垂旅橐千金散，獨泛歸舟一葉虛〔四〕。劫火不燒《周易》壞，乞音氣。君枕秘發奇書。南陔臨行授余《河洛易數》。

〔一〕「湘中風物近何如？太息羅含未定居」二句，《慎旃初集》、《原稿》俱作「鑑湖側畔好幽居，楊柳新陰緑覆渠」，《原稿》後改作「湘中風物近何如？太息羅含未定居」。
〔二〕「悲」，《慎旃初集》、《原稿》俱作「看」，《原稿》後改作「悲」。
〔三〕「夢」，《慎旃初集》、《原稿》俱作「秀」，《原稿》後改作「夢」。
〔四〕「頻垂旅橐千金散，獨泛歸舟一葉虛」二句，《慎旃初集》、《原稿》俱作「亂來旅橐千金散，老傍孤舟萬卷虛」，《原稿》後改作「頻垂旅橐千金散，獨泛歸舟一葉虛」。

三月十五夜夢遊南湖追憶舊好因寄淮江

夢趁歸心得故園，鴛湖遊跡宛然存〔一〕。濃烟隔浦浮諸塔，春樹分行緑一村。萬里烽烟遊已勌〔二〕，三年光景向誰論〔三〕。往來最憶尚書墅〔四〕，柔櫓伊啞直到門。

〔一〕「鴛湖」，《慎旃初集》、《原稿》俱作「南湖」，《原稿》後改爲「鴛湖」。
〔二〕「烽烟」，《慎旃初集》作「烽塵」，《原稿》原作「風塵」，後改爲「烽烟」。
〔三〕「向」，《慎旃初集》、《原稿》俱作「好」，《原稿》後改爲「向」。
〔四〕「尚書」，《慎旃初集》、《原稿》俱作「城南」，《原稿》後改爲「尚書」。

四月十六夜喜雨

夭苗小砦破春畊，異俗差堪慰客情。萬井雲烟扶小閣，四山雷雨動空城。漏侵書榻移難定，卧想園廬去未成。好是緑針浮水候〔一〕，陂塘徹夜有蛙鳴。

〔一〕「好」，《慎旃初集》、《原稿》俱作「正」，《原稿》後改爲「好」。

黔陽即事口號三首

其一

帳有炊烟戍有樓〔一〕，山無林木水無舟〔二〕。王瓜入市家家病，箐雨經梅日日秋〔三〕。苗婦短裙多赤脚〔四〕，僰僮尺布慣蒙頭。兵荒滿眼圖誰繪，卉服先教遞速郵〔五〕。

〔一〕「帳有炊烟戍有樓」，《慎旃初集》、《原稿》俱作「絲雨經時瘴不收」，《原稿》後改爲「帳有炊烟戍有樓」。

〔二〕「山無林木」，《慎旃初集》、《原稿》俱作「亂山無樹」，《原稿》後改爲「山無林木」。

〔三〕「箐雨經梅日日秋」，《慎旃初集》、《原稿》俱作「礧磈圍場處處謳」，《原稿》後改爲「箐雨經梅日日秋」。

〔四〕「多」，《慎旃初集》、《原稿》俱作「長」，《原稿》後改爲「多」。

〔五〕「兵荒滿眼圖誰繪，卉服先教遞速郵」二句，《慎旃初集》、《原稿》俱作「鄭圖不擬登王會，卉服何因進御樓」，《原稿》後改爲「兵荒滿眼圖誰繪，卉服先教遞速郵」。

其二

土産丹砂及水銀〔一〕，若論肥瘠自來貧〔二〕。蠻分烏白皆名鬼，爨合東西略似人〔三〕。蒟葉分鹽沾鴂舌，梹榔和血點猩唇〔四〕。水西小馬新來貴〔五〕，買得偏誇内厩珍〔六〕。

〔一〕「及」，《慎旃初集》、《原稿》俱作「並」，《原稿》後改爲「及」。
〔二〕「若論肥賧自」，《慎旃初集》、《原稿》俱作「頗聞苗俗向」，《原稿》後改爲「若論肥賧自」。
〔三〕「蠻分烏白皆名鬼，爨合東西略似人」二句，《慎旃初集》、《原稿》俱作「鷄豚貿易俱排日，犵狫形容略似人」，《原稿》後改爲「蠻分烏白皆名鬼，爨合東西略似人」。
〔四〕「蒟葉分鹽沾鴂舌，梹榔和血點猩唇」二句，《慎旃初集》、《原稿》俱作「滇貨論肥騰鬼市，蜀鹽和箬買龍鱗」，《原稿》後改爲「蒟葉分鹽沾鴂舌，梹榔和血點猩唇」。
〔五〕「來」，《慎旃初集》、《原稿》俱作「尤」，《原稿》後改爲「來」。
〔六〕「買得偏誇」，《慎旃初集》、《原稿》俱作「斷養牽來」，《原稿》後改爲「買得偏誇」。

其　三

役夫肩背幾曾停〔一〕，賴尾歌殘忍再聽。刼過流亡初著籍〔二〕，碑傳德政已鐫銘〔三〕。羊腸鳥道千盤瘴，馬背牛皮百鞘釘〔四〕。正是西南需餉亟，螳螂川路接蜻蜓〔五〕。

〔一〕「役夫肩背幾曾停」，《慎旃初集》、《原稿》俱作「螳螂川路接蜻蜓」，《原稿》後改爲「役夫肩背幾曾停」。
〔二〕「流亡」，《慎旃初集》、《原稿》俱作「干戈」，《原稿》後改爲「流亡」。

〔三〕「傳」，《慎旃初集》、《原稿》俱作「殘」，《原稿》後改爲「傳」。「已」，《慎旃初集》、《原稿》俱作「舊」，《原稿》後改爲「已」。

〔四〕「羊腸鳥道千盤瘴，馬背牛皮百鞘釘」二句，《慎旃初集》、《原稿》俱作「馬場雁户三家市，鳥道牛皮百鞘釘」，《原稿》後改爲「羊腸鳥道千盤瘴，馬背牛皮百鞘釘」。

〔五〕「正是西南需餉亟，螳螂川路接蜻蜓」二句，《慎旃初集》、《原稿》俱作「此日滇南需餉亟，役夫肩背不曾停」，《原稿》後改爲「正是西南需餉亟，螳螂川路接蜻蜓」。

恭謁陽明書院

不遣先生成謫宦，誰將理學闢荒榛？後來事業皆由此，異俗詩書遂有人。複壁只今留絶徼，劫灰終古怨亡秦。講堂亦與兵戈厄〔一〕，馬踏空堦萬瓦塵。

〔一〕「兵」，《慎旃初集》、《原稿》俱作「干」，《原稿》後改作「兵」。

送秦望兄東歸〔一〕

萬里相逢有弟兄，羈孤無那送君行〔二〕。雨腥雙袖弓刀血，風静諸山草木兵。夢裏田園重到眼〔三〕，蠻中兒女自成聲。極南從古無秋雁，歸去休輕議子卿。

〔一〕按，《慎旃初集》題後有「二首」二字。此爲第一首。

〔二〕「孤」，《慎旃初集》作「旅」。

〔三〕「夢裏」，《慎旃初集》、《原稿》俱作「亂後」，《原稿》後改爲「夢裏」。

懷葉鄧林副使播州

重巒叠嶂鎖空壕〔一〕，蜀徼孤城近不毛〔二〕。佛現催晴秋閃閃，鬼車啼雨暮騷騷。宦途載涉應知味，鄉夢頻歸可憚勞。計日江南秋信好，黄花酒熟待登高。

〔一〕「重巒叠嶂」，《慎旃初集》、《原稿》俱作「亂峰烟瘴」，《原稿》後改爲「重巒疊嶂」。

〔二〕「孤城」，《慎旃初集》、《原稿》俱作「城荒」，《原稿》後改爲「孤城」。

得都匀汪明府子參書却寄

劒河秋漲轉山鳴，桂象天低瘴壓城。旅況難辭邊邑苦，蠻人能愛長官清。巖光夜放金蠶蠱〔一〕，兵氣秋荒木箐耕。此際回頭家萬里，可因捧檄慰毛生。

〔一〕「巖」，《慎旃初集》、《原稿》俱作「溪」，《原稿》後改爲「巖」。

送李子受往武陵並簡山學禪師

不是無家等罷官，客中即次取粗安〔一〕。江清城郭移帆過，戰定桑麻避地難。落日孤鴻迴健翮，西風老馬卸征鞍。鄰侯自具神仙骨，燒芋差宜對嬾殘。

〔一〕「即次取粗安」，《慎旃初集》、《原稿》俱作「遷次儘無端」，《原稿》後改爲「即次取粗安」。

楊大中丞壽讌詩八十韵〔一〕

宇宙方多壘〔二〕，英雄必大儒。兩朝懸碩望〔三〕，一代應貞符。學貫《天人策》，才鎔造化爐。清名傳四世，賦價儷《三都》〔四〕。暫應郎官宿，旋棲禁掖梧〔五〕。龍鱗批可畏，虎齒探何虞。鋭氣真無敵〔六〕，虚名自不沽。在廷推小諫〔七〕，有識服訏謨。十載官難調，三遷秩稍渝〔八〕。納言班漢爵，冏命入周書。繼領霜臺豸〔九〕，重聽柏府烏〔一〇〕。花驄行盡避，赤棒或時須。姻婭論權貴，歡傳溢路衢。異時公望合，一德舊臣乎〔一一〕。再秉金銀管，弘開貢舉途。風流歸吐納〔一二〕，文義闢榛蕪〔一三〕。桃李公門盛〔一四〕，茶烟瑣院晡。徽猷真藉甚〔一五〕，經術故非迂。撤帳傳衣鉢，臨軒命僕夫。上情深眷注〔一六〕，廷論協都俞〔一七〕。鎖鑰西南重，恩榮禮數逾〔一八〕。雕鞍紅叱撥，宫宴玉盤盂。朱芾加元老，黄金賜内帑。不應煩侍從，直爲寄彤旐。赫赫千秋業，明明萬里塗。三旌紛照耀，單騎歷崎嶇。憶昨初開幕，殘疆尚負嵎。客塵雙短鬢，時事一長吁。深箐蠻調象，叢祠鬼托狐。蒼茫生膽勇，警策戒衣繻。大義攻鳴鼓，先聲算獲俘〔一九〕。壇壝收老將，舟楫付烝徒〔二〇〕。轉粟時方亟，屯田計似紆。量沙俄積聚，編户悉將輸〔二一〕。剖斷才無滯，沈深意每殊。幾時休戰伐，隨處萃逃逋。間道纔通蜀，前軍已渡瀘。焚巢移渥朴，拔穴徙於菟。及見干戈息〔二二〕，從教政化敷〔二三〕。時危須震厲，地瘠賴支吾。樓爲籌邊築，弓因克敵呼。經年煩草創，即事具規模。俗陋雖難化，苗頑亦可忏。羈縻存體統，指摘訝睢盱。發難相如檄，留心鄭俠圖。御因仍有禮，討罪每矜辜。疾苦逢人問，瘡痍試手扶。心銘關感動，口惠詎驩娱。春雨膏曾徧，秋風病卒瘏。哀憐看賣劍，痛切請蠲租。澤雁勞初集，吴牛喘漸蘇〔二四〕。陰功多被物，憂國細傾壺。世儘榮殊遇，公猶孫碩膚。乞歸辭婉委，優詔答勤劬。法曜輝南極〔二五〕，皇威暢兩隅〔二六〕。印金龜轉紐，袍錦鶴呈珠。側聽中興傳，誰云往事誣。穀城傳指石，鈴閣叶懸弧〔二七〕。俯仰差無負，韶華好自愉。長生花是桂，異域酒名蘆〔二八〕。野獵登麋鹿，山肴進鷓鴣〔二九〕。黑頭光黼黻，明目艷氍毹。仙骨清方貴，豪家習揔無〔三〇〕。風華矜少壯，顧盼指須臾。瘴癘披襟净，烟霞滿腹腴。西園催刻燭，東郭濫吹竽。賤子通家舊〔三一〕，頻年幕府趨。孤踪隨泛梗，里耳厭《皇荂》。自比依枝鵲〔三二〕，誰憐伏櫪駒。襄陽留叔子，夏口滯元瑜。鄉思年年共，陪遊往往俱。禮優慚上客，才短惜微軀。知己能容拙，開懷必盡愚。但令親几舄，何用苦牽拘。古有輕投筆，人今異執殳。詩狂容杜甫，摻狹笑淳于。感憤尋常失，蹉跎歲月徂。受知非泛泛〔三〕，述報秖區區。醉酒杯長潤，啣毫墨未枯。《平淮碑》好在，未敢憶江湖。

〔一〕按，《慎旃初集》題作「百韻詩爲楊大中丞書」，《原稿》題作「楊大中丞壽讌詩」，後補「八十韻」三字。

〔二〕「壘」，《慎旃初集》作「難」。

〔三〕「懸」，《慎旃初集》、《原稿》俱作「留」，《原稿》後改作「懸」。

〔四〕「儷」，《慎旃初集》、《原稿》俱作「比」，《原稿》後改作「儷」。又，此句後，《慎旃初集》尚有「烜奕家聲起，巍峨地望孤。摛文看豹變，售技快龍屠」四句。

〔五〕按，此句後，《慎旃初集》尚有「昂昂鳴李鳳，矯矯振王鳧。御札朝封入，彈章暮即誅」四句。

〔六〕「鋭氣真」，《慎旃初集》作「直節從」。

〔七〕「在廷推小諫」，《慎旃初集》作「傍觀徒側目」。

〔八〕按，此句後，《慎旃初集》尚有「巨材掄杞梓，小器别瓴甀。流本分清濁，情非戀紫朱」四句。

〔九〕「繼」，《慎旃初集》作「遂」。

〔一〇〕「重聽柏府」，《慎旃初集》作「還聽北府」。

〔一一〕按，此句後，《慎旃初集》尚有「去展驊騮步，來看鳥雀軀。根深宜挺榦，花艷必承柎」四句。

〔一二〕「風流」，《慎旃初集》作「儒風」。
〔一三〕按，此句後，《慎旃初集》、《原稿》均有「已覺權衡正，寧教膽氣麤。鑿奇驚得玉，量力到分銖」四句，《原稿》後以墨筆抹去。
〔一四〕「盛」，《慎旃初集》作「秀」。
〔一五〕「徽猷」，《慎旃初集》作「風徽」。
〔一六〕「深」，《慎旃初集》作「彌」。
〔一七〕「廷論協」，《慎旃初集》作「朝議借」。
〔一八〕「榮」，《慎旃初集》作「深」。
〔一九〕「大義攻鳴鼓，先聲算獲俘」二句，《慎旃初集》作「器宇容何大，精神綽有餘」。
〔二〇〕「壇塲收老將，舟楫付烝徒」二句，《慎旃初集》作「投醪酣請戰，挾纊煖吹煦」。
〔二一〕「悉」，《慎旃初集》作「已」。
〔二二〕「息」，《慎旃初集》作「拓」。
〔二三〕「教」，《慎旃初集》作「看」。
〔二四〕「漸」，《慎旃初集》作「乍」。
〔二五〕「輝」，《慎旃初集》作「天」。
〔二六〕「皇威暢兩隅」，《慎旃初集》作「威風座四隅」。

〔二七〕按，此句後，《慎旃初集》、《原稿》均有「歷歷窺丹篆，行行種白榆。板與承八座，玉樹映三株」四句，《原稿》後以墨筆抹去。

〔二八〕按，此句後，《慎旃初集》尚有「高會分曹列，雕雲近席鋪。簾櫳疑地肺，滋味薄天厨」四句。

〔二九〕按，此句後，《慎旃初集》、《原稿》均有「不須誇錦帶，那用憶雕胡。鼎實砂牀貴，瓢漿露掌濡」四句，《原稿》後以墨筆抹去。

〔三〇〕按，此句後，《慎旃初集》尚有「八公呈技巧，五老效眉鬚。漆點金童髪，清流玉女爐」四句。

〔三一〕「賤」，《慎旃初集》作「小」。

〔三二〕「鵲」，《慎旃初集》作「鶴」。

〔三三〕「受知非泛泛」，《慎旃初集》作「周防真稍稍」。

九日同赤松上人登黔靈山最高頂四首〔一〕

〔一〕「四首」，《慎旃初集》作「十首存五」，《原稿》作「五首」，《原稿》後改作「四首」。

其一

絶磴扳躋望已窮，忽穿鳥道入禪宫〔二〕。雲端方丈娑羅日，井底孤城篝篥風。草木連天人骨白〔三〕，關山滿眼夕陽紅。興亡何與閒僧事，一角枯棊萬劫空。

〔一〕「絶磴扳躋望已窮，忽穿鳥道入禪宫」二句，《慎旃初集》作「鳥道攀躋望已窮，忽開絶頂與人通」。「已」，《原稿》原作「欲」，後改爲「已」；後一句《原稿》原作「忽開絶境與人通」，後改爲「忽穿鳥道入禪宫」。

〔二〕「草木」，《慎旃初集》、《原稿》俱作「京觀」，《原稿》後改爲「草木」。

其　二

空谷西風晝怒號，山寒九月馬歸槽。路危怪石驚將墜，天縱諸峰勢競高。羅甸一軍深壁壘，滇池千頃沸波濤。勞人何限登臨意，不向糟丘覓二豪。

其　三

諸將開邊振鼓鼙，幾聞京觀築鯨鯢〔一〕。巴賨未脱金牛險〔二〕，土貢長聞櫪馬嘶。事異汶陽休許魯，謀新曹沫恐輕齊。亂山中有豺狼穴，曲突何人議水西？

〔一〕「幾聞京觀築鯨鯢」，《慎旃初集》、《原稿》俱作「軍需百鞘走朱提」，《原稿》後改爲「幾聞京觀築鯨鯢」。

〔二〕「脱」，《慎旃初集》、《原稿》俱作「斷」，《原稿》後改爲「脱」。「險」，《慎旃初集》、《原稿》俱作「路」，《原稿》後改爲「險」。

其　四

渡瀘溝畔闢新阡，瘦棘荒苔半石田。漸有疎烟生郭外，那無一雁到天邊。蠻方對景憐佳節，客路登高感去年。落帽臺孤風雨暗，短裘長路又三千。

十月二十二日接德尹長沙第二信驚聞三叔父訃音旅中爲位而哭悲痛之餘得詩三章〔一〕

〔一〕「叔父」，《慎旃初集》、《原稿》俱作「季叔」，《原稿》後改爲「三叔父」。又，《慎旃初集》、《原稿》題後均有「先寄從弟誾英令粘諸靈次」十一字，《原稿》後以墨筆抹去。

其　一

荆南風雨沅南雪，幾處追隨意最親。乍喜遠遊依骨肉，却愁别路沮音塵〔一〕。人來絶域原拚命，事到傷心每怕真。兩地存亡身萬里，一襟啼血隔江濱。

〔一〕「沮」，《慎旃初集》作「阻」。

其　二

燈花剥落雨沈沈，昨夜長沙有訃音。薄宦竟虚三徑計〔一〕，首丘終負九原心〔二〕。老成頓盡天難問，家運中衰勢不禁。好與精靈扶後起，松楸先兆已成陰。

〔一〕「計」，《慎旃初集》、《原稿》俱作「約」，《原稿》後改爲「計」。
〔三〕「終」，《慎旃初集》、《原稿》俱作「何」，《原稿》後改爲「終」。

其　三

皋魚路盡獨悽然，此意能生叔父憐。豈謂縗麻辭故國，重將涕泪洒蠻天。孤蹤黯澹成千里，一信蹉跎到半年。也擬招魂歸未得，瘴鄉誰與慰沈緜〔一〕。

〔一〕「與」，《慎旃初集》、《原稿》俱作「復」，《原稿》後改爲「與」。

得荆侯姪習安訃信拭泪寫此并寄尊人楷五兄二首

其　一

手札頻開破旅愁，訃音此夕黯然收。眼枯倦枕孤燈淚，天偪哀猿萬壑秋。憂患豈知緣識字，男兒真悔覓封侯。一棺難揜平生氣，鬼火高于百尺樓。

其　二

黔雨滇風近十年，歸裝臨發尚遷延〔一〕。浮名誤汝今如許〔二〕，異域生還洵偶然〔三〕。賸與孤兒留筆硯〔四〕，最憐少妾賣花鈿。倚閭別繫高堂望，旅櫬何時到墓田？

〔一〕「尚」，《慎旃初集》作「又」。

〔二〕「汝」，《慎旃初集》作「爾」。

〔三〕「異」，《慎旃初集》、《原稿》俱作「絶」，《原稿》後改爲「異」。

〔四〕「賸」，《慎旃初集》作「只」。

老僕東歸寄慰德尹兼示潤木

迢迢萬里途，莽莽三歲隔。離悰兼旅況，雜沓難並釋〔一〕。欲寬居者情，聊紀獨行跡〔二〕。前年遠辭家〔三〕，荆南事挾策〔四〕。中丞天下賢，謁入容揖客〔五〕。賓徒車服盛〔六〕，中有麻衣雪。偪臘踰洞庭，羽毛風瘮瘵〔七〕。武陵一春住，山水愛澄碧。尋僧就閒暇，横草應煩劇〔八〕。隨師赴辰沅，跋涉鄰殞摵〔九〕。麻陽三挂帆〔一〇〕，銅仁雙著屐〔一一〕。前軍㵐陽戰，破竹勢深入〔一二〕。偪臘抵貴陽，孤城如破驛〔一三〕。荒署瓦僅存〔一四〕，窗户悉頽拆〔一五〕。移時開敝篋〔一六〕，稍稍置硯席〔一七〕。主人况巨才，手自樹英烈〔一八〕。蠟丸刺閨至〔一九〕，文案日幾尺〔二〇〕。岑范媿幕僚，但坐看壁畫〔二一〕。邇者西征將，繼被中旨責。已合兩粤師，咽喉勢交搤〔二二〕。滇城久未下〔二三〕，攻守力云竭〔二四〕。師久必屯田，其能懸釜鬲〔二五〕。爇僮竄榛莽，廢土曠牟麥〔二六〕。即事常躊躇，察眉愴捐瘠〔二七〕。那無一尊酒，排遣就務隟。蠻花非時開，犵鳥亂格磔〔二八〕。窮愁託吟咏，好語慰行役〔二九〕。束縛得蹉跎〔三〇〕，年華坐抛擲。憶昨初來時，針孔冒矢石〔三一〕。髑髏委亂草，霧淞雜凝血。馬驚忽騰躍，人意一悽切〔三二〕。亂離民命輕，鷄犬等狼藉〔三三〕。僕夫掖我前，慘慘度軍栅〔三四〕。回思田園樂，歲晏情逾迫〔三五〕。功名捷徑啓，大府破常格〔三六〕。我無卜式貲，寸進計斗石〔三七〕。移文累好友，初約背疇昔〔三八〕。全生爲門户〔三九〕，識者應見惜。枵然旅橐垂，念爾勤捆摭〔四〇〕。家門忝居長，慚愧少擘畫〔四一〕。子言嫂姪貧，何忍分涓滴〔四二〕。不記少小時，推梨恥割宅〔四三〕。開函見子意〔四四〕，至性生感激〔四五〕。族譜教方衰，錙銖起墻鬩〔四六〕。豈知手足恩〔四七〕，具邇異疎逖〔四八〕。即此慰先靈，庶幾免離析〔四九〕。草堂父書在，千卷皆手澤〔五〇〕。西園梅竹林，十畝錯塍陌〔五一〕。得錢了公税，餘用佐菽帛。讀書兼治生，生理恒苦窄〔五二〕。吾方逐游惰〔五三〕，勉汝終苦説。長鬢隨我久，嬾惰亦成癖。憐渠筋力衰〔五四〕，遣去情脉脉。臨發寫此詩，萬山猿叫夕〔五五〕。

〔一〕「並釋」，《慎旃初集》作「盡述」。

〔二〕「獨行跡」，《慎旃初集》作「行所歷」。

〔三〕「辭」，《慎旃初集》作「離」。

〔四〕「荆南事挾策」，《慎旃初集》作「荆州事投謁」。

〔五〕「謁入」，《慎旃初集》作「幕府」。

〔六〕「徒」，《慎旃初集》作「僚」。

〔七〕「羽毛風瘮痺」，《慎旃初集》作「北風正栗烈」。

〔八〕「尋僧就閒暇，横草應煩劇」二句，《慎旃初集》作「出入戎馬間，唱和日不隔」。

〔九〕「跋涉鄰殞摵」，《慎旃初集》作「五月灘奔滆」。又，此句後，《慎旃初集》尚有「同行戒覆舟，幸免載胥溺。長程疲水陸，行李輕學學。寄歸百卷書，聞被偷兒劫。因之付長笑，汗漫隨所適」八句。

〔一〇〕「挂」，《慎旃初集》作「罥」。

〔一一〕「雙著屐」，《慎旃初集》作「一移節」。

〔一二〕「勢深入」，《原稿》原作「捷飛驛」，後改作「勢深入」。

〔一三〕「偪臘抵貴陽，孤城如破驛」二句，《慎旃初集》作「束裝傃嚴寒，城郭倍蕭瑟」。

〔一四〕「荒」，《慎旃初集》作「古」。

〔一五〕「悉」，《慎旃初集》作「半」。

〔一六〕「開敝篋」，《慎旃初集》作「整几席」。

〔一七〕「硯席」，《慎旃初集》作「紙筆」。

〔一八〕「樹英烈」，《慎旃初集》作「闢榛棘」，《原稿》作「按圖籍」。

〔一九〕「蠟丸」，《慎旃初集》作「羽書」。
〔二〇〕「文」，《慎旃初集》作「堆」。
〔二一〕按，此句後，《慎旃初集》尚有「輝輝高燭花，每夜必對剔」二句。
〔二二〕「咽喉勢交搤」，《慎旃初集》作「仍防蜀中敵」。
〔二三〕「久未下」，《慎旃初集》作「三月圍」。
〔二四〕「力云竭」，《慎旃初集》作「不餘力」。
〔二五〕「其能懸釜鬲」，《慎旃初集》作「餽餫乏善策」。
〔二六〕「僰僮竄榛莽，廢土曠牟麥」二句，《慎旃初集》作「僰僮與僰婦，呻嘔愁百室」。
〔二七〕「愴捐瘠」，《慎旃初集》作「傷目擊」。
〔二八〕「蠻花非時開，犵鳥亂格磔」二句，《慎旃初集》作「蠻花次第開，亦自應佳節」。
〔二九〕「窮愁託吟咏，好語慰行役」二句，《慎旃初集》作「賞餘恣吟詠，禮數恕蕩軼」。
〔三〇〕「束縛得蹉跎」，《慎旃初集》作「感激知己恩」。
〔三一〕「矢石」，《慎旃初集》作「鋒鏑」。又，此句後，《慎旃初集》尚有「連岡懸戰壘，横道僵屍積」二句。
〔三二〕「一悽切」，《慎旃初集》作「同悽惻」。又，此句後，《慎旃初集》尚有「誰將一抔土，掩蓋當敝席」二句。

〔三三〕「鷄犬等狼藉」，《慎旃初集》作「犬馬或不及」。又，此句後，《慎旃初集》尚有「對此中腸酸，重嗟遠行役」二句。
〔三四〕「軍栅」，《慎旃初集》作「木末」。
〔三五〕「迫」，《慎旃初集》作「切」。
〔三六〕「大府破常格」，《慎旃初集》作「涕唾棄勿屑」。
〔三七〕「我無卜式貲，寸進計斗石」二句，《慎旃初集》作「翻畏俗眼嗤，憎嫌布衣拙」，《原稿》原作「寸進倘有階，寧甘就衰白」，後改作「我無卜式貲，寸進計斗石」。
〔三八〕「初約」，《慎旃初集》作「先志」，《原稿》原作「初志」，後改作「初約」。
〔三九〕「爲門户」，《慎旃初集》、《原稿》俱作「難免俗」，《原稿》後改作「爲門户」。
〔四〇〕「念爾勤捆摭」，《慎旃初集》作「憶子苦家食」。
〔四一〕「家門忝居長，慙愧少擘擡」二句，《慎旃初集》作「猥及兒女私，慚愧少分給」。「家門忝居長」後，《原稿》原有「非我更誰責。猥及兒女私」二句，後以墨筆抹去。
〔四二〕「分涓滴」，《慎旃初集》作「沾毫末」。
〔四三〕「推梨恥割宅」，《慎旃初集》作「推桙讓梨栗」。
〔四四〕「函」，《慎旃初集》作「緘」。
〔四五〕「至性生感激」，《慎旃初集》作「感激頓成滴」。

〔四六〕「錙銖起墻鬩」，《慎旃初集》作「紾臂起攘奪」。
〔四七〕「恩」，《慎旃初集》作「親」。
〔四八〕「具邇異踈逖」，《慎旃初集》作「一體具休戚」。
〔四九〕「免離析」，《慎旃初集》作「慎蹶失」。
〔五〇〕「千卷」，《慎旃初集》、《原稿》俱作「種種」，《原稿》後改作「千卷」。又，此句後，《慎旃初集》尚有「時須勤檢閱，曝趁好風日」二句。
〔五一〕「十畝錯塍陌」，《慎旃初集》作「本是先人植」。
〔五二〕「生理恒苦窄」，《慎旃初集》作「兹理安可越」。
〔五三〕「吾方逐游惰」，《慎旃初集》作「生涯逐流浪」。
〔五四〕按，此句後，《慎旃初集》有「漸益毛髮白。告歸非本意」二句。
〔五五〕「萬山猿叫夕」，《慎旃初集》作「客懷轉騷屑」。

烏山戰象歌并序

歲六月，前軍轉戰于烏木山，陣獲三象，遂以捷告，驅象北行，道出貴陽，觀者如堵，僕爲作歌〔一〕。

烏山轉戰煩驍騎，鴉鳴牙中風捲幟。南人驅象迎我軍，鼓未成行氣中潰。渠豪力盡投深箐，竄鼠奔猿互顛躓。是時三象屹不動，却立如山鼻垂地。將軍獲象等獲俘，陣上懸金募生致。須臾拔箭膝行入，柱聳圓蹄一十二。橐駞珠玉壓背裝，象也輕身受人制。我聞内厩舊成羣，食俸曾援三品例〔二〕。牙花雷雨偶一開，何必焚身因挾賄。此行生死隨所置，莫更回思戰場利。君不見功成則騁敗輒降，世上男兒盡如是。

〔一〕按，此句後，《慎旃初集》、《原稿》均有「意有所寓，不欲斥言也」二句，《原稿》以墨筆抹去此二句。

〔二〕「三品」，《慎旃初集》作「護軍」。

送人赴黔西〔一〕

羅甸西游影倍孤，亂猿啼入贈行圖〔二〕。邊城事少餘詩興，幕府花開散酒徒。北鴈久遲鄉信到，南霜偏著客髯枯。封侯不是書生事，投筆無端笑渡瀘〔三〕。

〔一〕「人」，《慎旃初集》、《原稿》俱作「德聞」，《原稿》後改爲「人」。

〔二〕「啼入」，《慎旃初集》、《原稿》俱作「深箐」，《原稿》後改爲「啼處」。

〔三〕「封侯不是書生事，投筆無端笑渡瀘」二句，《慎旃初集》、《原稿》俱作「時平不用陳琳檄，投筆何當竟渡瀘」，《原稿》後改爲「封侯不是書生事，投筆無端笑渡瀘」。

咏史八首

其　一

翻覆興亡閲兩朝，老來劉濞氣逾驕。十年賓客謀何密，四海漁鹽利頗饒。西貢幾曾歸武庫，南琛無復换文貂。徙薪可少長沙策，一擲金甌險得梟。

其　二

近説孤鷄死首丘，特煩獻馘入皇州〔一〕。朝家舊識田横面，飲器難寬智伯頭。視葬敢容雙騎客，争功何與什方侯。天南從此無征戰，上苑昆明罷習流。

〔一〕「特」，《慎旃初集》作「尚」。

其　三

轆轤綆斷井應枯，襤主休傷押不蘆。粉麝餘香啣語燕，珮環新鬼泣啼烏。殘粧掩鏡雙蛾短，白骴埋沙尺土無〔一〕。别有紅粧連騎入，金盤銀燭揀明珠。

〔一〕「骴」，《慎旃初集》、《原稿》俱作「骨」，《原稿》後改爲「骴」。

其四

析骸食肉一城空，阿父空提五尺童。旅火焚巢何自苦，齊書飛矢竟誰功〔一〕。大臣未必憐朱瑒，故吏寧須問向雄。滿眼殘黎皆僕妾〔二〕，向來跧縮倚神叢。

〔一〕「齊」，《愼旃初集》、《原稿》俱作「繫」。

〔二〕「滿眼」，《愼旃初集》、《原稿》俱作「此日」，《原稿》後改爲「滿眼」。

其五

風急降旗舊折竿，播州歸甲極凋殘。一時管統援師盡，同日臧洪赴死難。赤手何顔還抱馬，白頭無望復登壇。大斤山下逢隋將〔一〕，猶作燉煌戍卒看。

〔一〕「隋將」，《愼旃初集》、《原稿》俱作「人問」，《原稿》後改爲「隋將」。

其六

襲美官高並入秦，他時聲望起紅巾。豈應東市陳尸客，妄比南唐下第人。記室有文慚勸進，霸才無識笑輕身。鴻毛一燎全家盡，豫讓橋荒鬼火新。

其七

勾漏龍門接壤間，謾勞回首望刀環。銷沈戰壘金沙澗，畫斷關河玉斧閒。季布敢論亡命去，田疇争許奉書還。滿堂舊日三千客，幾個聞鷄並出關。

大廷一意注安危，充國金城事不疑。滇海有人聞鬼哭，棘門此外盡兒嬉。古來成敗原關數，天下英雄大可知。莫笑書生無眼力，與君終局試論碁。

其八

黔陽元日喜晴以下壬戌

曙色晴光一片明，亂峰銜雪照孤城〔一〕。未吹北笛梅先落，纔及東風柳便輕〔二〕。萬里烟霜迴緑鬢〔三〕，十年兵甲誤蒼生。眼前可少豐年兆〔四〕，野老多時望太平。

〔一〕「亂」，《慎旃初集》、《原稿》俱作「萬」，《原稿》後改爲「亂」。

〔二〕「未吹北笛梅先落，纔及東風柳便輕」二句，《慎旃初集》、《原稿》俱作「南中笛暖梅齊放，東面風來柳忽輕」，《原稿》後改爲「未吹北笛梅先落，纔及東風柳便輕」。

〔三〕「萬里烟霜」，《慎旃初集》、《原稿》俱作「幾日韶光」，《原稿》後改爲「萬里烟霜」。

〔四〕「眼前」，《慎旃初集》作「荒邊」。

楊南城自鄢陵陞任劒川州牧道出黔陽因病乞休比方養痾黔靈山寺高其勇退之意作詩贈之

如此山深可耐寒，鬢絲禪榻且盤桓〔一〕。日南郡較中州僻，天下官惟牧守難〔二〕。世路交情雙髩换〔三〕，春風歸信一帆安〔四〕。君家舊住吴淞岸，三泖烟波底樣寬〔五〕。

〔一〕「且」，《慎旃初集》、《原稿》俱作「借」，《原稿》先改爲「暫」，後改爲「且」。

〔二〕「日南郡較中州僻，天下官惟牧守難」二句，《慎旃初集》、《原稿》俱作「日南地較中原僻，亂後官疑撫字難」，《原稿》後改爲「日南郡較中州僻，天下官惟牧守難」。

〔三〕「交情雙髩换」，《慎旃初集》、《原稿》俱作「久拚雙屐倦」，《原稿》後改爲「交情雙髩换」。

〔四〕「歸信」，《慎旃初集》、《原稿》俱作「先報」，《原稿》後改爲「歸信」。

〔五〕「底」，《原稿》改爲「海」。

送友人入蜀

揚鞭倚劒出牂牁，鈎棧盤雲幾驛過。盜賊烽銷諸郡僻，英雄祠入亂山多。卜居未穩寧論地，行路雖難莫放歌。便擬題詩繼夔後，此邦風物比如何〔一〕？

〔一〕「此邦」，《慎旃初集》、《原稿》俱作「成都」，《原稿》後改爲「此邦」。

水西行

烏蠻遺種稱羅鬼，剽悍斷頭能掉尾。傳從濟火年代深，世土居然屬宣慰。我從里俗詢大概，復取興衰質諸史。中古荒茫不足論，淵源請自先朝始。洪武初年禍亂平，遠略傖荒來越巂。是時奢香一巾幗，躍馬金陵謁天子。承恩歸去立奇功，一諾西南九驛通。却笑五丁開不到，亂山高下隔蠶叢。二百餘年太平業，世世分藩比臣妾。後來生聚啓規模，四十八支互蟠結。別開荆莽起臺殿〔二〕，硐户碉房高櫛櫛。已分王土作王臣，旋練夷兵護夷穴。剁牛磔犬片言重，聚蟻屯蜂一呼集。布囊籠髮氈覆肩，負弩摻刀輕出没。泰和功烈汾陽亞，神廟中年平播賊。當時亦用水西兵，驅使前行借餘力。釀成殃禍啓禎朝，殺吏圍城氣漸驕。深宫南顧鞭難及，諸將西征功屢邀。土司如狼吏如鼠，八捷餘威棄歸路。内莊一夜隕河魁，明日三軍齊縞素。眼中大創真無幾，可惜偷安旋就撫。閣鴉關外曉傳烽，靄翠營南夜鳴鼓。爾來桑海變須臾，此輩根株未盡除。夷性陸梁還似故，朝家謀略故非疎。經營特借强藩力，辛苦開疆一載餘。至今父老猶能説〔三〕，壘守輸攻真勁敵。老箐地險石作城，要陿不容雙騎入。銅牙毒矢甃濡縷，竹柄長矛利鉤棘。馬蹄過嶺捷于猱，革甲環身輕似葉。連宵斫陣萬炬明，散入深林曉無跡。蛇神蠱鬼助饕虐，飛食人頭吐人血。砦前路斷臨奔壑，失勢一摧千萬尺。四山伐木斲作廂，裹用牛皮冒生鐵。石椒懸絚下槌門，雷斧轟天巨靈劈。攀藤健兒氣力盡，拍手蠻娘笑投石。重圍坐困又經時，轉粟方愁乏良策。豈知存滅總關天，渠首終成戲下懸。萬嶺提封開四郡，一朝腥穢滌千年。自此巖疆少蜂蠆，餘威遠懾諸苗砦。空留徼外廓清功，自蹈人間僭亡罪。此日重勞問罪師，烏飛三匝失棲枝。忽傳耐德生還日，趙氏中山尚有兒。烏蒙犄角稱甥舅，曾是安坤舊婚媾。也挈遺孤代乞哀，復歸故土希恩宥。頗聞軍令競邀驩，滿許閒田復見還。土貢紛紛呈鐵踣，庚苴往往賜銀盤。寄語封疆諸大吏，從前開闢談何易。莫貪扯手納金錢，此事孤雛有深意。輸糧禽賊爾何功，《王會圖》成戎索同。不見天心今厭亂，戰場新鬼盡英雄。

〔一〕「臺殿」，《慎旃初集》、《原稿》俱作「樓臺」，《原稿》後改作「臺殿」。

〔二〕「至」，《慎旃初集》、《原稿》俱作「只」，《原稿》後改作「至」。

中山尼

中山女尼顏似玉，布襪青鞋行彳亍。白日潛形灌莽中〔一〕，逢人不敢吞聲哭。自言生長本名家，阿父才名宋玉誇。千里飄飄隨遠宦，一家迢遞入三巴。養成嬌女嬌無偶，掌上明珠唾隨口。花前侍妾盡知書，鏡裏新粧時學母。自從觀察去朝天，官署清涼遂可憐。寇盜西南俄阻隔，彗氛狼纛掃東川。孤兒寡婦皆臣僕，翠袖搴蘿行補屋。賣散平頭計漸貧，嫁分紅粉身何獨。飄零無賴到南遷，夫壻移家遠入滇。幾夜新婚成永訣，旋收戰骨葬江邊。早年淪落多關命〔二〕，石上三生眼前證。便遣情緣着死灰，行依心月開圓鏡。小鬟何意尚隨身，宛轉青絲手共分。金剪無聲雲委地，寶釵有夢燕依人。扶攜同向中山寺，改口人前唤師弟。别與繙經起法名，慶光舊是閨中婢。皓齒明眸兩比丘，久拚生死等浮漚。香燈繡佛前因在，從此相依擬白頭〔三〕。晨鐘暮鼓流光易，荏苒今年三十二。骨肉深恩且勿論，滄桑時局關何事。何當六詔又屯師，十月孤城乍解圍。將軍奏凱功無敵，悍卒搜牢勢不支。移巢拔穴驅人起，但是有身無避理。一朝蓄髮强同行，幾度剚刀猶不死。歸程昨夜次徧橋，哀角吹殘令寂寥。却喜道傍俄見棄，草間趺坐度清宵。同行偶傍江東客，指點雲山曉來跡。雙江暫擬尋同伴，半路又驚逢邏卒。太守呼來淚未乾，含啼一一語悲酸。亂來莫説爲官好，兒女姻親那得完。夢裏生還愁故里，依稀記得萊陽是。已作昆明劫後人，托根何必仍桑梓。君不見列帳西來珠翠圍，怱怱粉鏡去如飛。不知皂帽天涯住，何似紅裙馬上歸？

〔二〕「莽」，《慎旃初集》作「箐」。

〔二〕「多」，《愼旃初集》作「都」。
〔三〕「擬」，《愼旃初集》作「到」。

班師行

滇池平，滇水清，滇南曠蕩餘空城。犬無夜吠鷄不鳴，將軍奉詔初拔營。幾姓分旗偏行賞，同時帳下添厮養。何取邊頭户口繁，十年生聚滋奸黨。白頭翁媪啼且僵，棄擲不得收戎行。翻身一仆委溝壑，骨肉滿眼紛飄揚。紅顔如花扶上馬，坡高驚墮珊瑚把。兒郎新嫁羽林軍，山下人逢執鞭者。近前一隊飛塵起，中有傷心泪偷洒。朝家本意重開邊，劇賊初平近十年。爾等纍纍皆鬼妾〔一〕，偷生敢復祈哀憐。即如滇城圍，七月未能下。戍卒壘頻高，書生箸誰借？君不見禁旅一出西南通，煌煌中旨褒膚公。參軍誇謀士誇勇，逢時多少稱英雄〔二〕。緑旗只合就裁汰，那許尺寸貪天功。從此歸成垂白叟，賣刀買犢安農畝。猶及生兒際太平，家家相賀持羊酒。

〔一〕「鬼」，《愼旃初集》、《原稿》俱作「僕」，《原稿》後改作「鬼」。
〔二〕「逢時」，《愼旃初集》作「時來」。

和答彭南陔長沙除夕見寄原韵

薄遊依地主，歸計幾時成。老被妻孥累〔一〕，貧銜故舊情。緑尊消夜淺，白髮競春生。亂後飄飄跡，能無感北征。

〔一〕「被」，《慎旃初集》、《原稿》俱作「尚」，《原稿》後改作「被」。

黔南署中連接與三子潁右朝手書知德尹已入燕歸計遂決先馳詩以寄〔一〕

出門儔侶稀，蒼莽七千里〔二〕。豈不念離羣，徒亂人意耳。素心十餘輩，一散如潑水。同源乃殊流，所到隨坎止。行人半萍梗，居者僅桑梓。所恃氣誼敦，尺書屢見慰〔三〕。開椷試終讀，感歎忽中起〔四〕。吾弟賦《北征》〔五〕，殘冬束行李。嚴程霜雪惡〔六〕，急往寧得已。雙親尚淺土〔七〕，舉念每潁泚。幼弱兩三人，田廬詎堪委〔八〕。我來已天末，欲去難遽爾。烏道阻且長，戈船塞江汜。主人荷垂諒，告别輒諾唯〔九〕。僮僕亦欣欣，行期屢屈指〔一〇〕。到家幸非遠，計日及秋尾〔一一〕。期子賦同歸，開園召知己。

〔一〕「署中」、「右朝」，《慎旃初集》作「客館」、「桐村」。《原稿》「桐村」改作「右朝」。

〔二〕「七」，《慎旃初集》、《原稿》俱作「六」，《原稿》後改作「七」。

〔三〕按，此句後，《慎旃初集》、《原稿》均尚有「足音到蓬藋，驟聽胡不喜」二句，《原稿》後以墨筆抹去。

〔四〕按，此句後，《慎旃初集》尚有「坐令歸思煩，爛熳不可理」二句。

〔五〕「吾弟賦北征」，《慎旃初集》作「聞汝事北游」。

〔六〕「惡」，《慎旃初集》作「驕」。

〔七〕「雙親」，《慎旃初集》作「先人」。

〔八〕「廬」，《慎旃初集》、《原稿》俱作「園」，《原稿》後改作「廬」。

〔九〕「主人荷垂諒，告別輒諾唯」二句，《慎旃初集》作「那將湖海氣，履啌赴虎尾。東頭憶竹篠，此景頗清美。稍待秋風發，拂袖整屐齒」，《原稿》無「稍待秋風發，拂袖整屐齒」二句，《原稿》後將前四句改作「主人荷垂諒，告別輒諾唯」。

〔一〇〕「行期」，《原稿》原作「歸期」，後改作「行期」。「屢屈指」，《慎旃初集》作「日倒指」，《原稿》作「屢倒指」。

〔一一〕「到家幸非遠，計日及秋尾」二句，《慎旃初集》、《原稿》俱作「到家及登高，籬脚菊正蕊」，《原稿》後改作「到家幸非遠，計日及秋尾」。

敬業堂詩集卷四

遄歸集起壬戌五月，盡癸亥九月。

客楊中丞幕下且三年，德尹以壬戌正月北游，余在黔聞之，遂束裝遄返，與季弟潤木局促里居。甫周一歲，不及待仲歸，又將出而丐於親舊矣。合歸途所作及家居詩共成一卷，名曰《遄歸集》。

發貴陽留別大中丞楊公三首〔一〕

〔一〕「大中丞楊公三首」，《慎旃初集》作「中丞公四首」，《原稿》改「四」作「三」。

其　一

風波纔過又烽烟，一路看山漸近滇。浪跡南雲真萬里，濫竽東郭忽三年。孤熊舐掌粗知分〔一〕，飛鳥依人正自憐〔二〕。不覺對公成洒涕，也應容我賦歸田。

〔二〕「粗」，《原稿》原作「初」，後改作「粗」。

〔三〕「正」，《慎旃初集》作「又」。

其　二

鄉社枌榆隔後塵，交情翻借布衣親。勒銘事大才難稱，絶代人稀見始真。寶匣異光刀剖玉，銅盤高燄燭輝銀。他時重話西征績〔一〕，慚愧曾充幕下賓〔二〕。

〔一〕「重」，《慎旃初集》、《原稿》俱作「爲」。

〔二〕「曾」，《慎旃初集》誤作「曹」。

其　三

紛紛桃李艷公門，駑鈍如余尚服轅。明鏡何私顔欲换，清談無用蝨空捫〔一〕。人來江左名慚項，詩和春陵格紀元。束縛倘酬知己分，敢隨流俗説啣恩。

〔一〕「空」，《原稿》原作「爲」，後改作「空」。

高　寨

緑蕨荒無際，黄茅直到天。秖因鄉路遠，猶自惱啼鵑。

度雲頂關

目極雲生處，到來雲滿身。時清存畏路，興盡有歸人〔一〕。馬力疲堪惜，禽言聽似真。往來經戰地〔二〕，白日起陰燐。

〔一〕「有」，《原稿》原作「得」，後改作「有」。

〔二〕「往來經戰地」，《慎旃初集》、《原稿》俱作「舊時埋骨地」，《原稿》後改作「往來經戰地」。

將至清平縣馬上作

石秀山漸佳，城荒日將暮。遥見孤烟生，猶知有人住。

晚宿龍里縣署

官舍周圍帶土墻，盆池新漲接方塘。歸人已夢田廬好，只道蛙聲是水鄉。

母豬洞觀瀑

蠻中六月交，山路苦焚爇。卧聞夜雨來，快起尋乳穴〔一〕。入洞微有聲，足底響嗚咽。出山忽震怒，閃睒不容掣〔二〕。巖前滙奔流，人駭馬辟易〔三〕。來如曳組練，一綫注飛白〔四〕。跌爲淵潭深，湛湛落澄碧〔五〕。石牙互參錯，吞吐霹靂舌〔六〕。直從灣澴底，跳沫騰百尺〔七〕。慘慘天變容，凛凛風作雪〔八〕。岡頭杜宇叫，萬竹劃然裂〔九〕。將歸得奇觀，頓解肺肝渴〔一〇〕。

〔一〕「蠻中六月交，山路苦焚爇。卧聞夜雨來，快起尋乳穴」四句，《慎旃初集》作「山行苦炎蒸，客意駭所歷。若無夜來雨，乳竇焉得洩」。

〔二〕「閃睒不容掣」，《慎旃初集》作「天鼓轟霹靂」。又，此句後，《慎旃初集》尚有「過者偶一聞，耳聾尚三日」二句。

〔三〕「巖前滙奔流，人駭馬辟易」二句，《慎旃初集》作「巖前合流處，瀑布助辟易」。

〔四〕「來如曳組練，一綫注飛白」二句，《慎旃初集》作「來如組練長，一道曳飛白」。

〔五〕「湛湛」，《慎旃初集》作「十畝」。

〔六〕「石牙互參錯，吞吐霹靂舌」二句，《慎旃初集》作「斷斷石牙錯，破碎激冰雪」。

〔七〕「跳沫」，《慎旃初集》作「倒勢」，《原稿》原作「跳流」，後改作「跳沫」。

〔八〕「凛凛風作雪」，《慎旃初集》作「颯颯風吹沫」。「凛凛」，《原稿》原作「凍凍」，後改作「凛凛」。

〔九〕「岡頭杜宇叫，萬竹劃然裂」二句，《慎旃初集》作「岡頭竹鷄叫，我馬窘羈靮」，《原稿》原作「岡頭子規叫，回首萬竹裂」，後改作「岡頭杜宇叫，萬竹劃然裂」。

〔一〇〕「頓解肺肝渴」，《慎旃初集》作「泥濘復奚惜」。

冷　溪

溪渾三尺雨，馬渡一汀烟。徑轉長防虎，沙平忽有田。斷雲依岫險，亂草得花妍。滿眼悲涼意，新詩記不全〔一〕。

〔一〕「滿眼悲涼意，新詩記不全」二句，《慎旃初集》作「亦有流亡痛，新圖繪不全」。《原稿》原作「大有流亡痛，新圖繪不全」，後改爲「滿眼悲涼意，新詩記不全」。

平越遇雷玉衡索留别之句口占贈之

依舊青衫把一鞭，紛紛白面看談邊。冷官未了從軍志，岐路猶餘話别緣。急雨淋浪茅店外，亂山高下馬蹄前。得歸吾已無餘恨，只欠游蹤未到滇〔一〕。雷，滇人也〔二〕。

〔一〕「蹤」，《慎旃初集》、《原稿》俱作「裝」。

〔二〕按，《慎旃初集》闕此注。

黎峨城北福泉山張三丰禮斗亭尚存

清池照影樹扶疎，亭前有浴仙池、長生桂。晝静廊空想步虚。閲世人來棋散後，出山雲澹雨晴初。窮塵滚滚孤亭在，浩劫茫茫百戰餘。華表鶴歸應有泪，舊時城郭半丘墟。

題興隆衛聖母閣

隔斷荒城別一丘，蟬聲寂歷鳥鈎輈。忽來風雨疑無暑〔一〕，如此林巒合有樓。塵刹留僧還竿弈，瘴鄉有路莫回頭。澹忘未必同靈運，直爲清暉作少留〔二〕。

〔一〕「忽」，《慎旃初集》、《原稿》俱作「乍」，《原稿》後改爲「忽」。

〔二〕「直」，《慎旃初集》作「也」。

寓樓晚坐〔一〕

一聲清磬出柴關，庵主軍持乞米還。暝色羣羣栖樹鳥〔二〕，夕陽朵朵隔城山〔三〕。

〔一〕按，《慎旃初集》、《原稿》題前均有「興隆衛」三字，《原稿》後删去。

〔二〕「羣羣」，《慎旃初集》、《原稿》俱作「已來」，《原稿》後改作「羣羣」。

〔三〕「朵朵」，《愼旃初集》、《原稿》俱作「猶在」，《原稿》後改作「朵朵」。

偏橋田家行

結茅住山顛，種田在山麓。田荒費牛力，僅得播種穀。七年際離亂，饑饉死相屬。稍思歲一稔〔一〕，生命絲或續。師旅比凱旋〔二〕，驕嘶百萬足〔三〕。黔山無水草，何以充苜蓿〔四〕？成羣走阡陌，泥淖沒馬腹〔五〕。食葉躪其根〔六〕，螟蟊等荼毒〔七〕。秣芻一朝盡〔八〕，婦子終歲哭。天下自昇平，民生有蹐跼。我爲老農語〔九〕，物理視反覆〔一〇〕。來年期好收〔一一〕，重看秧田緑。

〔一〕「稍思」，《愼旃初集》作「所期」。

〔二〕「師」，《愼旃初集》、《原稿》俱作「禁」。

〔三〕「驕嘶百萬足」，《愼旃初集》作「塵頭萬馬足」。

〔四〕「苜」，《愼旃初集》作「牧」。

〔五〕「沒馬」，《愼旃初集》作「馬沒」。

〔六〕「躪」，《愼旃初集》作「踐」。

〔七〕「等」，《愼旃初集》作「助」。

〔八〕「秝芻」，《慎旃初集》作「蒭薪」。
〔九〕「我爲」，《慎旃初集》作「頗聞」。
〔一〇〕「視」，《慎旃初集》作「終」。
〔一一〕「期」，《慎旃初集》作「倘」。

晚登偏橋玄都觀後閣

承平推舊鎮，設險控西南。水勢全趨楚，山形尚帶黔。壞城平似掌，古觀廢成庵。即事多興廢〔一〕，兵戈實厭談。

〔一〕「即事多興廢」，《慎旃初集》、《原稿》俱作「滿目興衰事」，《原稿》後改作「即事多興廢」。

重宿㵲陽中山寺贈紫橋長老

水色山光浄眼前，下臨無地有蒼烟。長虹自亘西來路〔一〕，峭壁剛支北面天。開士偶逢堪一笑，舊游重到已經年。亂離風景勞生夢，可少秋堂借榻眠。

〔一〕「自亘」，《慎旃初集》、《原稿》俱作「不斷」，《原稿》後改爲「自亘」。

舟發沙灣入沅州境〔一〕

烟村紅日吐初晴，野泊舸艚促早程。秋水澄鮮魚味美，曉山葱蒨鳥言清。城連槃瓠形猶壯〔二〕，灘過鸕鷀怒未平。我是沅南留滯客〔三〕，舊游一一總關情〔四〕。

〔一〕「舟發」，《慎旃初集》作「早發」。「入」，《慎旃初集》作「已入」。
〔二〕「城連槃瓠形猶壯」，《慎旃初集》、《原稿》俱作「界分筇筰風差勝」，《原稿》後改爲「城連槃瓠形猶壯」。
〔三〕「留滯」，《慎旃初集》、《原稿》俱作「食萍」，《原稿》後改爲「留滯」。
〔四〕「舊游一一總關情」，《慎旃初集》、《原稿》俱作「前游經眼極關情」，《原稿》後改爲「舊游一一總關情」。

天星灘

明星的的吐飛湍，石勢參差亂眼看。莫擬乘槎到天外，偶從奇險博奇觀。

神堂灣村家

布裙翩翩短幅，高髻亭亭古粧。坐看人成翁媪，不知世有姬姜。

辰溪縣晚泊

夕陽孤塔表辰溪，江面初寬地漸低。從此一舟平似掌，萬峰回首夜郎西。

瀘　溪〔一〕

傍穴纍纍架樹梢，懸崖百丈俯江坳。小舟恰傍山根過〔二〕，長恐風狂墮鳥巢。

〔一〕按，《慎旃初集》、《原稿》題均作「瀘溪道中即目」，《原稿》後删去「即目」二字。共二首，此爲第一首。

〔二〕「恰傍」，《慎旃初集》、《原稿》俱作「恰恰」，《原稿》後改作「恰傍」。

兩頭纖纖曲二首〔一〕

〔一〕按，《慎旃初集》題中闕「二首」二字。

其　一

兩頭纖纖舣子船，送郎只到洞庭邊。四時雪浪灘前石，白日雷霆枕底天。

其二

兩頭纖纖月上弦，中秋屈指又今年。歸路二三千里近，別家四十一回圓。

晚過界亭

晚景融怡剪渡還，梟鷺隨我過前灣。半江風色參差浪，卧聽猨啼夾岸山〔一〕。

〔一〕「卧聽」，《慎旃初集》、《原稿》俱作「不厭」，《原稿》後改作「卧聽」。

桃源訪胡孔志不值

漢陽分袂已多年〔一〕，聞説遊蹤久入燕。歸路我經秦客峒，故人貧就廣文氈。桑麻舊俗今誰主，苜蓿荒齋醉少緣。秋雨暮帆惆悵在，可堪回首洞庭烟。

〔一〕「陽」，《慎旃初集》、《原稿》俱作「江」，《原稿》後改爲「陽」。「多」，《慎旃初集》作「三」。

沅江縣治濱湖居民皆漁户水盛時舉家乘舟入湖秋冬水縮則結茅沿岸住

官舍無城傍水濱，鵁鶄鵝鴨半居民。疎燈幾點夜呼渡，老屋百家秋結鄰。岸曲蘆深長響雨，船頭魚健欲驚人。饒他小縣輸漁課，賦斂湖湘俗久貧。

將之長沙留別沈將雲[一]

武陵溪口手重揮[二]，獨向長沙未得歸。憑寄家書傳客況，爲言弱羽又分飛[三]。

[一]「之」，《慎旃初集》作「至」。又，《慎旃初集》、《原稿》俱闕「沈」字，《原稿》後補「沈」字。
[二]「溪口」，《慎旃初集》作「溪畔」。
[三]「弱羽」，《慎旃初集》作「倦羽」。

青草湖

淼淼湖光天盡頭，曚曈初日起蘆洲。小船百折行難到，一片蒼雲白露秋。

長沙舟次聞德尹入黔之信二首

其一

去年此地君思我，君到黔中我又歸。世路茫茫誰料得，離人黯黯意多違。兩萍湖海原難遇，獨雁瀟湘正嬾飛[一]。此夜夢回姜被冷，殘燈疎雨倍依依。

〔一〕「雁」，《慎旃初集》作「夜」。

其二

岐路匆匆過朗州，弟去常德纔五日〔一〕，而余至。菊花初約誤林丘。音塵京國書遲達，詩草炎荒客善愁。道路半年成萬里，德尹于正月自故鄉入都，今又來黔，故云。江湖一信到孤舟。跕鳶浪泊來何爲，歸去吾方羡少游。

〔一〕「常德」，《慎旃初集》、《原稿》俱作「朗州」，《原稿》後改爲「常德」。

長沙喜遇彭南陔

鷺立蘆花淺水，蠏肥稻壟新霜。夢去故鄉秋好，一尊閒話瀟湘。

長沙雜感四首〔一〕

〔一〕「四首」，《慎旃初集》作「十首存四」。

其一

水遠山平極望賒，湖南風物一長嗟。屈原已去終亡國，吴芮如存可世家。湘竹舊痕啼夢雨，薜蘿新鬼怨囊沙。孤城自繞殘陽岸，風急秋清急暮笳〔一〕。

〔一〕「急」，《慎旃初集》、《原稿》俱作「又」，《原稿》後改爲「急」。

其　二

觭角關山百戰過，征南精鋭竟如何？牛羊隊逐移營盡，犀兕人傳棄甲多。蜀虎連年勞悵望，黔驢無技任譏訶。孟明一眚功無敵，别路今聽唱凱歌。

其　三

窮年供億奈兵荒，穀賤傷農力莫償。地遠舟車還絡繹，時清圖繪有流亡。勞魚未必忘呴沫，集鴈何當穩稻粱。十萬人家君勿問，如今瘠土是三湘。

其　四

卑濕南遷事可哀，鬼神宣室召空回。君臣如此猶嗟命，絳灌何人乃忌才。《史》《漢》高文光照耀，江山故宅客徘徊。《治安》敢擬長沙策，直爲先生痛哭來。

同南陔九畹遊嶽麓中途遇雨興盡而返

緗帙曾披北海碑，南游雅與素心期〔一〕。好奇歷險人皆笑，冒雨尋山興又癡。雙屐泥痕苔剥落，一江帆影浪參差。衡山咫尺猶難到，敢望雲開似退之。

〔一〕「雅」，《慎旃初集》、《原稿》俱作「急」，《原稿》後改爲「雅」。

八月十四夜洞庭舟中風雨再寄德尹黔南〔一〕

扁舟小泊最蒼凉，那更回頭望夜郎。浪跡久經烟瘴地，懷人今在水雲鄉。燈紅極浦秋何際，月黑寥天夜有光。滿眼江湖飛不到，始憐羽短道途長。

〔一〕按，《慎旃初集》共二首，《原稿》同，集中僅載第二首。「風雨」後，《慎旃初集》、《原稿》俱有「悵然有作」四字，《原稿》後以墨筆抹去。題後《慎旃初集》有「二首」二字。

洞庭阻風歌

湘陰去岳陽，湖面一日程。雲從北來風色惡，吾力敢與吾命爭〔一〕。船頭紙錢撒白雨，舟子酬神致私語。老鴉啄肉掠水飛〔二〕，廟祝鳴鐘月東吐。大哉神靈本至公〔三〕，憑私詎可祈感通〔四〕。不如繫船整篷索，南北東西預難度。明朝風便從爾行〔五〕，莫使有風帆力弱〔六〕。

〔一〕「吾力」，《慎旃初集》作「人力」。「吾命」，《慎旃初集》作「人命」。

〔二〕「飛」，《慎旃初集》作「去」。
〔三〕「至」，《慎旃初集》作「致」。
〔四〕「憑私詎可」，《慎旃初集》作「私願胡可」。
〔五〕「明」，《慎旃初集》作「一」。
〔六〕「帆」，《慎旃初集》作「篷」。

中秋夜洞庭對月歌

長風霾雲莽千里〔一〕，雲氣蓬蓬天冒水。風收雲散波乍平〔二〕，倒轉青天作湖底。初看落日沈波紅，素月欲升天斂容。舟人回首盡東望，吞吐故在馮夷宮。須臾忽自波心上，鏡面横開十餘丈。月光浸水水浸天〔三〕，一派空明互迴盪。此時驪龍潛最深〔四〕，目炫不得銜珠吟〔五〕。巨魚無知作騰踔，鱗甲一動千黄金。人間此境知難必，快意翻從偶然得。遥聞漁父唱歌來，始覺中秋是今夕。

〔一〕「霾雲莽」，《慎旃初集》作「驅雲幾」。
〔二〕「乍」，《慎旃初集》作「忽」。
〔三〕「浸水水浸」，《慎旃初集》作「射水水射」。

〔四〕「最」，《慎旃初集》作「已」。
〔五〕「不得」，《慎旃初集》作「不敢」。

湘江舟晚

清湘清徹底，人影浄征衫。秋水漸歸汊，遠舟惟見帆。荒洲無雁到，落日被龍銜。一様天邊月〔一〕，今宵迥不凡。

〔一〕「様」，《慎旃初集》作「片」。

岳州

湖腹平吞爾許貪，湖唇一噴勢難拑〔一〕。力争全楚功誰最，讖應孤城户已三。客夢堠長還堠短，夕陽山北又山南。太平設險非無意，漁獵丸泥敢尚探。湖中盜賊充斥，故云。

〔一〕「噴」，《慎旃初集》作「瀉」。

赤壁

一戰三分定，英雄洵有神。古今才不偶，天地局長新。故壘秋吹角，荒江晚問津。祭風臺下路，惆悵是歸人。

夜宿簰洲驛

洞庭晨出險，小驛宿兼程。漁火遠村没，雁沙殘月明。萑苻荒大澤，賦斂窘餘生。不敢論時事，乾坤及罷兵。

過湖口作〔一〕

楚水吴烟一覽收，新移鎖鑰控中流。誰興桑孔緡錢利〔二〕，盡算江湖大小舟。山脚酒旗孤店晚，縣南風色亂帆秋。詩囊壓擔琴扶膝，關吏何妨笑薄游。

〔一〕「湖口」，《慎旃初集》、《原稿》俱作「湖口縣」，《原稿》後圈去「縣」字。

〔二〕「桑孔」，《慎旃初集》、《原稿》俱作「商賈」，《原稿》後改爲「桑孔」。

登蕪湖浮圖〔一〕

落帽家山記幾巡，弟兄南北各傷神〔二〕。茱萸明日重陽酒，五處登高各一人。時家次谷在粤，荆州在燕，德尹在黔，惟韜荒家居，故云。

〔一〕按，《慎旃初集》共二首，此爲第二首。題後《慎旃初集》尚有「重陽前一日」五字，《原稿》作「時重陽前一日二首」，後以墨筆抹去。

〔二〕「各」，《慎旃初集》、《原稿》俱作「總」，《原稿》後改作「各」。

木末亭謁方文正景忠烈兩公祠

一姓興亡際，忠臣尚力争。百年公論定，兩字易名成。山雨晴蒸氣，江雷怒作聲。君看南渡後，降表出書生。

發儀真

緑楊城郭碧蘿洲，夾岸紅燈映酒樓。爲愛吴船聽軟語，買帆連夜下真州。

欲登金山不果

也有登山興，中流去不多。眼中江路盡，翻覺畏風波。

梁溪秋晚

繞郭林塘浄晚烟，放閒黄犢水平田。吴霜未剪江南緑，猶有菱歌動敂舷。

初到家得陳六謙書并見寄詩二章期余作北遊馳聲以報〔一〕

睽違不在久，依依念儔侶。與子惜分陰，矧乃遞寒暑。六年五寄書，故人在肺腑。才華我何有，藻賞終見許。久要期勿負，感子心獨苦。師門一回首，過眼如風雨。初約貧漸渝，旁觀惜毛羽〔二〕。青衫行謁選，此意吾諒汝。昂藏七尺軀，行與衰老伍。怱怱簿領下，英氣恐少沮。并州地苦寒〔三〕，臘盡雪片舞。蹇驢數十驛，遠宦等羈旅。此邦經五季，地險全用武。連延二千年，往往警鞞鼓。海内今連兵，閩粤接秦楚。河東耕鑿安，天道合存撫。安邑古帝墟，唐俗仍樸魯。官清資俸薄，折束到鄉土〔四〕。也擬上羊腸〔五〕，得君作賢主。

〔一〕按，《慎旃初集》闕「初到家」三字，「北」，《慎旃初集》作「晉」。

〔二〕按，此句後，《慎旃初集》尚有「同時十餘人，稍稍岐出處」二句。

〔三〕「地苦寒」，《慎旃初集》作「苦寒地」。

〔四〕按，此句後，《慎旃初集》尚有「口腹徒累人，此事胡足取。吾聞要害區，勃碣乃没尾。上游控幽燕，内險據勾注。按圖想山川，形勝失銖黍。兹游固所願，成敗覽千古」十句。

〔五〕「也」，《慎旃初集》作「終」。

哭王右朝四首

其一

還家約略中秋後，長路風波恨稍遲。六日不詹君尚望，三年重到我成悲。魂來蘋末蛟龍駭，淚殺燈花枕席知。怪得吴江催噩夢，唤迴孤帳雨飄絲。九月十二夜舟泊吴江，夢中忽有人大呼曰：「三日内汝當有奇禍。」一時驚寤，明日到家，遂聞兄重陽訃信。

其二

卅載交親氣誼中，蓋棺事了太匆匆。擬從頹俗存家法，不願諸甥有舅風。冰雪一枝憐菴鵲，圖書四壁哽秋蟲。東山便是西州路，欲學羊曇計轉窮。

其三

匆論死别與生離，存殁心傷無盡期。鮑叔有情貧敢諱，尚平多累出偏遲。向來語笑猶堪憶，從此肝腸好付誰。海角天南諸弟散，訃音欲寄苦差池。

其四

未改頭銜屬望虚，手題丹旐又躊躇。攜來萬里千行淚，檢得三年五度書。余出門以後，兄凡五寄書。好事誰還評月旦，餘生吾久負居諸。文壇詩社飛揚氣，百念俱灰一慟餘。

除夕與潤木分韻二首

其一

曾爲茆堂乞少資，不成覓地向西枝。弟兄蹤跡團圞少，兒女心情指顧移。扣角騎牛聊復爾，設罝守兔定何爲？升沈此際知誰是，欲悔身謀又自疑。

其二

燈花檐雨夜沈沈，慰我淪飄得故林。久別翻驚相對影，急裝誰諒倦游心。時清壯士才難盡，俗薄貧交望苦深。稍喜來年春帶閏，未應相對廢聯吟。

不見外舅陸射山先生屈指六年今春奉謁里門旋有吴行兼以送別二首以下癸亥作

其一

髩霜髯雪走天涯，拂袖歸來記歲華。海内詩文無手敵，座中筋力許誰誇。談深世態多經眼，老喜遊踪漸近家。五柳有情難繫别，勿論鄉思米囊花。

其　二

亂餘三徑長蓬蒿，栗里田荒尚屬陶。逸興人扶雙屐健，名山天靳一星高。春濃遠市紅燈月，烟泛輕帆白鷺濤。怪底尊前還戀戀，六年書疏阻江皋。

重過聽鶯齋與徐淮江話舊

風雨高齋别幾春，小池佳樹碧添鱗。兩湖地主憐君在，三月鶯花笑客頻。夢裏何曾忘對榻，畫中只合著閒人。倦游莫訝歸心切，知已無如穉子真。

三月晦日陳元亮家看海棠

一番陰雨花期盡，難得君家尚有春。路隔西川無好句，眼明南郭又芳辰。濃雲薄霧憐香意，翠袖紅紗絶代人。還有掛帆惆悵在，滿湖烟水夢何因。與顯武别有約而未遂，故云。

傳經堂歌卓次厚屬賦

後生學術無授受，往往談天哆衍口。春華秋實古難兼，氣節文章誰不朽。塘西卓氏本望族，遜國名臣侍郎後。天教一姓留典型，幾輩蟬聯起諸叟。西京篋衍探源委，北宋儒林辨誰某。煌煌藜火燃太乙，種種琅函發大酉。雕龍餘技矢穿楊，石鼓舊文魚貫柳。一經三世屬名家，兩字千秋推作手。頗聞名儒後必大，賢嗣文孫洵非偶。百年榱桷尚如新，別築祠堂寬十畝。已看歌頌美輪奐，更蒔花竹貽長久。藏經閣閟曉繙書，族譜亭成夜呼酒。才名後先滿南國，不比虛名指箕斗。余家盈盈隔帶水，累世交情誼稱厚。三十年前枯菀分，家運迍邅遘陽九。鄴籤兵火蕩餘劫，陶逕柴桑慚世守。老成頓盡人所嘆，小子無承良自醜。朅來塵壒逐游惰，筆墨秪用供奔走。祖父遺書讀未成，肯堂肯構夫何有。詩成對君三太息，獨抱殘經莽回首。

同淮江登東湖弄珠樓

但令興到便移船，我得同游亦偶然。疎磬晚潮孤影塔，暖雲濃樹四垂天。稱心圖畫凴欄外，經眼亭臺落照前。却笑詩成無傑句，驪龍依舊抱珠眠。

過吴漢槎禾城寓樓

快事相看一笑真，忽傳絶域有歸人。劫灰已掃文星燦，黨禁初寬士氣伸。佳客偶逢如有約，時陳寄齋、俞大文俱在座。盛名長恐見無因。廿年冰雪思鄉夢，纔向田園過一春。漢槎將攜家入燕。

吴門喜晤梁藥亭

僕家海東君海南，海道相距三千三。有時憶君發遐想，直欲芒屩遊瓊儋。故人謂魏禹平。金閶傳好語，知是久客猶停驂。買帆兩日風色順，百花洲外波潭潭。風塵在顔剌銜袖，笑口一豁心俱甘。披襟更覺有深致，黄鬚緑鬢垂髿髿。名言霏微齒牙潔，絶勝香味飄迦楠。小儒窘步不踰閾，訓詁馴繞如衣蟫。讀書已破十萬卷，可使蹤跡無窮探。吴中此來凡兩度，一一紗壁留精藍。山塘四月天氣好，輕衫拂領來晴嵐。家家緑陰囀黄鳥，曷不載酒攜雙柑。閉門却掃吟獨苦，郢《雪》屬和何人堪。平生美好百不入，正坐好古成奇貪。知君力欲追正始，三唐兩宋須互參。皮毛洗盡血性在，願及有志深劘勘。拙詩與君不同調，小言未可誇詹詹。數篇見賞自京洛，君愈降氣余彌慚。匆匆人事促輕别，欲去暫止嗛清談。紅綿花開鷓鴣叫，歸夢定繞桃榔庵。

聲山姪自都下歸相見閶門舟次出荆州兄手札期余北游戲作一詩以答

春冰一騎蹴滹沱，柳色蘇臺握手過。鹵莽不須慚計拙，驅馳真欲悔才多。吟紅日晏誰同調，變徵聲移急和歌。每遇南轅頻問訊，長安米價近如何？

同祝豹臣及家西崗叔飲韜荒兄齋

高樹柴門景又遷，小堂南北緑遮天。偶然不速來三客，如此相思閲五年。居近人應疑卜晝，路難吾轉愛歸田。楝花風急村橋暮，欲散閒愁仗酒顛。

養蠶行

去年收絲利倍三，村中家家貪養蠶。蠶多桑少葉騰貴，千錢一筐賣未甘。温風吹蠶蠶易老，滿箔三眠上山早。蠶娘一月不梳頭，嬾惰却輸辛苦好。東家採得繭如脂，繰向檐前索索吹。西家繭頭薄於紙，一樣蠶桑兩樣絲。將絲換錢索官串〔一〕，無者價昂有者賤。貧家衣食天所慳，别許居奇營巧宦。即今閩海尚興師，争利人人學賈兒。聞道樓船皆市舶，貿絲豈必盡蚩蚩。

〔一〕「錢」，《原稿》作「米」。

麥無秋行

三春雨多二麥荒，巒卷盡萎田中央。大麥莖長穗未起，小麥莖短葉早黃。楝花風過繅車傍，憶得年時麥上塲。塲乾日烈聲拍拍，打麥作糜湯餅香。腰鐮往刈纔盈尺，雉尾襹褷藏不得。驚人角角渡水鳴，别向原頭草間活。可憐鵶鵲不知時，羣下荒疇覓餘粒。我爲老農語鵶鵲，明年好收從爾食。明年好收理則那？只愁無種將奈何。

西園書屋順治丙戌燬於火瓦礫之塲長養茨棘垂四十年比方有事於墾闢既惜地力且以習僮僕之勤焉用東坡七首韻與潤木同作

其一

池亭剩曩基，長養藜與蒿。中更四十載，未盡莯刺勞。貧家供賦斂，尺寸無所逃。焉能守石田，鬱鬱希陰膏。益利興由人，棄捐成不毛。旬來拾瓦礫，積比頹垣高。

其　二

赤日黧我顔，白汗沾我背。鉏荒如去病，快得三年艾。伊昔締構初，春秋想高會。滄桑變時局，草土少完塊。誰歌《蟋蟀》詩，蹶蹶職思外。南山方朝隮，厥象占蔚薈。百年雖莫保，三徑幸猶在。給口茶蓼閒，其甘等炙膾。

其　三

生涯失習勞，貴賤誰比數。優游不堪事，尚記前賢語。主人既率先，僮僕趾齊舉。給餐稱勤惰，功力積毫縷。種豆畦横從，種瓜架支拄。所憂歲將旱，六月竟無雨。澮畝一歉收，何由載筐筥。力惡不出身，貨惡不出土。尚恐機事牽，高人未全許。

其　四

陶家有田園，三徑忍就荒。籬落缺粗補，東西互相望。叢牙覆塊生，一片蒼雲蒼。地力久不効，新萌必繁昌。未飽啄粟鳸，先防踏蔬羊。望腹聊忍饑，先疇胡敢忘。

其　五

土性既有宜，人情亦有適。養材待椅桐，孰若樹榛栗。移根尋丈内，本向鄰家乞。落實庶可期，拙謀作乃逸。舉贏力不逮，何敢議築室。灌園豈無人，戢影勿輕出。此中足生事，吾計今已必。

其六

惡木次第除，丁丁響斤斵。析薪祈克荷，生子願愚慤。我貧天所憐，田舍免風雹。用《北史·王蒙傳》事。隨爺課晨夕，老圃庶可學。先公垂訓在，遠蹟企商嶽。黽勉奉前編，偏傍敢駁犖。勿言世業盡，五畝澤已渥。兄弟且同居，相容在蝸角。用庾信《小園賦》中語。

其七

仲子性好遊，旅食辭南村。叔子嬾甘寢，鼻息鳴西垣。我介兩者間，奇士羞王孫。有時事游惰，挾瑟隨雍門。有時賦歸來，及見松菊存。行者咏陟岡，居者勸加飧。營身各有役，出處且勿論。若較杜樊川，季强慚令昆。杜牧《望故園賦》云：「昆令季强兮鄉黨附。」

題朱子蓉六丈所藏張穆畫馬用黄山谷韻

緑楊風起驕不行，低頭嚼環如有聲。乾坤一線塵縱横，肉中帶骨筆力透。不比東郊詩咏瘦，苦憶尋常棧閒豆。青絲漫絡高家驄，龍眠妙手亦老翁，誰能更貌桃花紅。

送唐殿宣之浦江學博任

琴書壓擔曉風清，別路山行復澗行。青髩功名秦博士，白頭經義魯諸生。月泉詩好篇篇秀，寶掌峰奇面面晴。勿對空柈嗟苜蓿，如今驥足是初程。

同韜荒兄飲鄭春薦齋

雲巖醉别忽經春，重向吴山問主人。陶侃登堂還拜母，茅容爲具也留賓。迴風却扇渾無暑，急雨催詩若有神。《鸜鵒》莫誇才子賦，鄭家名擅鶻鵃新。坐側有鸜鵒，故戲及之。

七夕同鶴江孝績序仔集淮江聽鶯齋

紅蓼蒼葭水一方，到門松桂已迎涼。燈前岐路天南北，時鶴江初從山右歸，孝績又將遊江右。屋角雙星夜短長。雅集幾回逢好友，離悰多半話他鄉。當筵有客傷存殁，不忍臨風發酒狂。思右朝也。

次谷兄自粤西扶先伯父櫬歸里二首

其一

萬里行何畏，歸來始泫然。亂離成子孝，危苦得天憐。泪盡干戈外，魂驚瘴癘邊。路難經死地，初不計生還。

其二

自古蒼梧道，征人半舁棺。獞猺啼赤子〔一〕，父老瞤清官〔二〕。竟返天南魄，翻疑夢裏看。附書吾久望，執手雜悲驩。

〔一〕「啼赤子」，《原稿》作「嗤白骨」。

〔二〕「瞤」，《原稿》作「哭」。

彭南陔長沙寄書知其長郎越千已於去冬物故一詩當哭兼以相慰

《鵬賦》長沙痛未窮，短書緘泪寄西風。隔年別酒征衣爛，幾日歸帆旅櫬同。善病我曾憐久客，未亡人又累衰翁。畏途盡室成何事，頭白君應悔斷蓬。

雨中過董静思山居

十里沿洄暮靄昏，熟衣天氣半清温。菰蒲響雨烟沈浦，蘆荻迴船水到門。躍網忽驚魚尾健，墜簷初見橘頭繁。好山偏阻登高屐，笑指郎家半日村。

題陳允文圯橋授書圖小影

戰鬬功輸運籌亞，英雄勇退神仙舍。誰招四皓出商山，我信留侯本儒者。奇謨秘策乃天授，老父一編事聊假。不然韜略世所知，豈必傳從圯橋下？陳生爾意非好奇，那將此景供圖寫。志大何妨學賢聖，時清未許談王霸。披圖商略意何如，傳習師門計有餘。余與允文，俱出姚江先生之門。眼前經術皆經濟，莫問人間未見書。

同人中秋集陳寄齋宅

南游我昨逢佳節，兩度中秋瘴如墨。去年對酒洞庭湖，萬頃平波鋪練雪。電光一瞬等閒過，倏忽還家又今夕。良朋折柬邀共醉，憐我匆匆復行色。晚來微雨過城西，影落人衣月東出。明河一洗秋容净，海氣天光較然劃。街頭無人市聲斂，相國門前月尤白。門前看月堂上歌，白月紅燈互相射。繡屏屈膝圍嬌面，赴節紅牙夜深拍。沈沈簫管索索絲，微動梁塵墮猶澁。清商一線徐引去，桂樹流颸葉初脱。此時中庭月停午，窈窕穿簾巧相覓。須臾腰鼓忽勾闌，假面西凉羣嘖嘖。歡場冷落年數久，對此翻令感蕭瑟。却憶江湖載酒時，蘆花深岸聞吹笛。故人顔色就歸夢，羽短途長莽飛越。此來會合殆天幸〔一〕，竿木逢場看跳擲。徵歌自笑膽氣粗，起舞偏驚耳輪熱。東南盤敦君眼見，供帳如雲掃無迹。獨留好景付我曹，莫向瑶臺話塵陌。只愁客散月易斜，人事蒼茫難料得。來年作客知何地，此地來年召何客。南枝棲鵲催五更，東野寒蛩號四壁。殷勤酹月還一杯，珍重清光照離别。

〔一〕「此來」，《原稿》作「偶然」。

過曹希文齋

怪底移家忽入城，小堂幽事頗關情。琴牀近海潮添潤，茶榻分泉火就烹。摩詰園亭依畫稾，建安人物入詩評。也知習嬾便支户，不廢堦除有送迎。

有感戲寄韜荒兄

格新曾被老元偷，此外何堪説唱酬。但到西園應秉燭，不逢東野肯低頭？故交牛耳成《孤憤》，棄婦蛾眉托《四愁》。指一邑子。博得美人開口笑，暫時跛足也風流。兄以酒後傷足，故戲及之。

去夏余自黔東下與德尹相左於辰沅道中今德尹嶺外將歸余又有西江之役二詩留寄

其一

薄遊踪跡久沈吟，準擬歸飛息故林。別去無端隨末俗，窮來何事愜初心。書籤日過塵窺隙，茶竈風迴響和琴。一笑飄然仍作客，竹窗閒殺是清陰。

其二

二頃田知戀洛陽，眼中岐路等亡羊。江風海雨愁頻結，桂樹荆花感又長。草草歸程雙爪跡，勞勞別夢五星霜。怪來出入如相避，鄉國何時鴈作行〔一〕？

〔一〕按，《原稿》詩後有小注：「第四語別有觸而發。」後以墨筆抹去。

留别朱日觀祝豹臣朱與三陳寄齋王南屏家西嶽叔韜荒兄眉山姪二首

其一

緑鬢西風幾遍吹，許巢貧過少年時。用方干詩中語。好官氣色車裘壯，獨客心情故舊疑。近月江雲偏絢采，未霜淮柳尚摇絲。名塲此日誰高步，消得樊川贈別詩。

其二

《渭城》歌酒最纏綿，存殁關心一黯然。落日故人《長笛賦》，右朝殁已一年。曉星同調斷鴻天〔一〕。夢回露白移橙候，路入秋紅剥棗邊。任是登高何地好，青帘那不憶羊川？

〔一〕按，《原稿》有小注：「時聿修游燕，耑木入黔，德尹留嶺外，充宗、晗平、與三、子大廣陵有約不至。」後删去。

西江集起癸亥十月，止甲子三月。

萬里歸來，繼逢儉歲。家憲副伯方攝西江臬篆，邀余入署。自冬涉春，周旋六閱月，爲治遊學之裝。到家五日北行〔二〕，不欲浮沈鄉曲，傷長者之惠也。

〔二〕按，「北」字疑誤，《原稿》作「即」。

將有南昌之行示兒建〔一〕

我年二十九，足不出鄉閭。南舟阻錢塘，北轅限姑胥。循循守矩矱，尺寸敢少渝〔二〕？汝祖見背日，戊午暮春初。銜恤在終天〔三〕，有生不如無。實擬奉成訓，終身依墓廬。黽勉同汝叔，食蒿甘薺如。此意難自保，饑寒旋相驅。初心忽中變，末俗誰諒余。麻鞋走從軍，凶服尚未除。自傷越禮教，臨去還躊躇。汝時年十二，戀戀來牽袪。汝母病在牀，强起縫衣襦。爲我擇吉日，勸我姑徐徐。山林忍窮餓，此事古有諸。奈何逐浪遊，浪游計終迂。我雖口不答，含意鬱未攄。恐喪丈夫勇，一笑起跨驢。寇盜滿西南，殺人棄土苴。書生爾何恃，急往不暫須。輕命蹈危疆，鹵莽捹羈孤。雖無司馬才，肯戀終軍繻。逅邂關西公，憐才等璠璵。留我置幕府，開誠使懷抒。初來荆州城，漸入西南隅。蹉跎戰争地，四載過隙駒。憶自前年冬，洞庭上雙魚。吾叔又捐館，訃音傳豈虚。蠻燈黯淡花，相對慘不舒。天低嘯哀狖，月黑號訓狐。開書忍再讀，百感併集枯。上念兩先靈，窀穸未歸居。下念汝曹長，失學猶從渠。告歸策始決，寧獨懷樵漁。中丞知我真，贈言借吹噓。坐覺瘴癘掃，清風拂長途。檢點篋中裝，百金頗有餘。束書戒行李，觸熱我僕痡。故人澥陽守，開館留籃輿。不惜分俸錢，寄歸慰妻孥。命窮氣方傲，却去同揮鋤。行行百餘日，始得還菰蘆。夜半叩柴扉，犬吠鷄羣呼。門前五株樹，緑槐間黄榆。亂葉落我前，忽驚秋又徂。入門拜靈几，血淚交模糊。舉頭汝在旁，依稀記形模。汝弟急欲見，唤起髮未梳。見爺不識面，反走牽娘裾。對之重泗涕〔四〕，存没傷心俱。别離經喪亂，泛若浮海鳧。得歸特天憐，未歸敢自圖。稍欣世業在，斷蓬復依株。繞屋十畝園，桑下可種蔬。即此勤學圃，貧士有故吾。都緣懶惰久，力不任菑畬〔五〕。室人免交適，官税多積逋。倦羽又辭巢，飄飄傃洪都。仲氏久去家，南北音塵疎。季子資性矯，青氈誤爲儒。齷齪小兒曹，款段下澤車。蟲蝦恣跳躍，蝸涎活停瀦。翻笑尺水艱，蛟龍困泥塗。男兒誇富有，豈在堆倉庾。願汝勤孝弟，餘事到讀書。孝弟乃本根，根完花葉敷。章句粗能通，已勝耕田夫。煌煌京兆後，子孫雜賢愚。五世澤未斬，有生夫豈徒。不聞王僧虔，鳳凰綴蠟珠。峥嶸覞頭角，少小志本殊。十五號成童，何況十六與。當時同隊者，轉眼分龍豬。沓毋學汝父〔六〕，風塵厭微軀。厲人恐似己，取火夜看雛。悔心用自警，作詩焉敢誣。

〔一〕「南昌」，《慎旃二集》、《原稿》俱作「洪都」，《原稿》後改作「南昌」。「兒建」，《慎旃二集》作「阿庚」。

〔二〕「敢」，《慎旃二集》、《原稿》俱作「曾」。

〔三〕「恤」，《慎旃二集》、《原稿》俱作「恨」。

〔四〕「泗」，《慎旃二集》、《原稿》俱作「灑」。

〔五〕「菑畬」，《慎旃二集》、《原稿》俱作「犁鋤」，《原稿》後改作「菑畬」。

〔六〕「昚」，《慎旃二集》作「慎」。

輓呂晚村徵君

屠龍餘技到雕蟲，賣藝文成事事工。晚就人誰推入室，蚤衰君自合稱翁。才今漸少衣冠外，名果難逃出處中。身後有書休論價，也應少作愧楊雄。

黄晦木先生從魏青城憲副乞買山資將卜居河渚有詩十章志喜邀余同作欣然次韻亦如先生之數〔一〕

〔一〕「十」，《慎旃二集》、《原稿》俱作「十五」，《原稿》後改作「十」。

其一

黄竹先生今夏黄，自離商嶽走踉蹡〔二〕。青錢易長苔莓路〔三〕，畫藁頻移薜荔墻〔三〕。未就丹砂顔屢换，欲尋白社願難償〔四〕。身經開寶流離後〔五〕，那問西川舊草堂。

〔一〕「自離商嶽走踉蹡」，《愼旃二集》、《原稿》俱作「衣冠嶽嶽氣鏘鏘」，《原稿》後改作「自離商嶽走踉蹡」。

〔二〕「長」，《愼旃二集》、《原稿》俱作「占」，《原稿》後改作「長」。

〔三〕「藁頻」，《愼旃二集》、《原稿》俱作「苑難」，《原稿》後改作「藁頻」。

〔四〕「未就丹砂顔屢换，欲尋白社願難償」二句，《愼旃二集》、《原稿》俱作「未買林廬顔屢换，無多資斧事誰襄」，《原稿》後改作「未就丹砂顔屢换，欲尋白社願難償」。

〔五〕「身」，《愼旃二集》、《原稿》俱作「曾」，《原稿》後改作「身」。

其二

覆巢事過儼他生，回首風波噩夢驚〔一〕。碩果兩朝誰鬥健〔二〕，白頭一意自孤行〔三〕。縱横鈎黨清流禍，峭蒨風期月旦評。幾爲借柯憐病鶴〔四〕，羽毛如雪照人明。

〔一〕「噩夢」，《愼旃二集》、《原稿》俱作「往往」，《原稿》後改作「噩夢」。

〔二〕「碩果兩朝誰鬥健」，《愼旃二集》、《原稿》俱作「青史千秋誰獨步」，《原稿》後改作「碩果兩朝誰鬥健」。

〔三〕「自」，《愼旃二集》、《原稿》俱作「尚」，《原稿》後改作「自」。

〔四〕「幾」，《慎旃二集》、《原稿》俱作「莫」，《原稿》後改作「幾」。

其　三

力圃雖艱勝力耘，多時吟嶠望停雲。未完婚嫁何多累，投老關河正失羣。菜把恩羞叨地主，薦章名幸脱徵君。故人高義傾頽俗，薄俸能爲卜築分。

其　四

方丈蓬萊事不經，收心風物到園亭。紅蕖艷後蟬遺蜕，黄菊開時鴈拂翎。感遇詩還工屬對，垂簾卜屢驗奇零。少微越國真高士，移向吴天只一星。

其　五

松木塲遥路向西，人言罨畫似西溪〔一〕。雨中緑樹鷄豚柵，霜後黄雲秔秫畦〔二〕。琴筑鏗鏘聲落澗〔三〕，風花高下踏成蹊〔四〕。憑君指點神先王〔五〕，可待游人爲品題〔六〕。

〔一〕「松木塲遥路向西，人言罨畫似西溪」二句，《慎旃二集》、《原稿》俱作「見説豐茸樹影齊，屋茅堦石趁高低」，《原稿》後改作「松木塲遥路向西，人言罨畫似西溪」。

〔二〕「雨中緑樹鷄豚柵，霜後黄雲秔秫畦」二句，《慎旃二集》、《原稿》俱作「半陂中劃牛羊路，三畝傍連秔秫畦」，《原稿》後改作「雨中緑樹鷄豚柵，霜後黄雲秔秫畦」。

〔三〕「聲」，《慎旃二集》、《原稿》俱作「聽」，《原稿》後改作「聲」。
〔四〕「高下」，《慎旃二集》、《原稿》俱作「稠疊」，《原稿》後改作「高下」。
〔五〕「先」，《慎旃二集》、《原稿》俱作「俱」，《原稿》後改作「先」。
〔六〕「爲品」，《慎旃二集》、《原稿》俱作「一一」，《原稿》後改作「爲品」。

其　六

數折溪橋兩版門，也須插槿植籬樊。閒攜翠竹紅藤杖，晴曬牛衣犢鼻褌。耕讀新功兒解課〔一〕，漁樵故事客能援〔二〕。名香老研隨身具，目擊誰知道亦存〔三〕。

〔一〕「耕讀新功兒解課」，《慎旃二集》、《原稿》俱作「版築新基翁自課」，《原稿》後改作「耕讀新功兒解課」。
〔二〕「漁樵」，《慎旃二集》、《原稿》俱作「柴桑」，《原稿》後改作「漁樵」。
〔三〕「名香老研隨身具，目擊誰知道亦存」二句，《慎旃二集》、《原稿》俱作「鴨闌鷄柵看經濟，位置天然道亦存」，《原稿》後改作「名香老研隨身具，目擊誰知道亦存」。

其　七

樂事從來出苦辛，錯將勞尾比枯鱗。眼空身世殘碁劫，日漏軒牕過隙塵。方外衣冠驚俗客〔一〕，夢中墳墓抵歸人。碧幢紅堵村村徧，肯笑繁華不稱貧。

〔一〕「驚俗客」，《慎旃二集》、《原稿》俱作「疑道士」，《原稿》後改作「驚俗客」。

其八

釣臺何必盡桐江，牀下人來拜老龐。隱几湖山歸四壁，捲簾風雨到西牕。花源舊隱今何代，白鶴新居即此邦。已約鄰翁勤斬竹〔一〕，與排蟹椵打魚樁。

〔一〕「已約」，《慎旃二集》、《原稿》俱作「預約」，《原稿》後改作「已約」。

其九

一痕龜墨食江郊〔一〕，從此深居遠市朝〔二〕。椰子冠從方士借〔三〕，筍皮鞵赴老僧招。定巢屋角晨依鵲〔四〕，挾彈林端夜逐鴞〔五〕。馬跡車輪何處覓〔六〕，遁仙名籍在丹霄。

〔一〕「一痕龜墨」，《慎旃二集》、《原稿》俱作「直從龜卜」，《原稿》後改作「一痕龜墨」。

〔二〕「從此深居」，《慎旃二集》、《原稿》俱作「地僻山深」，《原稿》後改作「從此深居」。

〔三〕「椰子冠從方士借，筍皮鞵赴老僧招」二句，《慎旃二集》、《原稿》俱作「篛葉船裝茶具穩，竹枝歌入酒家遥」，《原稿》後改作「椰子冠從方士借，筍皮鞵赴老僧招」。

〔四〕「定巢屋角晨依鵲」，《慎旃二集》、《原稿》俱作「過門老友晨占鵲」，《原稿》後改作「定巢屋角晨依鵲」。

〔五〕「林端」，《愼旃二集》、《原稿》俱作「荒林」，《原稿》後改作「林端」。

〔六〕「馬跡車輪何處覓，遁仙名籍在丹霄」二句，《愼旃二集》、《原稿》俱作「龍里敝廬無恙在，倘因鄰並許相要」，《原稿》後改作「馬跡車輪何處覓，遁仙名籍在丹霄」。

其十

槃澗時清且寤歌，欠伸光景底消磨。年豐米穀登塲賤，水濶魚蝦漏網多。勿藥肯教眠食減〔一〕，不祥端賴鬼神呵。鷄豚預有登堂約〔二〕，慰我歸來興若何？

〔一〕「勿藥肯教眠食減」，《愼旃二集》、《原稿》俱作「無事但須眠食健」，《原稿》後改作「勿藥肯教眠食減」。

〔二〕「預有」，《愼旃二集》、《原稿》俱作「便有」，《原稿》後改作「預有」。

武林哭萬充宗二首

其一

武功十葉變儒風，理學君家創甬東〔一〕。謂尊甫履安先生。勳爵初除緣國破，饑寒不出勝途窮。傳家同異參三《禮》，君所著有《學禮質疑》。絶筆《春秋》闕兩公。近註《春秋》，惟定、哀未就耳。四十九年君勿負，蓋棺餘恨未成翁。

〔一〕「君家」，《慎旃初集》、《原稿》俱作「何人」，《原稿》後改作「君家」。

其　二

忘年交誼許忘形，君自殷殷見古情。看竹款門纔一宿，去秋余自黔歸，充宗同主一、敬之見過，一宿而別。篝燈襆被每孤城。充宗下榻海昌，每入城，未嘗不快對也。無端泪落期難續，前一日，人遠書來，有「與充宗揮泪而別」之語。如此人亡夢亦驚。回首師門誰領袖，慈湖風月可憐生。

宿棃洲夫子武林寓舍即次先生丙辰九日同遊舊韵二首

其　一

湖山憔悴哭新阡，謂萬充宗。何意蕭齋榻許連。燈火夜長楓葉雨，杖藜秋老菊花天。孤踪汗漫三年外，萬事荒唐一笑前。話到昆明殘劫罷，又緣久别却凄然。

其　二

徑路先須辨陌阡，眼中榛莽正鈎連。肯攜芸蠹隨書局，任放醯鷄覆甕天。出處心情三聘後，滄桑人物兩朝前。先生高卧貧何礙，流俗知音恐未然。

富春道中

烏柏林中霜撒華，千樹萬樹圍村家。門前紅葉掃還落，白子著枝如白花。寒雅成羣啄不盡，幾處飛出聲啞啞。荒灣敗葦江忽轉，鴈陣欲落整復斜。青山正缺天一面，澹入無迹雲拖沙。十年夢想富春渚，指點圖畫空嗟呀。豈知去家纔百里，足所未到如天涯。人情貴遠每忽近，往往耳目遺煙霞。他年卜居恐未穩，此際覓句差堪誇。江山秀絶客懷俗，毋使擾擾同魚蝦。

雨過桐廬〔一〕

江勢西來灣復灣，乍驚風物異鄉關。百家小聚還成縣，三面無城却倚山〔二〕。帆影依依楓葉外，灘聲汩汩碓牀間。雨簑烟笠嚴陵近，慚媿清流照客顔。

〔一〕「雨過」，《慎旃二集》作「雨中過」。

〔二〕「三」，《慎旃二集》作「四」。

睦　州

過城灘更急，直下匯分流。樹色銜雙塔，山形豁一州。炭烟濃傍塢，樵逕細通舟。風日晴尤好，初冬似晚秋。

泊茶園

危樓高百尺，水落岸如山。村市尚開店〔一〕，檣燈别占灣。喜無塵點髩，那用酒熏顔。漁笛能相就，飄飄壓浪還。

〔一〕「尚」，《慎旃二集》作「夜」。

淳安謁海忠介祠

桐鄉遺愛在，民自不忘公。一邑清名著，三朝直節同。衣冠瞻古貌，俎豆感村翁。此日流離意，誰憐在野鴻。

青溪口號八首〔一〕

〔一〕「八」，《慎旃二集》作「十」。

其一

裊裊荇帶風，踈踈浪花雨。吴客過淳安，逢人少鄉語。

其二

隔水聞語聲，空中應來肖。行到響山潭，人人發清嘯。

其三

溪女不畫眉，愛聽畫眉鳥。夾岸一聲啼，曉山青未了。

其四

來船桅竿高，去船櫓聲好。上水厭灘多，下水惜灘少。

其五

家住溪東西，共飲門前水。對面不聞聲，長灘響十里。十里長灘，在界口司上〔一〕。

〔一〕「界」，《原稿》作「街」。

其六

漁家小兒女〔一〕，見郎嬌不避。日莫並舟歸，鸕鷀方曬翅。

〔一〕「小兒」二字原缺，據《原稿》補。《四部叢刊》本作「少小」。

其七

橋壞筸繫繩，水淺牛可跨。牛背渡溪人，須眉緑如畫。

其八

屯溪船上客，前度去裝茶。娶得東村婦，經年一到家。

威平鎮舊名青溪洞韓蘄王擒方臘處

舊日青溪洞，英雄一戰歸。江關留故壘，草木震餘威。路僻烽烟静，時平盗賊稀。悲笳吹薄莫，峭壁冷斜暉。

入歙州界

青山寒更高，白日冬易暮。篷腳影初斜，濛濛入烟霧。

鮎魚口中流一山俗名小普陀絶頂佛閣頗盡結攬之勝

神山海外絶經過，此地名傳小普陀〔一〕。兩岸樓臺疑蜃氣，中流日月溢鼇波。桑田有劫終成幻，松頂盤空老作窩。我是游人憐偶到，鐘聲回首夕陽多。

〔一〕「名」，《慎旃二集》作「猶」。

從屯溪坐竹筏至休寧縣

江路西來盡，輕裝稱竹船。人家新屋宇，村落好山川。沙塌魚跳岸，蘆荒鴈下田。怕談兵火事，猶記八年前。

遊休寧城南落石臺

一片蒼雲護，無端墮碧空。離奇存石性，刻畫憎人功。巖間刻石多俚鄙語〔一〕。只有朝陽到，偏宜曲水通。峭寒難久住，酒醒忽西風。

〔一〕「語」，《慎旃二集》作「之語」。

過齊雲山麓

亂峰尊白嶽，一水接青溪。雲自香爐出，天盤石磴低。勝游憑指顧，倦路失攀躋。游子匆匆意，征途只向西。

晚至漁亭

小步聞名好，到來頗覺煩。鈴聲驢背米，篺户水窮村。旅食豐年便，方言晚市喧。黄茅山百折，此路指祁門。

祁門

二水走江湖，下流極瀾翻。濫觴不盈尺，小縣同發源。一支下錢唐，余家東海壖。直從朝宗處，溯洄到山根。西流入鄱陽，鯨口谺然吞。飄飄孤帆色，帶雨辭烟屯。水流自相背，客意難並論。五丁誰能驅，頑石劃輿坤。鏟除恐不勝，徒費斧鑿痕。浩浩江湖流，一道疾於奔。關梁近增税，亦如石塞津。寧觸石磯怒，莫逢關吏嗔。君看商賈路，辛苦趨祁門。

發猴潭出倒湖〔一〕

石惡狀争變，波喧勢就低。小舟輕畏路，百折下危溪。雪意雅先覺，寒光霧易迷。似聞魚米賤〔二〕，已過浙江西〔三〕。

〔一〕按，《慎旃二集》題作「發猴潭出倒湖抵饒州境二首」。自「雪意雅先覺」始，爲第二首。

〔三〕「似聞」，《慎旃二集》作「喜聞」。
〔三〕「已過浙」，《慎旃二集》作「風物近」。

浮梁縣

苦霧吞江去，茫茫出遠津。長程催短晷，白骨散青燐。城小初經亂，民愚久疾貧。琵琶臨老妓，容易嫁商人。

景德鎮觀御窑瓷器歌〔一〕

浮梁縣西開畫棟，御廠燒瓷供輦送。江天漠漠生黑雲，百竈烟浮日光動。初看兩眼炫青紅，夜入孤舟夢龍鳳。文成璀錯羽毛活，勢健開張牙爪弄。畫彩新添寶石釉，異光欲走黄金汞〔二〕。頗聞中使出三年，十斛缸成選難中。至尊服御崇節儉，珍錯屢却遐方貢。即看嗜好非異物，器象雖精本日用。同時玉瓚注黄流，古玩金魚配清供。君不見宣成嘉萬舊官窯，散落民間價自高。《博古圖》成曾進御，猶容款識倣前朝。

〔一〕按，《慎旃二集》題中闕「觀」字。
〔二〕按，此句後，《慎旃二集》、《原稿》俱有「亦如天家擁神器，九鼎未許問輕重」二句，《原稿》後以墨筆抹去。

登饒州鄱陽樓八韻

東北山根削，西南地軸摧。豫章帆不斷，彭蠡鴈初迴。再見孤城闢，翻憐往日災。江湖銷戰伐，荆棘妬亭臺。旅望天邊豁，雄心亂後灰。殺霜冬旭暖，釀雪曉雲開。欲去猶延竚，無聊柰獨來。未除豪氣盡，飄蕩媿詩才。

曉渡鄱陽湖

三更我夢滕王閣，東北風高響簷鐸。覺來舟子已開篷，澹月微痕天一角。須臾湖面過如飛，霜氣撲船人攬衣。蒼茫烟霧來時路，水底紅輪吐半規。也知此景殊不惡，失意翻令感牢落。少文四壁有江山，何苦年年事飄泊。

送又微姪自豫章東歸兼示德尹〔一〕

垂老雙親驗鬢絲，薄游仍欠草堂貲。關河最左勞人計，猿鶴能寬閉户期。落拓生涯吾自笑，滯留情事爾應知。從教物論分優劣，點檢初心也旋疑。

〔一〕按，《慎旃二集》、《原稿》本題均二首，題中「兼示」前，有「次章」二字，《原稿》後以墨筆抹去。此爲第二首。

錢玉友自嶺南來〔一〕

萬里歸裝一葉身，何緣相見即相親〔二〕。世無元九知音少，客到東方自譽頻。南北弟兄愁急雪〔三〕，關山踪跡悔勞薪。權輿殂落皆天意，《羽獵賦》：「萬物權輿於内，殂落於外。」眼底休輕我輩人〔四〕。

〔一〕按，《慎旃二集》、《原稿》本題均二首，題中「來」俱作「歸」，題後尚有「賦贈二首」，《原稿》後改爲今題。此爲第二首。

〔二〕「萬里歸裝一葉身，何緣相見即相親」二句，《慎旃二集》、《原稿》俱作「駑驥何當並駕陳，一番傾蓋總如新」，《原稿》後改作「萬里歸裝一葉身，何緣相見即相親」。

〔三〕按，此句後，《慎旃二集》有小注：「謂家荆州。」

〔四〕「權輿殂落皆天意，眼底休輕我輩人」，《慎旃二集》、《原稿》俱作「即從千丈看豪氣，未必天終困酒人」，《原稿》後改作「權輿殂落皆天意，眼底休輕我輩人」。按，《慎旃二集》「天意」下無小注。

玉友別後寄詩二首次韻奉答〔一〕

〔一〕按，《慎旃二集》、《原稿》本題均三首，題中「二」字《慎旃二集》、《原稿》俱作「三」。此爲第二、第三首。

其一

會合洵有緣，此會乃絶奇。數言甫投分，鼓勵兼箝鎚。同調世少人，高論宜卑之。平生喜聞過，指摘真吾師。啓我腹笥草，當君囊中錐。刺骨實中病，苦口俄含飴。自笑狂奴狂，況抱癡叔癡。來詩内一首示聲山者，故及之。全身受針砭，豈獨論文詞。勉强學新粧，未必盛副笄。沈吟攬古鏡，又恐嗤違時。

其二

浪游無近遠，同作風塵面。相顧眼雙青，相期心一片〔一〕。勿嫌去住乖，各要眠食健。布颿冰雪候，風色五更戰。青燈豫章城，幾夜猶夢見。書來感深愛，金石矢不變〔二〕。因君激壯志，鎩羽敢辭倦〔三〕。來書期余同作都門之行。

〔一〕按，此句後，《慎旃二集》、《原稿》均有「君才似霞舉，軒翥半天絢。余頑類屈鐵，爐冶廢融鍊」四句，《原稿》後以墨筆抹去。

〔二〕按，此句後，《慎旃二集》、《原稿》均有「天工嗤我曹，臘月舒笑電」二句，後有小注：「前一夕大雷電。」《原稿》後以墨筆抹去。

〔三〕「鎩」，《慎旃二集》、《原稿》俱作「片」。「敢」，《慎旃二集》、《原稿》俱作「肯」。《原稿》後改作「鎩」、「敢」。

杜肇余侍郎巡海閩粤故人嚴子愿在其幕中道出南昌詩以贈别

短裘夜犯章江雪，快馬嘶風三十驛〔一〕。梅花催促使臣鞍，楊柳春旂看一色〔二〕。平生未識侍郎面，才子翩翩杜陵客。與君昔别年月深，約略歲書更六七。余行絶徼偶生還，舌在逢人那堪説。半生出處禍亂定，萬事蹉跎謀算拙。喜聞田横出海島，旋見盧循免羈紲〔三〕。昔之滄海今桑田，萬户春耕破甌脱。如君此去真壯遊〔四〕，幕府從容借籌畫。乾坤昇平我何樂，差勝危彊事行役。敝廬家世東海濱，禁網佃漁寬水國。遲爾同歸作飽餐，巨魚雪點吴鹽白。時初開海禁〔五〕。

〔一〕「三十」，《慎旃二集》、《原稿》俱作「凡幾」，《原稿》後改作「三十」。

〔二〕「旂」，《慎旃二集》作「旗」。

〔三〕按，此句後，《慎旃二集》、《原稿》均有「長鯨鼓浪復奚之，精衛填泥竟何益。厓門往往徒怊悵，蛟室珠沉莽拋擲」四句，《原稿》後以墨筆抹去。

〔四〕「如」，《慎旃二集》、《原稿》俱作「看」，《原稿》後改作「如」。

〔五〕按，《慎旃二集》闕此小注。

喜陳允文自故鄉至

十日春風釋硯冰，客邊詩句擬催徵。愛題僧舍紗籠壁〔一〕，恨事江城雪打燈。壓擔書兼行李重，飄蓬感爲故人增〔二〕。西山晴色差堪望，高閣何因載酒登〔三〕。

〔一〕按，此句後，《慎旃二集》、《原稿》均有小注：「時允文寓居僧舍。」《原稿》後以墨筆抹去。

〔二〕「爲」，《慎旃二集》、《原稿》俱作「與」，《原稿》後改作「爲」。

〔三〕按，此句後，《慎旃二集》、《原稿》均有小注：「時滕王閣已燬於火，故云。」《原稿》後以墨筆抹去。

題聲山姪仗劍擁書圖〔一〕

君不聞王喬厭世方盛年，飄飄笙鶴緱山巔。神仙尚須致身蚤，何況富貴如流泉。爾生負奇學書劍〔二〕，三十頭顱行可見。毛錐禿穎刀善藏，毋乃多才累窮賤。朅來汗漫事遠游，劍首一吷徧九州。下澤車中羞識面，跕鳶豈必皆封侯。歸來勸游凡幾日，好酒好書兼好色。明朝一笑又出門，惘惘都非可憐別。時清氣壯驕不得，依舊收身弄文墨。有田不耕男已長，無米能炊婦非拙。何緣此日遂支扉，難免他年聊捉鼻。柳條風軟記騎馬，木榻香清夢調瑟。余亦東西南北人，圖中光景增太息。

〔一〕「圖」，《慎旃二集》、《原稿》俱作「二圖」，《原稿》後圈去「二」字。

〔二〕「爾生」，《慎旃二集》作「與子」。

元宵前一夕家觀察伯署齋小集次允文原韵〔一〕以下甲子。

又作春燈宴，他鄉共此筵。盤分柑味美，時有以四會柑相餉者〔二〕。月傍燭花妍。故態逢人發，新愁被酒捐。南州有懸榻，我醉且同眠〔三〕。

〔一〕按，《慎旃二集》本題二首，題闕「前一夕」、「伯」字，題後小注亦闕。此爲第一首。

〔二〕按，《原稿》「時」後有「客」字。

〔三〕「且」，《慎旃二集》、《原稿》俱作「欲」，《原稿》後改作「且」。

與劉北海君與令季太史俱先大父門下士，故篇中及之。

我降庚寅月建午，襁褓含飴及見祖。升沈未定矩矱移，荏冉今年三十五。客塵南北浪奔走，家學淵源迷步武。先子音容漸藐茫，典型何處追王父。小時猶記竊餘論，文集諸劉指堪數。翰林風度杳莫即，伯仲聲華憶明府。布帆夜下十八灘，幾日春風到南浦。頗聞人頌神明宰，章貢循聲比卓魯。劉時宰贛縣。一城烟樹起樓臺，千里關河靜鞞鼓。官閒往往飛舄出，綵嶺軒軒見霞舉。此時我作豫章遊，却怪知名緣獨沮。即論世講屬前輩，小子投謁固其所。懷中一刺署姓名，雙屐逡巡阻春雨。先生忘年復忘分，先枉高軒訪羈旅。下車相揖亦有人，此事今亡乃聞古。修名不立行可媿，半臂重交義奚取。謂余當有祖父風，不料頭顱尚如許。長身三世求形似，毋乃籧戚嗟仰俯。入門一笑想欲狂，注目含情兩無語。

章江舟次送李斯年赴湖南幕府二首〔一〕

〔一〕「二」，《慎旃二集》作「三」。

其　一

同學紛紛起布衣，文章聲價剩珠璣。怪來五十高常侍，猶自隨人側翅飛。

其　二

瀟湘歸櫂我匆匆，重到如君又不同。若對亂前談亂後，不知誰識李元忠？

楚黃陶忠毅公以世胄協守寧前衛癸未城陷公殉節焉事具合肥宗伯行略其冢子上辛出公畫像索題用舊韵〔一〕

已陷金城破玉門，瓜沙河渭總啼痕。捐軀幾輩曾當局，抵掌何人不大言。五代鐵鎗傳畫像，百年江月酹清尊。李家降表尋常事，話到書生惱夢魂。

〔一〕「癸未城陷」，《慎旃二集》作「城陷之日」。「用舊韵」，《慎旃二集》、《原稿》俱作「敬賦二律用東坡《出塞謁楊無敵》舊韻」，《原稿》後删去「敬賦二律東坡出塞謁楊無敵」十二字。此爲第一首。

黃泥山村看桃同錢道耕倪上韓家兄子敬南城友日姪聲山〔一〕

春洲雲煖烟濛濛，天勢四垂濃靄中。一望千檣萬檣外，緑楊芳草交青葱。沿洄曲岸行數里，小艇閣沙水忽窮。捨舟聯袂赴村落，勝境引入桃花叢。迷離景光耀平野，爛熳高焰燒晴空。穠華似慳微雨著，繁蕊欲拆朝陽烘。居民補綴好圖畫，屋茅籬竹家家同。沙灣汀瀅限南北，徑路曲折迷西東。老人衣冠稱古貌，往往負戴隨兒童。隔花姹娅自呼伴，笑語已斷迎迴風。牛羊未歸隘巷静，鷄犬亂走柴門通。武陵光景在人世，但患放棹無漁翁。兩頭絃管百壺酒，醉夢一醒風塵胸。江村草堂我亦有，頗笑此景他鄉逢。韶華經眼况偶到，有意留戀終匆匆。章江夕陽催晚渡，水面回看紅雲紅。

〔一〕「耕」，《慎旃二集》、《原稿》俱作「翁」，《原稿》後改作「耕」。「兄子敬」前，《慎旃二集》、《原稿》均有「叔履安」三字，《原稿》後以墨筆抹去。

新柳詞和允文二首〔一〕

〔一〕按，《慎旃二集》、《原稿》俱闕「詞」字，《原稿》後補「詞」字。「二」，《慎旃二集》、《原稿》俱作「四」，《原稿》後改作「二」。此爲第一、第三首。

其一

輕烟和雨着梢頭，萬縷千條作態柔〔一〕。落得游人春興懶〔二〕，遠遮鄉路近遮樓。

〔一〕「作態」，《慎旃二集》、《原稿》俱作「一樣」，《原稿》後改作「作態」。

〔二〕「落得」，《慎旃二集》、《原稿》俱作「怪得」，《原稿》後改作「落得」。

其　二

桃花輕浪過花朝〔一〕，溪女提魚渡板橋〔二〕。一種紅腮多貫柳，阿誰先挽最長條〔三〕？

〔一〕「輕浪過」，《慎旃二集》、《原稿》俱作「軟浪近」，《原稿》後改作「輕浪過」。

〔二〕「渡板」，《慎旃二集》、《原稿》俱作「賣過」，《原稿》後改作「渡板」。

〔三〕「一種紅腮多貫柳，阿誰先挽最長條」二句，《慎旃二集》、《原稿》俱作「清曉紅腮争上市，不知誰挽最長條」，《原稿》後改作「一種紅腮多貫柳，阿誰先挽最長條」。

次韻酬别聲山姪〔一〕

讀書恨不搜大酉，結客每慚稱小友〔二〕。命窮共落磨蝎宫〔三〕，木偶尋常嘲土偶。身輕勬翼尚江湖，力困常鱗等淵藪。蚤知去住兩牢落，曷不杜門乃奔走。章江二月春風顛，横管孤吹《折楊柳》。愁來襆被思决去〔四〕，貧戀家居恐難久。青燈聽雨且鳴鷄，白眼看雲又蒼狗。醉眠夜夜長加股〔五〕，欲出朝朝還被肘〔六〕。行裝偶到急雪前，歸棹纔移禁烟後。有生光景爾許過，懷抱逢人詎堪剖。酒尊一澆壘塊空，如刲魚鱉去乙丑。山妻不須視儀舌，俗子合訝哆衍口。子今高堂况白髮〔七〕，好去稱觴酌大斗。天倫樂事古所難〔八〕，鬱鬱猶能居此否？

〔一〕按，《慎旃二集》、《原稿》俱闕「姪」字。
〔二〕「每慚稱小友」，《慎旃二集》、《原稿》俱作「謬慚稱好友」，《原稿》後改作「每慚稱小友」。
〔三〕「共落」，《慎旃二集》、《原稿》俱作「已落」，《原稿》後改作「共落」。
〔四〕「決去」，《慎旃二集》、《原稿》俱作「竟去」，《原稿》後改作「決去」。
〔五〕「夜夜長加」，《慎旃二集》、《原稿》俱作「往往曾加」，《原稿》後改作「夜夜長加」。
〔六〕「出」，《慎旃二集》、《原稿》俱作「去」，《原稿》後改作「出」。
〔七〕「子」，《慎旃二集》、《原稿》俱作「汝」，《原稿》後改作「子」。
〔八〕「古」，《慎旃二集》、《原稿》俱作「人」，《原稿》後改作「古」。

叠前韵酬别友日兄

弟生庚寅兄乙酉〔一〕，五歲肩隨稱棣友。兒時嬉戲失同羣，稍長衣冠就參偶〔二〕。鷄豚近局接南北〔三〕，烟火深村望林藪。余游故知生理拙〔四〕，君亦何爲轉蓬走〔五〕。夜雨燈挑江上花，春風夢繞門前柳。男兒有懷莽未遂，僂指半生時已久〔六〕。未能扣角事騎牛，抑且埋名作屠狗〔七〕。不爾合甘原憲分，鶉結從渠見襟肘。誰令志氣自摧頽〔八〕，漫著征衣隨短後〔九〕。君平季主世少人，眼底升沈向誰剖〔一〇〕。頭盤叫噪抒狂憤，笑聽更籌移子丑。忽然顧影還自憐，氣塞神傷箝在口。豈應美好長貧賤〔一一〕，定有光芒射牛斗。勸君自信當益堅〔一二〕，適野不須謀可否〔一三〕。

〔一〕「弟生庚寅兄乙酉，五歲肩隨稱棣友」二句，《慎旃二集》、《原稿》俱作「我生庚寅君乙酉，兄弟肩隨比良友」，《原稿》後改作「弟生庚寅兄乙酉，五歲肩隨稱棣友」。

〔二〕「參」，《慎旃二集》、《原稿》俱作「儕」，《原稿》後改作「參」。

〔三〕「鷄豚近局」，《慎旃二集》、《原稿》俱作「草堂一巷」，《原稿》後改作「鷄豚近局」。

〔四〕「故知」，《慎旃二集》、《原稿》俱作「已慚」，《原稿》後改作「故知」。

〔五〕「何爲轉蓬」，《慎旃二集》作「爲何逐驅」，《原稿》原作「何爲逐驅」，後改爲「何爲煩下」。

〔六〕「僂指」，《慎旃二集》、《原稿》俱作「倒指」，《原稿》後改作「僂指」。

〔七〕「抑且埋名」，《慎旃二集》、《原稿》俱作「行且椎埋」，《原稿》後改作「抑且埋名」。

〔八〕「令」、「頽」，《慎旃二集》、《原稿》俱作「教」、「挫」，《原稿》後改作「令」、「頽」。

〔九〕「漫著征衣隨」，《慎旃二集》、《原稿》俱作「也著征衣嗟」，《原稿》後改作「漫著征衣隨」。

〔一〇〕「眼底升沈向誰剖」，《慎旃二集》、《原稿》俱作「疑義何當往相剖」，《原稿》後改作「眼底升沈向誰剖」。

〔二〕「豈」，《慎旃二集》、《原稿》俱作「不」，《原稿》後改作「豈」。

〔三〕「自信」，《慎旃二集》、《原稿》俱作「此意」，《原稿》後改作「自信」。

〔三〕「適野不須謀可否」，《慎旃二集》、《原稿》俱作「臨别贈言能記否」，《原稿》後改作「適野不須謀可否」。

三疊前韵留别恭庵兄

黄鷄白日移卯酉〔一〕，失學無端負師友。名微自甘時所棄，命隻敢嗟吾不偶〔二〕。出《李廣傳》注。惟兄諒我謂我真，野鳥心終戀郊藪。君家如圃大可憶〔三〕，甃石開池煩下走〔四〕。竭來搔首動鄉思，想像春天好花柳〔五〕。阿翁官高諸子秀，世業平泉必長久。余也先疇漸抛棄，熊虎何當子命狗〔六〕。從教久瘦帶寬圍，遑問長貧衣露肘〔七〕。低顔分出古人下〔八〕，尚冀鞭羊視其後。愛君玉樹臨風前，老蚌明珠一雙剖。杜陵兩男養無益，少長何堪集癸丑。八百桑株十具牛，經營無物貽黄口。願君綵衣侍歸駕，莫謾折腰爲五斗。某丘某水記釣遊，許我題詩草堂否？

〔一〕「黄鷄白日」，《慎旃二集》、《原稿》俱作「玲瓏玲瓏」，《原稿》後改作「黄鷄白日」。

〔二〕「名微自甘時所棄，命隻敢嗟吾不偶」二句，《慎旃二集》、《原稿》俱作「霜蹄未空韁索羈，游惰垂綏世無偶」，《原稿》後改作「名微自甘時所棄，命隻敢嗟吾不偶」。又，《慎旃二集》闕後小注。

〔三〕「大」，《慎旃二集》、《原稿》俱作「儘」，《原稿》後改作「大」。

〔四〕「開池」，《慎旃二集》、《原稿》俱作「築墻」，《原稿》後改作「開池」。

〔五〕「想像春天好花柳」，《慎旃二集》、《原稿》俱作「悵望池亭百花柳」，《原稿》後改作「想像春天好花柳」。

〔六〕「熊虎何當子命狗」，《慎旃二集》、《原稿》俱作「自比忙忙喪家狗」，《原稿》後改作「熊虎何當子命狗」。

〔七〕「從教久瘦帶寬圍，遑問長貧衣露肘」二句，《慎旃二集》、《原稿》俱作「洛陽倘有二卿田，六國相印肯繫肘」，《原稿》後改作「從教久瘦帶寬圍，遑問長貧衣露肘」。

〔八〕「分」，《慎旃二集》、《原稿》俱作「已」，《原稿》後改作「分」。

四疊前韵酬别允文

與君訂交從己酉，鄉社無多推益友。文瀾一篇論警策，詩格千言誇對偶〔一〕。白眉三馬人所畏，《北史》：「馬子廉兄弟三人皆能文，時有三馬皆白眉之譽。」昆友聯翩出才藪〔二〕。余時懷槧初出遊〔三〕，未免籍湜汗且走。蘭苕翡翠争秀句，何異飄風嫋垂柳。登堨鹵莽拙用長〔四〕，堅壁逡巡困持久。契舟已往莫求劍〔五〕，畫虎雖成終類狗〔六〕。君今落筆更老成，斂手薑芽看運肘。但思上第慰眼前〔七〕，肯顧虚名計身後〔八〕。精金百鍊行自惜〔九〕，璞玉一圭猶待剖。丁年行笈記癸辛，甲族科名豔丁丑。謂允文從祖素菴相國。未能飽飯便汝腹，也學饑驅餬我口〔一〇〕。客中告别别倍難〔一一〕，濁酒直須傾一斗。暫留幾日辦歸裝〔一二〕，長説倦遊今果否。

〔一〕「對」，《慎旃二集》、《原稿》俱作「比」，《原稿》後改作「對」。

〔二〕「白眉三馬人所畏，昆友聯翩出才藪」，《慎旃二集》、《原稿》俱作「君才故從學力到，如雲在山魚在淵」，《原稿》後改作「白眉三馬人所畏，昆友聯翩出才藪」。又，《慎旃二集》闕句間小注。

〔三〕「懷槧」，《慎旃二集》、《原稿》俱作「束髮」，《原稿》後改作「懷槧」。

〔四〕「登塲鹵莽拙用長」，《慎旃二集》、《原稿》俱作「近來猛欲尋險途」，《原稿》後改作「登塲鹵莽拙用長」。

〔五〕「契」、「莫」，《慎旃二集》作「刻」、「漫」，《原稿》後改作「契」、「莫」。

〔六〕「雖」，《慎旃二集》、《原稿》俱作「難」，《原稿》後改作「雖」。

〔七〕「但思上第」，《慎旃二集》、《原稿》俱作「但教一第」，《原稿》後改作「但思上第」。

〔八〕「肯顧」，《慎旃二集》、《原稿》俱作「誰肯」，《原稿》後改作「肯顧」。

〔九〕「行」，《慎旃二集》、《原稿》俱作「須」，《原稿》後改作「行」。

〔一〇〕「也」，《慎旃二集》、《原稿》俱作「行」，《原稿》後改作「也」。

〔一二〕「告」,《慎旃二集》、《原稿》俱作「送」,《原稿》後改作「告」。

〔一三〕「暫」,《慎旃二集》、《原稿》俱作「滯」,《原稿》後改作「暫」。

同聲山姪過羅飯牛禮洲草堂别後賦寄用昌黎寄盧仝韵〔一〕

先生老向塵埃裏,有志竟成高蹈矣〔二〕。衣冠已與世人同,猶自芒鞋高屐齒。竹溪羅舊居地名。茶園寬十畝,春雨分膏給妻子〔三〕。清風七椀生冠石,寧都冠石茶出飯牛手製者〔四〕,品在顧渚上。絶跡杜門凡二紀。買山定有賣山人,窮乃辭鄉奚足恥〔五〕。舊莊唱和傳裴迪,亂國流離傷董祀。巢由逃世事果難,身未出山名滿耳。一聲長嘯落天半,散作雲烟隨處士。都無猿鶴愧林巒,絶少鷄豚餽鄰里〔六〕。獨攜筆墨與人際,堅卧有時呼不起。南州懸榻尋常下,小技似可供驅使。彼皆金夫勢力求,未許感恩況知己。豈惟落筆不輕易,立品潔身從此始。净明菴主石田翁,前輩風期看未已。半生衣食天故吝,稍稍芻薪給騄駬。硯田一片歲有秋,食力聊用代耘耔。先生猶云吾負疚,嬾惰無端釋良耜。故人往赴河陽幕,本不希心榮膴仕。先生療貧策又奇,獨往孤行竟誰恃〔七〕。禮洲草堂地清絶〔八〕,見説賃舂連圮址〔九〕。易堂人物近無多〔一〇〕,把臂此來君準擬。萍踪怪底成相左,雨雪殘冬悵無似。朝朝江口望歸帆,百日奚童躝生趾〔一一〕。春深沙溆停烟榜〔一二〕,有客忽傳君至止。廿年馳想結深企，欲致高人我何以〔一三〕。急呼阿咸聲山。徑造門，渴馬奔泉勢難俟。先生應門無五尺，反鎖柴荆入村市。歸來蕭寺忽相逢〔一四〕，一臂初交乃狂喜〔一五〕。招呼雙屐過江閣〔一六〕，草草杯槃有真理。乞君畫稿幸不辭，謂我頗可尋涯涘。斯人不因筆墨重〔一七〕，獨行自足傳野史〔一八〕。即從畫品論高下〔一九〕，清矯寧讓營丘李〔二〇〕。我詩不工何足酬，别後空慚寄雙鯉〔二一〕。

〔一〕按，《慎旃二集》、《原稿》題俱作「過羅飯牛禮洲草堂賦贈一首用昌黎寄盧仝韻」，《原稿》後改作今題。

〔二〕「高蹈」，《慎旃二集》、《原稿》俱作「高節」，《原稿》後改作「高蹈」。

〔三〕「給」，《慎旃二集》、《原稿》俱作「養」，《原稿》後改作「給」。

〔四〕「飯牛」，《慎旃二集》作「先生」，《原稿》原作「羅生」，後改作「飯牛」。

〔五〕「辭鄉」，《慎旃二集》、《原稿》俱作「求售」，《原稿》後改作「辭鄉」。

〔六〕「餽鄰」，《慎旃二集》、《原稿》俱作「戀田」，《原稿》後改作「餽鄰」。

〔七〕「孤」、「誰」，《慎旃二集》作「一」、「奚」，《原稿》後改「一」作「獨」。

〔八〕「草堂地」，《慎旃二集》、《原稿》俱作「數椽定」，《原稿》後改作「草堂地」。

〔九〕「連圮」，《慎旃二集》、《原稿》俱作「傍鄰」，《原稿》後改作「連圮」。

〔一〇〕「近」，《慎旃二集》、《原稿》俱作「已」，《原稿》後改作「近」。

〔一一〕「躝」，《慎旃二集》作「藺」。

〔三〕「春深沙溆停烟榜」，《慎旃二集》、《原稿》俱作「春烟沙溆榜方口」，《原稿》後改作「春深沙溆停烟榜」。

〔三〕「高人」，《慎旃二集》、《原稿》俱作「先生」，《原稿》後改作「高人」。

〔四〕「歸來」，《慎旃二集》、《原稿》俱作「明朝」，《原稿》後改作「歸來」。

〔五〕「一臂初交」，《慎旃二集》、《原稿》俱作「笑口初開」，《原稿》後改作「一臂初交」。

〔六〕「招呼雙屐」，《慎旃二集》、《原稿》俱作「重移小艇」，《原稿》後改作「招呼雙屐」。

〔七〕「斯人」，《慎旃二集》、《原稿》俱作「先生」，《原稿》後改作「斯人」。

〔八〕「足」、「野」，《慎旃二集》作「走」、「青」，《原稿》後改「青」作「野」。

〔九〕「畫品論高下」，《慎旃二集》、《原稿》俱作「神品論渲染」，《原稿》後改作「畫品論高下」。

〔二〇〕「清矯」，《慎旃二集》、《原稿》俱作「奇矯」，《原稿》後改作「青矯」。

〔二一〕「寄」，《慎旃二集》、《原稿》俱作「買」，《原稿》後改作「寄」。

芙容庵水亭〔一〕

徑轉春陰午未移〔二〕，小亭如蓋俯漣漪〔三〕。柳邊風到鱗鱗活，鏡裏欄開面面宜。欲去興狂呼酒伴，重來緣淺看花時。此間著我真塵俗，何用多留疥壁詩〔四〕。

〔一〕按，《慎旃二集》、《原稿》題前俱有「題」字，《原稿》後圈去。

〔二〕「徑轉」，《慎旃二集》、《原稿》俱作「一徑」，《原稿》後改作「徑轉」。
〔三〕「如蓋」，《慎旃二集》、《原稿》俱作「如畫」，《原稿》後改作「如蓋」。
〔四〕「留」，《慎旃二集》、《原稿》俱作「題」，《原稿》後改作「留」。

清明風雨舟發南昌允文聲山追送於江干更以數言留別

竹鷄啼苦催清明〔一〕，滕王閣前春水生〔二〕。西山高入雲霧裹，雨勢下壓洪州城〔三〕。桃花杏花半狼藉，岸柳自拂孤舟輕〔四〕。連朝有約同買棹〔五〕，二子未果余徑行。雲山欣欣赴歸路，烟樹漠漠愁離程。布帆風急不肯住，到家正及聽新鶯〔六〕。

〔一〕「苦」，《慎旃二集》、《原稿》俱作「雨」，《原稿》後改作「苦」。
〔二〕「滕王閣前春水生」，《慎旃二集》、《原稿》俱作「湖汊一支春雨生」，《原稿》後改作「滕王閣前春水生」。
〔三〕「西山高入雲霧裹，雨勢下壓洪州城」二句，《慎旃二集》、《原稿》俱作「西山隔岸望不見，雲氣直壓洪州城」，《原稿》後改作「西山高入雲霧裹，雨勢下壓洪州城」。
〔四〕「桃花杏花半狼藉，岸柳自拂孤舟輕」二句，《慎旃二集》作「桃花照眼酒乍醒，柳條拂面裝何輕」。又，此聯後，《慎旃二集》、《原稿》均有「他鄉蹤跡聚累月，詩酒聊取怡吾情。不然行意已早決，胡乃躑躅期屢更」四句，《原稿》後以墨筆抹去。

〔五〕「連朝」，《慎旃二集》、《原稿》俱作「江干」，《原稿》後改作「連朝」。
〔六〕「正及」，《慎旃二集》作「待爾」，《原稿》原作「猶及」，後改「猶」作「正」。

康郎山功臣廟十四韵

疇昔驅除會，英雄想像間。驛移青雀舫，酒灑白茅灣。鷹隼摶空擊，鯨鯢授首還。波濤經虎尾，矢石避龍顔。一戰西南定，羣公策力閒。死方開國運，生不點朝班。紀信無遺恨，曹成本世官。顯榮褒後裔，茅土愴重頒。奕葉將軍樹，廟前古槐，相傳明太祖破僞漢時，封爲將軍。中流砥柱山。炎風焚鐵券，石馬嚙金環。黄屋今無跡，朱旗閃尚殷。太平何事業，要害此江關。廟貌瞻嚴肅，時情易險艱。興亡他日事，清泪獨潺潺。

餘干道中〔一〕

新烟幾點散晴霞，遠岸殘桃曬網家。莎草一汀長帶鷺，湖田二月已鳴蛙。葱葱曉日銜山秀，裊裊春風赴柳斜〔二〕。自笑薄遊緣底事，漲痕空記去年沙。

〔一〕按，《慎旃二集》題後有「即事」二字。
〔二〕「赴」，《慎旃二集》作「趁」。

昌江竹枝詞八首〔一〕

〔一〕「八」，《慎旃二集》、《原稿》俱作「九」，《原稿》後改作「八」。

其一

浮梁縣西山漸平，浮梁縣東水更清。濛濛天氣長如雨，卧聽前灣水碓聲。

其二

磽石硍硍轉轆轤，舂砂淘䃅有精粗。年來御廠添窑户，不種山田另起租。

其三

椶櫚葉瘦芭蕉肥，菜花半開桃李稀。背山園圃蜜蜂出，近水人家燕子飛。

其四

穀雨前頭茶事新，提筐少女摘來勾。長成嫁作鄰家婦，勝似風波盪槳人。

其五

船頭船尾不多高〔二〕，盡日争先走怒濤。博得夜來春睡熟，一篷烟雨半枝篙。

〔二〕「不」，《慎旃二集》作「没」。

其六

小兒灘頭水没磯，幾點雨著行人衣。草煙迎岸翠撲撲，牧笛未歸鵝鴨歸。

其七

一繩飛界兩山頭，積石排椿抵截流。驚起野鸕鷀箇個〔一〕，五更風浪網初收。

〔一〕「驚起野鸕鷀箇個」，《慎旃二集》作「驚得野鸕鷀去盡」。

其八

村殺山家唱四時，本鄉歌好少人知。愛他曲水如巴字，别與新詞譜《竹枝》〔一〕。

〔一〕「别」，《慎旃二集》、《原稿》俱作「也」，《原稿》後改作「别」。

齊雲山六絶句〔一〕

——右天門

仄徑丹梯萬仞懸，石楠擁蓋不知年。不因鐵笛吹山裂，那得游人到洞天。

〔一〕按，《慎旃二集》、《原稿》題前均有「游」字，《原稿》後圈去。又，《慎旃二集》破損，闕後三首。

雨織龍梭香作涎，四時不斷吐飛泉。藕絲簾子玲瓏影，捲起晴雲別有天。

——右水簾洞

兩峰獅象對峥嶸，鐘鼓聲中玉座清。夜夜河魁瞻北闕，羽衣天半坐吹笙。

——右真武殿

禹鼎神姦散九州，誰教一柱峙丹丘。白雲已鎖塵寰斷，還有香烟在上頭。

——右香爐峰

急歸悔不上匡廬，辜負峰南大小孤。怪事此來仍滿願，已看五老又三姑。

——右五老、三姑峰

輕身直上挾天風，雨外天都望或封。安得近南長見日，與排三十六芙蓉。

——右紫霄崖

武林寓樓與德尹夜話

迎面蛛絲落幾番〔一〕，每從遠信報平安〔二〕。各驚顔狀他鄉换，一落江湖戢影難。犵鳥蠻花天萬里，朔雲邊雪路千盤〔三〕。六年踪跡連牀話〔四〕，大似羌村夢夜闌〔五〕。

〔一〕「落」，《慎旃二集》作「定」。

〔二〕「每從遠信報」，《慎旃二集》作「到來一信果」。

〔三〕「犵鳥蠻花天萬里，朔雲邊雪路千盤」，《慎旃二集》作「論卷詩篇搜亂後，滿城花事屬春殘」。

〔四〕「踪」，《慎旃二集》作「心」。

〔五〕「大」，《慎旃二集》作「也」。

立夏前三日集汪寓昭願學堂兼留別姚天寰顧九恒沈昭嗣陳廣陵章豈績馮文子嚴定隅及家德尹時余將入燕二首〔一〕

〔一〕「文子」，《慎旃二集》作「茂承」，「及家德尹時余將入燕」作「諸子」。

其一

一櫂江城又隔年〔一〕，春雲春樹記尊前〔二〕。故鄉樂事留高會，獨客關心奈別筵。興罷豔歌重按拍〔三〕，酒闌孤月正當天〔四〕。年來事事輸人後，齒序慚居六子先〔五〕。同會十人，余齒在第四〔六〕。

〔一〕「又」，《慎旃二集》作「記」。

〔二〕「記」,《慎旃二集》作「又」。

〔三〕「興罷」,《慎旃二集》、《原稿》俱作「夜半」,《原稿》後改作「興罷」。

〔四〕「正」,《慎旃二集》作「忽」。

〔五〕「年來事事輸人後,齒序慚居六子先」,《慎旃二集》、《原稿》俱作「桐花一院新陰合,向後知應憶柳園」,《原稿》後改作「年來事事輸人後,齒序慚居六子先」。

〔六〕按,《慎旃二集》無此注。

其二

緑酒紅燈促坐深〔一〕,無多同調況知音。琢磨頗望成全璧,激烈何須到碎琴。起舞自憐中夜影〔二〕,急觴難緩此時心〔三〕。軟塵十丈騎驢去,怕被人傳倚樹吟〔四〕。出《莊子》注。

〔一〕「促坐」,《慎旃二集》、《原稿》俱作「坐夜」,《原稿》後改作「促坐」。

〔二〕「自憐中夜」,《慎旃二集》、《原稿》俱作「欲憐高燭」,《原稿》後改作「自憐中夜」。

〔三〕「急觴難緩此時心」,《慎旃二集》作「急裝誰諒薄游心」,《原稿》作「急裝誰諒索游心」,《原稿》後改作「急觴難緩此時心」。又,《慎旃二集》句後有小注:「時余有燕行。」

〔四〕「怕被人傳倚樹吟」,《慎旃二集》作「或有人傳抱膝吟」,《原稿》後改作「怕被人傳倚樹吟」。

西水蘸集留别姚夢虹宋受谷張王士張介山邵翼雲金子由吴震一卓次厚九如〔一〕

南路風濤北路塵，歸艎纔泊復征輪〔二〕。三秋斷梗如遊跡〔三〕，一座清風抵故人〔四〕。壁壘降旗文戰罷，乾坤攬轡客懷新。天涯珍重臨岐意，只有貧交不諱貧〔五〕。

〔一〕按，《慎旃二集》題前有「後二日」三字；「由」，《慎旃二集》、《原稿》俱作「尤」，《原稿》後改作「由」；「卓次厚九如」，《慎旃二集》、《原稿》俱作「卓子式次厚九如蒼濤」，《原稿》後圈去「子式」「蒼濤」四字。

〔二〕「泊復」，《慎旃二集》、《原稿》俱作「買又」，《原稿》後改「又」作「復」。

〔三〕「三秋」，《慎旃二集》作「秖應」，《原稿》原作「十年」，後改爲「三秋」。

〔四〕「一座」、「抵」，《慎旃二集》作「只有」、「似」。

〔五〕「只有」，《慎旃二集》、《原稿》俱作「交到」，《原稿》後改作「只有」。

敬業堂詩集卷五

蹁淮集起甲子四月，盡一年。

甲子夏，遊學京師，始渡淮而北。客有賦《涉淮》以壯余行色者，敬謝之曰：「君不聞橘踰淮且化爲枳乎？余方虞余之失其橘性，而與枳爲類也。」

歸自江右隨有燕山之行示別家人

南北勞勞但可嗤，流光瞥過少年時。祇緣累世留門户，那得此生無別離。斗酒且禁連夕醉，長箋難和送春詞。勿論向後愁深淺，已覺燈前鬢有絲。

錫山舟次遇外舅陸射山先生自淮南歸

落帆當溆浦，曲岸轉拏音。已感骨肉語，兼傷去住心。斷雲晴出岫，老鶴暮歸林。莫作俱飄泊，翁今白髮深。

過二瞻兄維揚寓齋兄有贈行詩次韻酬别

征衫初换且停橈，一日江程兩信潮。欲去郵亭塵滚滚，乍來岐路馬蕭蕭。詩文價定人争購，書畫船輕客待邀。劈紙風流看好在，緑楊回首記紅橋。

雨發宿遷

苦被林鳩唤雨多，北風獵獵渡黄河。不辭滑路衝泥去，且免驚沙刮面過。一騎鰣魚仍入貢，十年《瓠子》尚聞歌。饑荒接壤人方説，愁見城南豕涉波。

郯城道中

蹇驢三四驛，平野入飛沙。白日孤城閉，清沂一道斜。井疆郯子國，風物魯人家。漸與淮南異，村村枳棘花。

沂州送錢玉友往新城

又作殊方別，春衫客泪收。但須眠食健，莫話短長愁。鄉夢經蠶月，人情望麥秋。黄雲天四合，何處辨青州。

伴城旅店次徐子大壁間韻

淺草平陂極望通，客程漸入亂山中。坐消髀肉全無爲，貧檢詩囊幸未空。沙磧凉生蕎麥雨，茅檐香過棗花風。却愁長日行難到，又指斜陽一抹紅。

齊　河

闕城餘霸氣，鷄犬入齊風。山豁平沙外，天低小縣東。魚鹽知俗古，豚酒祝年豐。别有雄繁意，休誇管晏功。

晚抵晏城次壁間韻〔一〕

目力窮邊酒旆生，熟梅天愛偶然晴。高樓吹角風無賴，壞壁留詩客有情。紅日忽沈烟起處，白楊長遞雨來聲。萬山回首如屏障，一片平蕪接晏城。

〔一〕按，《原稿》「次」字後有「汪蛟門比部」五字，後以墨筆抹去。

渡蘆溝橋

草草漁梁枕水邊，石湖詩裏想當年。誰教甃石通南北，鐵軸銀蹄一例穿。《金史》：章宗明昌元年，始建蘆溝石橋。

京師中元詞二首

其　一

萬柄紅燈裏緑紗，亭亭輕蓋受風斜。滿城荷葉高錢價，不數中原洗手花。

其　二

銅盤小拍坐張燈，手指城東滿月升。從此夜遊凉似水，漸無人賣擔頭冰。

憫農詩和朱恒齋比部〔一〕

《豳風》本王業，稼穡知艱難。立政務明農，化理自古然。我從田間來，疾苦粗能言。請陳東南事，約略得其端。初冬下菽麥，深溝及春前。根株載培護，益使土力堅。麥黄未及秋，晚蠶又催眠。祈晴三四月，雨水翻連綿。針水分稻秧，襏襫行耨田。時方仰膏雨，杲杲恒當天。炎威一熏灼，泥淖同熬煎。委身沸湯中，辛苦少所便。好風槐柳下，欲往不暫閒。老稺亦靡寧，桔槔遠吸川。或防霧損花，又恐蟲傷根。半年壠畝畔，力竭心亦殫。如此冀西成，食報理或存。但令畝一鍾，歲事幸告竣。私租入富室，公税輸縣官。所餘尚無幾，未足償勤拳。況逢水旱加，往往多顛連。逃亡等無地，芻牧肯見憐。高位有仁人，垂聽宜惻焉。所以古大臣，農事恒惓惓。流移進圖繪，咨儆陳風愆。有時亟施賑，詔旨輒擅專。有時撫瘡痍，逋賦請悉蠲。不上《封禪書》，不獻《羽獵篇》。乾坤生生機，君相操微權。一念苟憫卹，惠風自遐宣。矧今天子聖，綏邦必豐年。

〔一〕按，《原稿》題作「憫農詩」，題下注「代館課作」，後改今題。

將有西山之遊次謝方山員外見貽原韻

勞生莽莽笑塵機，又向燕臺换裌衣。出郭人如秋澹蕩，入山天愛雨霏微。閒拖竹杖尋詩瘦，賤買村醪覓伴稀。贏得謝家新句好，澹忘隨處領清暉。

松林寺

含烟含露一梢梢，花果禪扉鎖合牢。野鳥不知園有禁，隔墻啣出紫蒲桃。

晚抵退谷與大司空朱右君先生露坐啜泉

晚色秋光帶遠坰，眼明初喜見凉螢。洑流噴石渾疑雨，老樹交陰合有亭。照影豈能忘盥漱，出山誰復辨清泠。閒僧尚記曾來客，一縷茶烟話酒醒。公不到西山二十八年矣，老僧猶能説舊遊時事。

宿隆教寺僧房

最愛堦墀細雨中，瓦盆高下列芳叢。白花紅子皆秋意，斟酌西窗一夜風。

從水盡頭步上五花寺閣

數折溪橋接水源，亂鴉高樹又村前。路危磵阻千重石，山偪窗開一面天。佛界偶來宜白晝，帝城難辨是蒼烟。留詩莫作匆匆去，勝境吾將借榻眠。

卧佛寺

古寺無僧佛倚墻，卧聽蝙蝠掠空廊。晚來光景尤蕭瑟，葉葉西風戰白楊。

金章宗手植松在壽安山西嶺上

壽安山頭一老松，從下仰視青童童。羽衣仙人擁蓋立，柄短却作傴僂容。我思躡屩苦無伴，范老性華興到許我從。婆娑初自枝亞入，中乃可置一畝宫。四傍四枝分四面，側理横出交蓬鬆。東西南北不相顧，意到各自成虬龍。中間大枝裘挈領，高勢一攬收羣雄。其旁峭壁截牙角，直下千尺方藏鋒。蒼髯翠尾掉空際，蜿蜒飲澗天投虹。千山萬山似摇動，鱗甲未斂雲濛濛。須臾夕陽轉西麓，脇下嬰嬰生微風。一聲老鶴忽飛出，竽籟散入鄰菴鐘。老僧指似時代古，手植傳自金章宗。是時朔南罷兵革，貢使一一舟車通。明昌泰和號極治，擊毬詐馬習俗同。近郊亭館恣遊宴，逐獸不入深榛叢[一]。遺山野史有深意，國亡事去忍更攻。孤臣飲泣記舊恨，肯畏後世譏不公。洗粧樓空春月白，射柳圃廢秋花紅。一朝故物獨留此，鬱鬱幸自蟠蒼穹。爾來四百四十載，坐閲桑海如飄蓬。輪囷差堪伍社櫟，瀟灑猶足驕秦封。君不見報國門前數株樹，托根悔落塵埃中。

〔二〕「榛叢」，《原稿》作「山中」。

碧雲寺後一山皆内監葬域中有豐碑二統刻魏忠賢里居官爵甚詳守僧云忠賢自爲生壙本朝初年忠賢名下葬其衣冠於此恨無有力者掊其石也

碧雲臺殿倚雲端，香火旛幢屬内官。一代賢奸青史定，兩朝黨籍白碑殘。松杉暮雨鵙音革，羊馬秋風石骨寒。却笑山靈無藉在，猶容廁鬼瘞衣冠。

冒雨至香山晚宿來青軒

曲磴初從鳥道攀，短墻東面抱灣環。九重城闕微茫外，一氣風雲吐納間。暝色浮鐘來別寺，秋聲分雨過前山。紅塵那許高千尺，任放層軒擁翠鬟。

同吴六皆陳叔毅湯西厓宿摩訶菴

禪榻吹燈睡不成，棲烏枝上已三更。紙窗一面朦朧月，只道秋聲是雨聲。

白鸚鵡次魏環極先生原韻

古有雕籠戒，今看負質奇。縞衣窗外月，白雪隴頭枝。太潔從人忌，能言被俗疑。商山留羽翼，皓首托風期。原詩有「秋陰高漠漠，是爾入林期」之句，蓋公歸志已決矣。

重陽前六日同翁元音彭椒嵒錢玉友朱遠度吴六皆陳允大叔毅沈客子湯西崖談未菴家荆州聲山小集分韻

青袍紅燭影相銜，劈紙心情故不凡。柿葉庭空聞朔雁，蘆花水淺夢南帆。探驪有客曾驚座，歸燕無詩亦畏讒。開口勿輕談世事，尊前除飲便須緘。

過顧培園編修新寓

不遣輕塵點鬢華，斯人直比玉無瑕。蜘蛛屋角垂垂露，蟋蟀堦除艷艷花。半枕茶烟清晝閣，一窗香篆煖文紗。從今唱和貪多暇，底用題詩苦憶家。

九日讌朱大司空花莊次韻（二）

漠漠秋蕪一望開，驚心節物帝城隈。閒招南國騎驢客，來上西風戲馬臺。人與黄花同白社，鳥隨紅葉下蒼苔。六年此度天南北，己未在荆州，庚申在銅仁，辛酉在貴陽，壬戌在蕪湖，癸亥在西湖。悵悵名園又舉杯。

〔一〕按，《原稿》「次」字後有「原」字。

送六皆歸杭並寄章豈績馮文子嚴定隅二首〔一〕

〔一〕按，《原稿》「寄」字後有「姚天褱」三字。

其一

風急駝鳴沙外村，轉蓬何意復歸根。多時白髮思遊子，依舊青衫出國門。光範三書原失策，《渭城》一曲最銷魂。買田只合山莊住，珍重天涯贈别言。

其二

黄葉黄花媚晚晴，酒旗茅店一程程。稍嫌壓鬢邊沙重，不礙衝寒布被輕。夢短賸留他夜話，計偕稀上故人名。得歸我亦抽鞭去，忍向桑乾聽雁聲。

嚴籧菴侍御招同惠研溪吴天章王咸中王孟穀朱西畯喬無功陳叔穀湯西崖小集即席分賦

相逢塵坱中，交臂面不熟。雅人著懷抱，有如瞳在目。侍御鄉國賢，未見意久屬。司閽戒勿拒，徑造少躑躅。一月三過從，看到秋殘菊。長安多讌會，熱客後先續。長揖容吾曹，情深感君獨。紅豆致蕭淡，河東才屈曲。石隝光走珠，漢陽璞藏玉。髯陳好儀表，大喬絶谿谷。小朱及瘦湯，秀發秋眉緑。廁我數子間，傭保坐擊筑。淋漓取盡興，豪爽一破俗。逃觴或竟去，下榻或信宿。戲具雜博簺，古音披簡牘。狂言醒不禁，好句互傳讀。坐令布衣交，放誕惟所欲。甘從平原遊，不學步兵哭。吾生莽無涯，疲躝信兩足。玉川洛城居，并少數間屋。未能逃空虛，時復累口腹。所嗟才地劣，徑路故窄趗。諸君湖海士，相轃適如輻。倘不鄙迂疎，前期幸交勗。

與研谿别後叠前韻寄之

我從湯子交，耳君名已熟。初來長安城，欲見塵眯目。名園一杯酒，邂逅情未屬。余識研溪於趙恒夫農部席上。别時蓮蕊紅，懷刺久蹢躅。忽忽秋向老，花期過黄菊。晚赴嚴公招，名流趾相續。森然授几席，後至惟爾獨。衆中造膝談，稍稍致款曲。湯言不我欺，伊人果如玉。似從坡陁遊，迤邐入崖谷。松篁幽徑轉，照我鬚鬢緑。石潤斂雲霞，泉清作琴筑。對之浮氣盡，亟取藥吾俗。曲尺移木床，醉留同一宿。男兒屬有才，未了三千牘。買田歸可種，買書行可讀。委身俛仰中，初念固不欲。况當摇落候，有痛忍輕哭。凉燈一穗花，夜半開未足。淅瀝風洒窗，淋浪雨鳴屋。明朝門外路，泥淖驢没腹。連鞍共君出，寸步苦局趄。紛紛疾走兒，馬騁車脱輻。即此慎所之，久要互相勗。

汪東川宫贊屬題秋林讀書圖時汪給假將歸

似曾依樣買林皋，只愛攤書不蓋茅。榦老從添鴉點葉，影疎初見鵲成巢。好風開卷聲相遞，古墨分香手借抄。怪得先生官况懶，畫中光景十年抛。

送大司寇魏環極先生予告還蔚州二首

其一

曳履星辰二十年，尚書襆被故蕭然。勇能自斷天難奪，清畏人知世已傳。白社竟成娱老地，黄金不貯買山錢。閒雲一片秋寥廓，何限風光倚杖前。

其二

嶽嶽寒松表御書，寒松堂，公臨行時御書賜額也。新堂歸到好懸車。身名似此真無媿，進退何人綽有餘。報國文章傳後起，謂無僞中翰。立朝風骨想當初。不因祖帳東門道，太息方煩比二疏。

送陸蓬叟之井陘

不道西遊爾許難，萬峰高下渡桑乾。亂鴉雪緊荒程暮，叢雁天低斷角寒。燕市莫尋當日伴，并州且作故鄉看。到時尺素煩馳寄，及與梅花報歲闌。

叔毅見示初度述懷詩有感而作

與君世好幼同里，其室則邇其人遐。年踰三十未識面，各被衣食驅天涯。余顔顛頷變黑瘦，攬鏡未免頻咨嗟。子髯毿毵長一尺，瀟洒亦復沾塵沙。燕山此來忽交臂，相視莫逆心靡他。衝風冒雨屢相過，朗吟狂笑聲讙譁。行時肩從坐齒序，愛比兄弟豈有加。一朝顧我欻不樂，刺眼怕看重陽花。叔毅生辰在九月九日。新詩一篇把似我，音調慘裂如秋笳。對之思苦難卒讀，冰雪入口冷戰牙。看君烱烱具至性，母喪未闋衣仍麻。泪痕往往在枕席，臯魚岐路憐京華。憶余浪跡走絶徼，未夏四月初辭家。先君下世纔一載，面目赧汗逢人遮。平生粗知奉禮教，豈敢自外傷芸瓜。至今肝腸抱至痛，視息毋乃同豚豭。歸田但祈免溝壑，此願易給原非奢。天於我輩胡獨忍，故令具體蒙疵瑕。子今襟期頗澹漠，西溪片瓦已可賒。塵埃澒洞一回首，便欲策蹇乘柴車。幾時真約結鄰去，對門老樹枝槎枒。

研溪索題紅豆齋詩册二首

其一

東田西澗勢相參〔一〕，此本如今恰有三。一點丹砂非俗物，居然鼎足占江南。吴中紅豆三本，一在拂水山莊，一在王奉嘗東田，一在青溪堂即研溪近居也。

〔一〕「西澗」，《原稿》作「東澗」。

其二

薄遊久欠買山資，齋筎初安負一枝。但使主人長閉户，樹名何取號相思。

題惠研谿峥嶸集次汪蛟門原韻三首

其一

不成吟上紫薇亭，翡翠琉璃并作屏。一事比渠差較勝，自編佳句付樵青。

其二

紕縵論才本不多，詩家勁敵許誰過。不須綽板尊前度，摇膝聽君唤奈何。

其三

硯齋吟吻暖生春，推爾堯峰步後塵。賴是老元偷格律，知音此外斷無人。「每被老元偷格律」，樂天語也。蛟門舉似研谿，故借作轉語。

燕臺雜興次學正劉雨峯原韻十首

其一

九關王氣鬱千秋，如此風光蕩客愁。東路雲垂遼海闊，北條山勒太行收。天蟠宫闕瞻螭尾，地擁塵沙散馬頭。老柳不禁吹笛意，夕陽疎影傍高樓。

其二

千古荆丹事最奇，誰教秦騎竟横馳。漁陽鼓動天方醉，督亢圖窮悔已遲。他日酒徒猶擊筑，向來博道抵爭棊。無聊尚有酣歌會，不似東方但苦饑。

其　三

《北史》流傳樂未央，上都幾處鬪毬場。幕南地空聞傳箭，花外樓高見洗粧。紫色蛙聲雄八族，烏衣馬糞笑諸王。分明裂帛湖邊月，及照三朝舉國狂。

其　四

十三陵古隔巖關，往事依稀父老顔。《黄鳥》哀歌經國恤，紅巾新籍點朝班。金戈運啓驅除會，玉匣書留想像間。斫却冬青人盡識，祾恩羊虎尚斑斑。

其　五

直放江湖日夜東，異時黨論比狂風。清流禍起名賢盡，甘露謀疎國運終。一紙興亡看覆鹿，千年灰劫付冥鴻。時平翻幸吾生晚，不見郊原戰血紅。

其　六

班馬文從一代編，世家人物數華顛。藏書已獻言何諱，焚藁無期客問年。莫道汗青從蠹蝕，好憑頭白寫蠶眠。諸公衮衮皆才彦，珍重須教信史傳。

其　七

帳殿崔嵬令闃寥，凱歌連歲奏鉦鐃。雲深雁路朝盤馬，雪點狐裘夜射雕。都護玉門關不設，將軍銅柱界重標。職方别載魚龍國，笑指烽烟薄海銷。

其八

恩波一夕滿江湖，下詔蠲租例久無。忽見黥黎成感涕，始知草野愛微軀。龍船旗鼓三江戌，馬蹬雲霞五岳圖。盡道登封儀注古，秦松容易比貞符。

其九

朱門棨戟列東華，金谷筵開辦咄嗟。雪甕分漿嗤榾柮，霜刀剪韭妬萌芽。歌喉欲斷從絃續，舞袖能長聽客誇。嬴得狂生無藉在，欲捻書籍問東家。

其十

百分一棹過觥船，何限關河載酒前。投筆生涯經絶域，定巢歸計失驚絃。縱横野馬羣飛路，跋扈風箏一綫天。曾是征南舊賓客，摩挲髀肉也潸然。

冬日張園雅集同姜西溟彭椒嵒顧九恒惠研谿錢玉友魏禹平蔣聿修王孟穀張漢瞻汪寓昭陳叔毅湯西厓馮文子談震方家荆州聲山限韵

丈夫置身非廟廊，便合食力勤耕桑。誰教鹵莽走京洛，去住兩策無一長。天公似憐太坎壜，一事獨許平生償。招呼朋好作痛飲，逸足快脱籠頭繮。城南小莊如畫裏，樹頭一扇風旗張。忽從空曠入叢薄，積雪寒峭屏山傍。籬根涸池受落葉，窗面破紙穿斜陽。圍爐坐密氣漸煖，稍覺冬律回春光。大柈蒸菜芼薑辣，滿甕印酒開泥香。蒲萄已充筵上果，但見枯蔓牽鄰墻。初拈險韵鬥傑句，旋徵雅令搜枯腸。須臾耳熱更豪劇，角逐兩兩争低昂。傍人却問何所樂，我亦自笑狂夫狂。三年隻身走萬里，絲路裊裊衝蠻鄉。豈無鈎藤蠻中酒名。拚獨酌，意緒冷淡難禁當。翻身勇決作歸計，又被饑餓驅遊裝。别人騎馬我徒步，鎩羽無分追高翔。行藏眼底但如許，有意排遣終悲凉。風流見賞古不乏，跌蕩慎勿矜辭章。明朝定傳好事口，指點此地成驩場。安知酒徒積放意，不欲與世衡鋒鋩。城頭鴉啼客盡散，獨立四顧神蒼茫。

與張漢瞻次侯大年韻

竹垞今名家，從君賞文格。每逢最佳處，輒爲浮大白。自抱萬卷書，羞隨五侯客。養親冀一第，歲月去已積。變體爲時文，頻遭按劍斥。皇天老眼暗，才地每相厄。何妨掃蛾眉，稍稍傅粉澤。肯違静者性，彼好此不易。

送少詹王阮亭先生祭告南海

祝融南都水環滙，赤龍渴飲九州外。扶桑日枝萬丈高，吞吐晨昏變明晦。颸風磨旋鬣帆片，蜑雨珠沈蛟室琲。幻呈綵縷現蜃樓，淡入蒼烟失鰲背。不知靈封畫何境，禹鼎無從辨疆界。元和一老去作碑，廟貌千秋遂稱最。茫茫元氣收不盡，好手何人復堪代。康熙甲子帝東巡，特遣軺車告時邁。瑯邪先生啣命往，嶺嶠星明指華蓋。祠官奉幣紛趨蹌，天使陳辭虔跪拜。靈旗肅肅雲蓬蓬，一氣流通百神萃。向風海鳥聽鐘鼓，有眼蠻人識冠帶。時清邊徼無燧燧，道遠詞臣多紀載。公之文章在館閣，每借名區發雄槩。曩時蜀道今海邦，盡洩光芒天不愛。後先人物諒無幾，才地彼此恒相待。所傷或從遷謫到，終恐才鋒束機械。如公擁傳真壯遊，直放胸期寫豪快。豈徒榮遇際曠典，已見風流壓前輩。佛桑花發啼鈎輈，幾日歸航下瀧瀨。還朝快示紀行篇，浩浩洪波納千派。旁人若問陸賈裝，徑尺珊瑚手親碎。

題田綸霞少參山薑詩後

得從京國數追隨，真愛《山薑》一卷詩。佳處不嫌千遍讀，識君翻恨十年遲。古人可作心相許，同調無多論稍卑。便欲借抄煩乞予，手彈紅燭寫烏絲。

小除夜椒嵓招同沈韓錫陳叔毅談未菴家聲山集王巖士樞部齋限韻〔一〕

蠟燈垂燼夜厭厭，寒薄重裘雪滿簾。得路才華同輩少，椒嵓刻《管瑜集》初成。畏人心跡擇交嚴。座中放論歸長悔，醉裏題詩醒自嫌。等是關山牢落意，年年馬齒路傍添。

〔一〕「齋」，《原稿》作「邸舍」。

次椒嵓寒夜書感見示原韻

多生積習未全除，烏有何勞問子虛。四壁燈明孤影外，一官霜傴二毛初。也知作客年年慣，若論謀身種種踈。比似無家還較勝，叩門連夜得兒書。

除夕飲許時菴先生寓齋二首

其一

南衝烟瘴北風沙，每到殘宵輒憶家。土銼光陰飛石火，瓦盆消息候梅花。百觚濁酒澆愁緩，一杵疎鐘警夢賒。草草行藏十年事，寒鐙影裏又京華。

其二

小閣圍爐薄雪侵，坐移宫漏夜方深。最憐入座聞吴語，轉遣思鄉動越吟。射虎殘年留想像，亡羊岐路判升沈。對床未易論前事，倚賴鳴鷄激壯心。